EINE
(UN)MÖGLICHE
LIEBE

ELLA WÜNSCHE

Auflage 2 | Dezember 2014

© Ella Wünsche 2014
www.ella-wuensche.de

Herstellung und Verlag:
BoD – Books on Demand, Norderstedt
ISBN 978-3-7347-3739-8

Lektorat: Christiane Kathmann, www.lektorat-kathmann.de
Dramaturgische Begleitung: Santiago Campillo-Lundbeck
Covergestaltung & Satz: Daniel Morawek
Bildquellen: shutterstock.com / isaxar und shutterstock.com / Maridav
Titelschrift: Subway Novella, www.kcfonts.com

KAPITEL 1

Mut, Fernweh und große Gefühle – ich lebe das Leben, von dem andere Frauen nur träumen. In einem fernen exotischen Land schleichen wir uns an das Lager der von keiner Zivilisation verdorbenen Ureinwohner. Carlos, mein Assistent, und ich nicken uns zu. Sein muskulöser Körper glänzt in der Abendsonne, seine tiefschwarzen Haare flattern wie eine Löwenmähne im Wind.

Aber seine hündische Liebe für mich ist mir manchmal ein bisschen lästig. Schon wieder ein Traummann, der nicht versteht, dass mein Herz Jerome gehört, der Legende unter den abenteuerlustigen Wissenschaftlern. Ganz ohne Waffen schaffe ich es, mich an den Baumstamm zu schleichen, um meinen Geliebten von seinen Fesseln zu befreien. Sein stählerner Körper ist von den Misshandlungen geschunden, doch er ist tapfer. Sobald er mich sieht, weint er vor Freude. Als er frei ist, umarmt er mich.

»Natalie! Meine einzige Liebe und meine Heldin.«

Unsere Küsse sind wild, ich kann nicht widerstehen und so lieben wir uns, inmitten der Gefahr, die nur einige Meter von uns entfernt lauert. Der Nervenkitzel inspiriert mich als Forscherin fremder Kulturen und international tätige Journalistin.

Nachdem wir völlig verschwitzt und erschöpft daliegen, sagt Jerome: »Das war der beste Sex meines Lebens. Mein Schatz, ich will dir mindestens fünf Kinder schenken und ein Haus im schwedischen Fertighaus-Stil, aber keines von den billigen. Und du sollst entscheiden, in welchen Farben wir es streichen ...«

»Natalie? Natalie, aus dem Kreativ-Schreibkurs?«

Als ich meinen Namen höre, blicke ich auf. Vor mir in der Straßenbahn steht eine Frau Ende dreißig, mit kurzen, blonden Haaren. Ich habe keine Ahnung, wer sie ist. Aber anscheinend war sie mit mir zusammen im Kurs »kreatives Schreiben« – damals, an der Uni.

»Ich bin's! Sabine!«, erklärt die Frau. Und als sie sieht, dass ich sie immer noch nachdenklich anblicke, ergänzt sie: »Damals hatte ich lange Haare. Oh, Mann! Wie lange haben wir uns nicht gesehen! Bestimmt fünfzehn Jahre!«

Während ich weiter darüber nachsinne, wer Sabine mit den langen Haaren war, fährt sie begeistert fort: »Oh, weißt du eigentlich, dass du immer mein Vorbild warst, was das Schreiben anbelangt? Ich schaue jedes Mal, wenn ich in eine Buchhandlung gehe, ob ich deinen Namen auf der Bestsellerliste sehe!«

Ich muss schlucken.

Sie lacht und setzt sich auf den freien Platz neben mir.

»Sag mal, ich wollte immer wissen, wie es damals auf Kuba war, dein Auslandsaufenthalt? Du warst ja so abenteuerlustig ...«

Au Backe, denke ich. Wer auch immer Sabine mit den ehemals langen Haaren ist, aber sie erinnert sich wirklich an alles. Vielleicht entkomme ich dieser peinlichen Fragerei, wenn ich sie mit Gegenfragen ablenke?

»Ja, Sabine ... und wie ist dein Leben nach dem Studium verlaufen?«

»Na ja, ich habe natürlich nicht das große Abenteuer gesucht wie du. Ich habe einen gut verdienenden Mann, zwei Kinder, ein schönes Häuschen und verkaufe selbstentworfenen Schmuck über das Internet. Für das Schreiben hatte ich nie genug Talent. Nicht so wie du ... Jetzt sag endlich, woran arbeitest du gerade? Wie heißt der Held in deiner Geschichte? Oder ist es eine sie?«

Die Heldin meiner aktuellen Geschichte? Das wäre dann wohl das Künzel Ergo-Sicherheitsventil 6000, aber das kann ich ihr unmöglich verraten. Während ich fieberhaft überlege, wie ich aus dieser Situation herauskomme, hält die Straßenbahn an. Es sind zwar noch fünf Stationen bis zu meiner Arbeit, doch das ist mir egal. Ich springe auf und schiebe mich an ihr vorbei.

»Entschuldige, Sabine. Hier muss ich raus. Ich arbeite zurzeit an einem Kuba-Reiseführer und muss jetzt wirklich weiter.«

Verdutzt sieht mir Sabine hinterher, während ich aus der Tür schlüpfe. Wahrscheinlich fragt sie sich – nicht zu Unrecht – warum ich mitten im Industriegebiet aussteigen muss, um einen Reiseführer über einen karibischen Inselstaat zu schreiben.

Die Wahrheit lautet, dass mein Auslandsaufenthalt auf Kuba nie zustande gekommen ist, weil ich zu der Zeit Holger geheiratet habe. Mein Mann ist wenig abenteuerlustig. In den Flitterwochen sind wir auf die Malediven geflogen und haben die nächsten sechs Jahre auf unser Reihenhaus gespart. Auch der Teil mit dem Reiseführer war gelogen. Ich schreibe zwar noch, aber nur über Thermostate, Heizkörper und revolutionäre Sicherheitsventil-Designs als Texterin in der Marketingabteilung der Firma Künzel & Söhne. Exotisch sind da nur die technischen Angaben der Ingenieure, die ich in lesbares Deutsch übersetzen muss.

*

Vier Stunden später sitze ich auf der Toilette und warte ungeduldig darauf, wie viele Striche mein Ovulationstest anzeigen wird. Als mein Blick auf das Ergebnis fällt, spüre ich, wie meine Hände zittrig werden und mein Herz zu rasen beginnt. Es sind zwei rosa Streifen zu sehen, die beide gleich dick sind. Mein Eisprung wird innerhalb der nächsten achtundvierzig Stunden erfolgen. Okay, beruhige dich, Natalie! Kein Grund, warum es dieses Mal plötzlich klappen sollte. Aber warum eigentlich nicht? Irgendwie habe ich ein richtig gutes Gefühl. Es liegt eine große Veränderung in der Luft, das spüre ich einfach. Dieses Mal wird es passieren. Aus dieser Toilettenkabine starte ich jetzt in ein völlig neues Leben.

Dummerweise ist Dienstag, was bedeutet, dass mein Mann heute Abend mit seinen Freunden im Fitnessstudio beim Spinning sein wird. Mir wäre es lieber, er würde etwas gegen seinen Bierbauch tun, statt nur die Beine ein bisschen zu trainieren. Andererseits, Hauptsache, er macht wenigstens ein bisschen Sport. Nur nicht heute. Bis ich zu Hause bin, wird er längst aufgebrochen sein. Außerdem ist Sport direkt davor schlecht für die Spermien. Ich muss ihn also vorher erwischen.

Zum Glück habe ich mein Handy dabei. Ich wähle seine Nummer, es klingelt mehrmals, doch niemand nimmt ab. Mist!

Plötzlich höre ich Schritte vor der Toilettenkabine. Ich zucke zusammen und lege auf.

»Natalie? Bist du das? Ist alles klar da drin?«

Ich erkenne die Stimme meiner Kollegin und Freundin Judith.

»Ja, äh, natürlich ...«

Ich mache die Tür auf und zeige ihr den Fruchtbarkeitstest mit den zwei dicken Streifen. Sie lächelt.

»Ach so.«

»Ich erreiche aber Holger nicht, und heute Abend wollte er zum Spinning.«

8

»Na, dann schnell«, meint Judith mit einem süffisanten Lächeln. »Ist doch eh gleich Mittagspause, das merkt keiner, wenn du etwas später zurückkommst. Ich halte die Stellung. Viel Erfolg, und sag Holger, er soll nicht so viel Fahrradfahren, das ist nicht gut für die Spermien.«

Lächelnd gehe ich ins Büro, um meine Tasche zu holen.

Holger ist freiberuflicher PR-Berater und Pressetexter und arbeitet heute zu Hause. Er hält zahlreiche Skype-Telefonkonferenzen ab und ist dann nicht erreichbar. Aber hinzufahren statt anzurufen ist natürlich auch eine Möglichkeit.

Eine halbe Stunde später steige ich aus der Bahn und gehe hastig die paar hundert Meter zu unserem Haus. Ich bleibe kurz stehen und schaue in meinen Schminkspiegel. Mir schaut keine verführerische Ehefrau, sondern eine graue Maus mit Termindruck entgegen. Wenn diese Kinderwunsch-Geschichte endlich klappen soll, müssen wir mehr Pepp in unser Liebesleben bringen. Dieser Sex nach Zeitplan ist auch so schon nervig genug.

Ob sich Holger manchmal mit mir langweilt? Wir sind schließlich seit fast zehn Jahren zusammen und seit sieben Jahren verheiratet. Ein bisschen Make-up wird an unserer Beziehung wahrscheinlich nichts mehr ändern. Andererseits kann es auch nichts schaden, also trage ich einen Hauch Mascara und ein bisschen Rouge auf.

Als ich die Haustür aufschließe, kommt mir eigenartiger Geruch entgegen. Es riecht ein bisschen wie im Fitnessstudio, nachdem gerade eine Hundertschaft Marathonläufer von den Laufbändern gestiegen ist, kombiniert mit etwas Süßlichem. Vanille? Hat er Nachtisch gemacht?

Außerdem höre ich sonderbare Geräusche. Ein Schnaufen, wie von einem Eber bei der Treibjagd. Der Flur sieht etwas unordentlich aus, der Schirmständer ist umgefallen. Mich überkommt Angst. Was, wenn Holger einen Herzinfarkt erlitten hat und sich gerade mit Krämpfen auf dem Küchenboden windet? Vielleicht sollte ich den Krankenwagen rufen?

Während ich zu ihm laufe, hole ich schon das Handy für den Notruf aus der Tasche. Ich trete aus dem Flur in unser Wohn- und Esszimmer und bleibe schockiert stehen.

Da ist ein Mann, der mit heruntergelassener Hose vor einer rothaarigen Frau steht, deren Rock hochgeschoben ist. Ihr Oberkörper ist frei. Sie hält sich an meinem Tisch aus recyceltem Teakholz fest, während der Mann – der mein Ehemann zu sein scheint – sie mit beiden Armen packt und kräftig schüttelt. Sie schreit immer wieder auf, so als würde er ihr im Sekundentakt auf den Fuß treten.

Die beiden sind so vertieft in ihre Tätigkeit, dass sie mich nicht bemerken. Einen langen Augenblick stehe ich wie versteinert da und versuche zu verstehen, was gerade vor sich geht. Holger bringt eine fremde, junge Rothaarige an meinem Esstisch zur Ekstase! An dem Tisch, an dem wir gemeinsam zu Abend essen!

Jetzt hebt er sie an und platziert ihren nackten Hintern auf der grünen Tischdecke, die mir Tante Ellie zur Hochzeit geschenkt hat. Zuerst empfinde ich Ekel. Dann beginnt irgendwo aus meinem Inneren eine immer größer werdende Wut emporzusteigen. Ich fühle mich, als würde ich platzen. Meine Wut braucht sofort ein Ventil.

Mein Blick fällt auf die schöne Glasvase mit den vielen dünnen trockenen Ästen, die ich mühevoll im Wald zusammengesucht habe. Hastig entnehme ich die Zweige. Dabei fällt die Vase um. Klirrend zerspringt sie auf den

Küchenfliesen. Die zwei blicken jetzt auf und beobachten entsetzt, wie ich auf sie zu renne.

Ich merke selbst, dass ich nicht mehr Herrin meiner Gefühle bin, aber das ist jetzt nicht wichtig. Ich muss den beiden zeigen, was sie mir angetan haben.

Sie stehen da wie schockgefroren, bewegen sich kein Stück und bieten mir ein perfektes Ziel. Ich hole aus und schlage ungehindert auf ihre nackten Oberkörper und auf den blanken Hintern meines Mannes ein.

»Weg von meinem Tisch, ihr Schweine!«

Die beiden schreien auf und versuchen zu fliehen – doch da haben sie ihre Rechnung ohne Holgers heruntergelassene Hosen gemacht. Als er einen Schritt zur Seite macht, stolpert er über seine Beinkleider. Die Frau, die ebenfalls flüchten wollte, knallt gegen meinen am Boden liegenden Mann und stürzt erschrocken zu Boden. Ich stehe über ihnen – wie der Killer aus Freitag, der 13. dresche ich auf sie ein, bis jedes Stückchen Haut eine purpurrote Farbe hat. Das werden morgen prächtige blaue Flecken!

Zwischen den Schreien der Frau und seinem eigenen Aufstöhnen brüllt Holger immer wieder: »Hör auf!«

Als ich endlich von ihnen ablasse, schreit er: »Bist du wahnsinnig?«

»Ob ich wahnsinnig bin?«

Ich fange an, wie ein wilder Stier zu schnaufen. »Ja, ich bin wahnsinnig, klar bin ich wahnsinnig und du bist schuld! Ahrrrr!«

Ich spüre, dass ich noch wütender werde. Als die beiden sich vorsichtig erheben und Holger seine Hosen mühsam hochzieht, jage ich sie zur Tür.

»Raus aus meinem Haus. Raus!«

Nachdem sie wie verschreckte Kaninchen auf die Straße gerannt sind, schließe ich die Tür. Unser Haus kommt mir nun seltsam vor, ich möchte dort eigentlich keine Minute länger verbringen.

Plötzlich klingelt es an der Haustür. Als ich öffne, sehe ich Herrn Meier, unseren Nachbarn von gegenüber. Holger und das Weibchen stehen im Hintergrund. Sie hält die Hände vor ihre nackten Brüste und weint. Holger hält sie im Arm.

»Entschuldigen Sie die Störung, ich will mich nicht einmischen, aber könnten Sie wenigstens die Tasche der Dame herausgeben, damit sie ihr Auto wegfahren kann. Sonst komme ich nicht aus der Einfahrt.«

Ich schaue ihn eisig an und blicke dann zu den beiden. Sie zittert.

»Klaut also nicht nur Ehemänner, sondern auch Parkplätze. Schlampe!«

Ich verschwinde im Flur und werfe die Tasche von Rotschopf an unserem Nachbarn vorbei. Dann gehe ich ins Wohnzimmer, sammle die Kleidungsstücke der beiden ein und werfe sie auf die Straße. Der Nachbar ist verschwunden.

»Wir sehen uns vor Gericht«, rufe ich ihnen zu und schließe die Tür.

Dann setze ich mich auf den Boden. Ich spüre, dass ich gleich anfangen werde zu weinen, und suche in meiner Jackentasche nach einem Taschentuch. Dabei finde ich den Ovulationstest, den ich schon ganz vergessen hatte. Wie unwichtig sein Ergebnis mittlerweile ist! Jetzt beginnen die Tränen erst richtig zu fließen.

KAPITEL 2

EINEINHALB JAHRE SPÄTER

Ich erwache, weil es an meiner Tür klopft. Von der Decke blicken Duran Duran, Billy Idol und Tom Cruise in seiner Top-Gun-Uniform auf mich herab. Ich sollte die Poster in meinem alten Kinderzimmer wirklich austauschen, doch bisher hat mir die Muße dazu gefehlt. Die Zimmertür öffnet sich und meine Großmutter blickt in den Raum.

»Kind, du kommst zu spät zur Schule!«, ruft sie.

»Ach, Oma«, murmle ich und denke daran, dass ich in zwei Monaten vierzig werde. Das ist der Moment, in dem mir mein Elend in seiner ganzen Fülle bewusst wird.

Dabei bin ich meinen Eltern dankbar, dass sie mich nach der Scheidung von Holger bei sich aufgenommen haben. Nachdem wir die Kosten für die Anwälte beglichen und unser Haus viel zu schnell zu einem viel zu niedrigen Preis verkauft hatten, um unseren Kredit vorzeitig abzulösen, stand ich mit leeren Händen da.

Meine Eltern wohnen mittlerweile in der ehemaligen Wohnung meiner Großmutter im ersten Stock. Oma und ich leben im Erdgeschoss, weil sie die Treppe nicht mehr steigen kann. Das Zusammenleben mit ihr macht mir nichts aus. Irgendjemand muss ab und zu nach ihr gucken und ich war immer ihre Lieblingsenkelin und sie meine Lieblingsoma. Nachdem ihr Mann früh gestorben war, ist Oma alleine durch die ganze Welt gereist. Als Kind haben mich ihre Abenteuergeschichten fasziniert. Heute kann sie leider nicht mehr reisen, aber abenteuerlustig ist sie immer noch.

Als ich aus dem Bad komme, treffe ich sie in der Küche.

»Mädchen, du bist aber gewachsen«, begrüßt sie mich. »Deine Schwester Heidi war in deinem Alter noch nicht so groß.«

Heidi ist eigentlich meine Mutter.

»Aber ich, ich war schon eine junge Frau in deinem Alter. Ich hatte solche Brüste«, fährt Oma fort und deutet mit ihren Händen eine enorme Oberweite an, von der nicht mehr viel übrig ist.

Früher war sie nie so. An manchen Tagen ist sie ziemlich durcheinander, an anderen ist ihr Scharfsinn nicht zu übertreffen. Ich war mehrmals mit ihr bei Ärzten. Eine Demenz konnte keiner feststellen, aber trotzdem kann man sie nicht mehr alleine lassen.

Ich bereite ihr noch schnell das Frühstück zu, bevor ich losgehe. Mama übernimmt dann später die Mittagsschicht bei Oma.

Während ich zur Tür gehe, sagt sie noch: »Kind, trink viel Muckefuck, vielleicht wächst dann ja bei dir auch noch was.«

Jetzt muss ich lachen und gebe ihr einen Kuss.

»Alles klar, Oma. Hab dich lieb.«

Eine halbe Stunde später komme ich in der Firma an. Heute ist mein erster Arbeitstag nach einem Kurzurlaub in Norditalien, aber irgendwie ist mir von der guten Laune nichts für den Alltag geblieben.

Im Büro befinden sich um diese Uhrzeit alle Mitarbeiter im Delirium. Vor allem meine zwei Kolleginnen in der Kommunikationsabteilung: Doris und Judith.

Doris ist die gute Seele der Abteilung. Sie war früher Assistentin der Geschäftsführung, doch Herr Künzel war so angetan von ihren Computerkenntnissen, die hauptsächlich Facebook und Onlineshopping umfassen, dass er dachte, sie könnte ihre Talente am besten in unserer Abteilung entfalten. Eigentlich brauchen wir keine Assistentin. Doris bucht nur die Hotels für die wenigen Geschäftsreisen, die wir erledigen müssen, und verschickt ab und zu ein Broschürchen. Den Rest der Zeit jagt sie in der virtuellen Shopping-Welt für uns nach den besten Schnäppchen bei eBay, Zalando und Co. oder sucht uns die besten Rezepte bei Chefkoch heraus.

Meine beste – und einzige – Freundin bei der Arbeit ist Judith. Sie ist Anfang dreißig und genau wie ich Single, nur dass ich im Gegensatz zu ihr bereits sieben Jahre verheiratet war. Nachdem ich meinen Rechner eingeschaltet und meinen Tee getrunken habe, kommt sie herein.

»Morgen«, grüßt Judith.

»Morgen«, erwidere ich.

Nachdem sie ihre Jacke ausgezogen hat, beginnt sie ihre tägliche Routine, zu der gehört, erst einmal ihren Schreibtisch zu desinfizieren und danach ihre Hände.

»Hast du schon einmal den Lappen gesehen, mit denen die unsere Tische putzen? Millionen von Bakterien.«

Wir sind ein gutes Team. Ich bin diejenige, die gut schreiben kann. Sie ist sehr fleißig und hübsch. Das hält vor allem die männlichen Zuhörer bei Präsentationen beschäftigt, während ich mich um die eigentlichen Inhalte kümmere.

Judith ist wirklich eine treue Seele. In den schwersten Stunden meiner Scheidung war sie immer für mich da. Sie hat sogar eine beginnende Liebelei mit Holgers Freund Andreas schlagartig beendet, um sich auf meine Seite zu stellen. Ich fand diesen Schritt zuerst etwas extrem. Doch Judith sagte: »Hauptsache, ich muss diesen verlogenen Holger nie wiedersehen.« Es stimmt wirklich: Erst in Krisensituationen findet man heraus, wer ein wahrer Freund ist.

Nachdem wir eine Stunde gearbeitet haben, stellt Judith die wichtigste Frage des Tages: »Natalie, sollen wir zum Mittagessen zum Chinesen gehen oder zum Inder?«

»Inder klingt gut«, entgegne ich.

»Super. Denn Nils aus der Logistik liebt auch indisch.«

»Schön für ihn«, antworte ich und ahne Schlimmes.

»Du, der würde gern mitgehen, wenn es dir nichts ausmacht.«

Ich zucke mit den Achseln.

»Also, ich finde ihn total nett. Er ist zwei Jahre jünger als du, aber das macht dir bestimmt nichts aus. Du siehst eh viel jünger aus, deswegen würde es doch passen.«

Ich versuche mich zu erinnern, wer dieser Nils ist.

»Meinst du den mit dem Seitenscheitel?«, frage ich.

»Ich habe kürzlich, in der vorvorletzten Ausgabe der ZEIT, gelesen, in der es um Beziehungen ging ... also, da ging es erst um Eltern-Kind-Beziehungen, dann um Freundschaften, dann um Männer und Frauen«, erwidert sie, ohne auf meine Frage einzugehen.

»Judith, bitte komm zum Punkt.«

Meine Kollegin hat die unangenehme Angewohnheit endlos auszuholen, wenn sie eine Geschichte erzählt.

»Na ja, da stand, dass die meisten Beziehungen auf der Arbeit geknüpft werden. Von unserem Naturell sind wir uns recht ähnlich und mit mir verstehst du dich super. Außerdem hat er mir erzählt, dass er ständig auf Reisen ist. Du hast doch auch immer Fernweh«, erklärt Judith.

»Na, von mir aus gehen wir mit Nils essen. Du hast wahrscheinlich eh schon zugesagt.«

16

»Super«, freut sich Judith. »Und wenn das erste Kind ein Mädchen wird, nennt ihr es Judith.«

Ich stehe nicht unbedingt auf Seitenscheitel und zugeknöpfte Hemden, aber wer weiß, vielleicht hat Judith recht und wenigstens seine Spermien sind gut? Seit meiner Scheidung hatte ich zwar viele Dates, aber ein potentieller Vater für meine Kinder ist mir noch nicht begegnet. Manchmal schaue ich mir im Internet Befruchtungskliniken in Dänemark an. Womöglich ist Seitenscheitel-Nils meine letzte Chance. Und günstiger als ein skandinavischer Samenspender ist er allemal.

Nach diesem Gespräch arbeiten wir endlich etwas und widmen uns der Beschreibung der neusten Heizkörper.

Irgendwann räuspert sich Judith.

»Du, Natalie«, sagt sie. »Da ist noch etwas.«

»Noch ein Date?«

»Nein, ich meine wegen der Arbeit. Du weißt doch, Facebook, diese sozialen Netzwerke, die gibt es ja schon seit über zehn Jahren. Wir zwei wissen ja, was für eine Luftnummer das ist, aber Herr Künzel kam vor drei Wochen in unser Büro ...«

»Judith? Was ist passiert?«

»Ja, das wollte ich dir doch gerade sagen. Herr Künzel hat seinen Schulfreund Alfred auf dem Golfplatz getroffen, und der hat damit geprahlt, dass er einen Blogger eingestellt hat ...«

»Schon klar. Was Alfred hat, will Künzel Junior auch. Dann besuchen wir eben ein paar Social-Media-Seminare.«

»Nein, Natalie, ich habe uns gerettet!«

»Wie hast du uns gerettet?«, frage ich misstrauisch.

»Du weißt doch, ich habe einen kleinen Bruder ...«

Natürlich weiß ich das. Judith erzählt manchmal von ihm. Er ist einige Jahre jünger als sie und ein richti-

17

ger Computer-Junkie. Wie Jungs eben sind. Er studiert irgendwo am anderen Ende der Republik.

»... du weißt doch, wie unser Chef ist. Wenn er sich etwas in den Kopf gesetzt hat, dann muss immer alles ganz schnell gehen. Und als du im Urlaub warst, war er wieder hier, weil er dringend einen eigenen Blogger wollte. In der Not habe ich meinen Bruder vorgeschlagen. Es ist doch besser, wenn er für den Social-Media-Quatsch jemanden einstellt, den wir kennen.«

»Den du kennst. Wir sind uns noch nie begegnet. Hattest du nicht erzählt, dass er Philosophie und Kunstgeschichte studiert?«

»Das Studium hat er abgebrochen. Jetzt ist er wieder bei meinen Eltern eingezogen.«

Also wird uns in Zukunft ein verpickelter Studienabbrecher als Kollege bereichern.

»Weißt du«, fährt Judith fort. »Ich fühle mich Jo gegenüber so verpflichtet. Ich bin doch eine Art Mutterersatz für ihn. Als meine Mutter ihre dreijährige Indienreise zur Selbstfindung gemacht hat, war ich schon ein Teenager und die einzige Frau bei uns, die sich um ihn kümmern konnte.«

»Na, ihr seid mir ja eine Familie«, erwidere ich.

»Tja, meine Eltern sind leider beide etwas speziell.«

»Du hättest mich aber doch auch im Urlaub anrufen können, um mir Bescheid zu geben. Ich dachte, ich wäre hier die inoffizielle Gruppenleiterin?«

»Wegen so einer Kleinigkeit wollte ich dich nicht in Italien stören. Sieh das doch nicht so verbissen mit deinem Job. Du führst dich auf, als ob es nichts anderes gäbe in deinem Leben.«

»Seit meiner Scheidung ist das auch so«, antworte ich trocken. »Wenigstens finde ich hier meine Bestätigung, kann Entscheidungen treffen, werde fürs Schreiben bezahlt und darf ab und zu ins Flugzeug steigen, um auf Messen zu gehen.«

»Natalie, was ist aus dir geworden? Du wolltest doch mal Reiseführer schreiben und diesen Job nur ein oder zwei Jahre machen? Ich glaube immer noch, dass du zu mehr berufen bist, auch wenn ich dich vermissen würde. Wolltest du nicht Abenteuer erleben?«

»In einem früheren Leben. Jetzt habe ich genug Abenteuer durch meine Scheidung und deine eingefädelten Dates.«

Bei diesem Stichwort blickt Judith auf die Uhr.

»Lass uns in die Mittagspause gehen«, fordert sie mich auf.

*

Wir sitzen inmitten von roten Linsen-Platten und Mango-Lassi-Bechern mit Seitenscheitel-Nils. Der Small Talk läuft langsam an. Was ich nach fünf Minuten herausgefunden habe: Nils wohnt, genau wie ich, in der Einliegerwohnung seiner Eltern, nur nicht vorübergehend, sondern schon immer. Und seine Hemden bügelt Mutti. *Es hat eben seine Gründe, wenn ein Mann mit Ende dreißig noch nie eine Freundin hatte*, denke ich mir.

»Wahrscheinlich beneiden mich alle, weil ich hier mit zwei so schönen Frauen sitze«, schmeichelt Nils und lächelt.

Selbstbewusstsein scheint er zu haben. Er hat sich Linsen mit Spinat bestellt. Was man deutlich sieht, sobald er den Mund aufmacht.

»Und wie ist dein Job so?«, will ich ihn fragen, um das Gespräch in Gang zu bringen. Leider rutscht mir, als ich die grünen Reste zwischen seinen Zähnen sehe, heraus: »Und wie ist dein *Spinat* so?«

»Äh, wie? Nicht so gut, wie bei meiner Mutter, aber passabel.«

Ich gucke zu Judith und runzle mit der Stirn. Meine Freundin nickt mir aufmunternd zu. Ich gebe mir Mühe und überlege mir eine Frage, um Anteilnahme zu zeigen.

»Was machst du so in deiner Freizeit? Hast du Hobbys?«

Er zuckt mit den Achseln. »Was meinst du mit Hobbys?«

Judith wirft mir einen Blick zu, der wahrscheinlich bedeuten soll: *Denk an deine ungeborenen Kinder!*

Also gut, denke ich, und frage: »Bist du Vegetarier?«

»Äh, nein, warum?«

»Weil du ein vegetarisches Gericht bestellt hast.«

»Quatsch, das ist doch nur die Vorspeise. Meine Mutter sagt, ein Essen ohne Fleisch ist kein richtiges Essen. Bei uns in der Familie sind seit Generationen alle Jäger. Und Natalie, hast du Lust mal mit auf eine Pirsch zu kommen?« Er zwinkert mir zu. »Frauen stehen doch auf so etwas.«

Meine Kollegin als ausgesprochene Vegetarierin und Tierliebhaberin reißt den Mund erschrocken auf, doch er fährt schon fort.

»Judith meinte, du wärest auch noch Schriftstellerin«, erklärt er. Ich werfe ihr einen bösen Blick zu.

»Ach, das ist nur ein Traum aus meinen Studienzeiten«, wehre ich ab.

»Du hast also auch eine Berufung?«, fragt Nils. In seiner Stimme klingt Bewunderung mit.

Ich sehe ihn fragend an.

»Meint ihr, ich wollte in der Logistik eines Heizkörperherstellers arbeiten? Meint ihr, ich hätte keine unerfüllten Träume?«

Offenbar versteckt sich hinter ihm doch mehr als ich dachte.

»Was ist denn deine Berufung?«, möchte ich wissen.

»Schlachter.«

Judith und ich lachen laut auf.

»Der ist gut«, sagt Judith.

»Darüber mache ich doch keine Witze. Das ist ein wichtiger Beruf.«

Judith und ich blicken uns an.

»Du Nils, mir fällt ein, dass wir noch eine wichtige Besprechung haben«, meint Judith dann.

»Ach, komm«, sage ich. »Ein paar Minuten haben wir noch.«

Ich finde das langsam amüsant.

»Was gefällt dir denn an dem Beruf so gut?«, möchte ich wissen.

»Vor allem das Wurstmachen. Wisst ihr, wie spannend das ist? Erst hat man ein unförmiges Stück Fleisch und am Ende wird eine leckere Wurst herausgedrückt.«

Er ahmt tatsächlich mit seinen Händen die Herstellung einer Wurst nach.

Judith steht auf, deshalb wird er lauter.

»Wisst ihr, wie toll das ist, wenn man so einen dicken, festen Fleischprügel durch seine Finger gleiten spürt?«

Das haben die anderen Gäste des Restaurants falsch verstanden und starren zu uns hinüber.

»Wir müssen jetzt wirklich los«, erklärt Judith in einem scharfen Ton.

Nils scheint enttäuscht. Doch ich setze noch eins drauf. Ein bisschen Rache für die Kuppelei muss sein.

»Judith meinte, du würdest gerne reisen?«, frage ich liebenswürdig.

»Ja und wie. Überallhin, wo man gut jagen kann. Meine letzte Reise ging nach Rumänien. Da kann man Bären erlegen. Das habt ihr noch nicht gesehen.«

21

»Ich gehe jetzt«, sagt Judith.

Ich zucke mit den Achseln und stehe auf. Auch Seitenscheitel-Nils erhebt sich und küsst mich unerwarteterweise zur Verabschiedung auf beide Wangen.

Zurück im Büro meint Judith: »Also, wenn er kein Bambi-Mörder wäre, wäre er doch eigentlich gar nicht so schlimm, oder?«

»Judith, ich glaube, das mit dem Kinderkriegen muss ich abhaken.«

Doris steht in der Tür.

»Frau Mayer-Kahn hat gerade angerufen. Du sollst zum Chef kommen, Natalie.«

Was habe ich wohl angestellt, dass Künzel Junior sich an mich erinnert?

»Vielleicht wirst du ja befördert«, meint Judith, als sie meinen irritierten Blick sieht.

»Guter Witz.«

Künzel Junior thront hinter seinem massiven Schreibtisch, und sobald ich durch die Tür trete, legt er los.

»Frau Herzog, ich habe mir Ihre neue Broschüre angesehen. Der Text ist wirklich klasse!«

Ich sehe ihn erstaunt an und setze mich. Mit Lob ist er sonst verhalten.

»Wie Sie es schaffen, für unsere Produkte Emotionen zu wecken, das ist großartig. Das wollte ich Ihnen einmal persönlich sagen. Sie sind ja nun schon so lange hier. Ihr Talent müssen wir doch endlich einmal fördern.«

Seine Worte gehen runter wie Öl.

»Ich hoffe, Sie reisen gerne, Frau Herzog, und sind offen für Neues«, fährt er fort.

»Ja«, antworte ich.

Das klingt vielversprechend. Kann es sein, dass er mir eine Führungsposition anvertrauen will?

»Gut, dass Sie es ansprechen«, füge ich hinzu. »Ich wollte sowieso schon länger mit Ihnen ...«

Sein Telefon klingelt.

»Oh, Moment«, entschuldigt er sich und nimmt ab. »Andrej! Hallo. – Ja, die Unterlagen sind angekommen. – Großartig. – Ja. Ja, genau. Geht es Olga gut? – Grüße von mir. Wegen der Details ... Warte kurz, Andrej.«

Künzel hält die Sprechmuschel zu.

»Wir besprechen das ein andermal, Frau Herzog«, sagt er zu mir.

Während ich zur Tür gehe, ruft er mir noch hinterher: »Und immer weiter so!«

Als ich das Büro des Chefs verlasse, denke ich über seine Worte nach. Er hat etwas angesprochen, das mir schon seit längerem im Kopf herumspukt. Dieser Job ist das Einzige in meinem Leben, das eine langfristige Perspektive hat und mir eine echte Bestätigung gibt. Dagegen entwickelt sich das Kinderthema immer mehr zu einer Sackgasse. Ich kann es leider nicht erzwingen und vor allem will ich nicht Schlachter-Nils als Vater. In diesem Moment treffe ich einen Entschluss.

Erstens: Ich werde meine Lebenszeit ab sofort nicht mehr damit vergeuden, potentiellen Traumprinzen nachzujagen, die sich am Ende doch als Frösche entpuppen. Die Männerwelt ist für mich gestorben.

Zweitens: Ab sofort lege ich mich ins Zeug, um in meinem Job die leitende Position zu erhalten, die mir zusteht. Dann kann ich endlich durch die

Gegend jetten, Messen besuchen und Beiträge für Fachzeitschriften schreiben.

Ich fange an, Gefallen an diesem Gedanken zu finden.

KAPITEL 3

Sobald ich wieder im Büro bin, beginne ich mit einer Präsentation für meinen Chef, in der ich zeigen möchte, wie man die Kommunikation der Firma noch viel stärker ausbauen könnte. Denn obwohl Künzel & Söhne in Deutschland zu den großen Namen unter den Heizungsbauern gehört, hat international noch niemand etwas von uns gehört. Wenn es mir gelingt, als Erste Künzels Interesse an der internationalen Expansion zu wecken, werde ich endlich die Karriereleiter hinauffallen. Das ist alles eine Frage der richtigen Kommunikation – und meine Chance ganz groß herauszukommen. Daher bereite ich diese Präsentation besonders sorgfältig vor.

Aber es dauert nicht lange, bis ich mein Ziel – den Männern zu entsagen – gegen Judith verteidigen muss. Während ich am Rechner sitze, führt meine Freundin ein privates Telefongespräch. Nachdem sie aufgelegt hat, meint sie: »Natalie, du bist doch ein großer Woody-Allen-Fan?«

»Ja?«, sage ich.

»Hast du Lust auf Kino heute Abend?«

»Klar.«

»Cool«, erwidert Judith. »Dann besorge ich uns schon mal die Tickets. Mein Bruder und eine Freundin kommen noch mit. Ach ja ... und Paul.«

Den letzten Namen hängt sie möglichst beiläufig an ihre Aufzählung an.

»Und wer ist Paul?«, frage ich.

»Also Paul, das ist ein wirklich ganz Netter. Der Arme ist alleinerziehender Vater von zwei Kindern. Und er mag Woody Allen.«

»Ist das jetzt ein Date für dich oder für mich?«, frage ich angesäuert.

Ich kann nicht glauben, dass sie nur zwei Stunden nach Seitenscheitel-Nils bereits den nächsten Kandidaten aus dem Ärmel schüttelt.

»Du, der ist nicht so wie Nils. Der ist echt okay.«

»Judith, ich habe die Nase voll von deiner Verkuppelei.«

»Ich möchte nur maßgeblich an deinem Glück beteiligt sein. Jede Chance muss genutzt werden. Da helfe ich dir nur ein bisschen beim Organisieren. Sonst wird das nie was.«

»Und wer hilft dir beim Organisieren – Madame Superkupplerin, die selbst Dauer-Single ist?«

»Ich? Ich brauche keine Hilfe. Ich bin bei Parship, da organisieren die das Ganze mit Algorithmen. Ganz wissenschaftlich.«

»Also Judith, das ist zwar nett gemeint, aber ich möchte mich in Zukunft mehr der Arbeit widmen.«

»Kannst du ja machen. Es ist doch nur ein Kinobesuch.«

»Danke. Ein Date pro Tag reicht mir.«

»Das kannst du mir nicht antun. Es ist mir peinlich, wenn ich dem armen Kerl absagen muss.«

»Dann geh du doch mit ihm ins Kino.«

»Äh, nee, der ist schon Mitte vierzig und hat zwei Kinder. Weißt du, was das für ein Chaos bei ihm zu Hause ist?«

Doch ich bleibe stur. Schweren Herzens greift Judith wieder zum Hörer und sagt den Kinoabend ab. Ich bin stolz auf mich. Diesmal bin ich nicht schwach geworden. Ehrlich gesagt hätte ich gerne den neuen Woody Allen gesehen. Und beim Gedanken an die Nacho-Chips im Kino läuft mir das Wasser im Mund zusammen. Doch eigentlich kann ich auch alleine ins Kino gehen. Das wäre gleich der erste Schritt zur unabhängigen und selbstständigen Frau.

In diesem Moment betritt Doris unser Büro.

»Mädels, habt ihr gehört, dass der Chef ein Joint Venture mit einem russischen Oligarchen eingegangen ist?«

»Was?«

»Das hat der Müller gerade auf Facebook gepostet. Na, ihr kennt doch die Firma *VulkanSibirsk* aus Russland. Irgendwie hat Künzel Junior etwas mit denen gedealt, damit unsere Unternehmen zusammen eine Tochterfirma gründen, um gemeinsam den europäischen Markt zu erobern«, erklärt Doris. »Wir bringen die deutsche Technologie mit und die ihre guten Beziehungen in alle früheren Bruderstaaten der Sowjetunion.«

»Das hat uns gerade noch gefehlt«, stöhne ich.

Den Rest des Tages verbringen wir mit einer Debatte, was sich dadurch für uns ändern könnte. Was sich für mich ändert, sage ich den beiden allerdings nicht. Meine schöne Präsentation ist durch diese Neuigkeit schon veraltet, bevor ich sie überhaupt fertiggestellt habe.

»Lass uns pünktlich Schluss machen«, meint Judith gegen halb fünf.

»Bist du mir noch böse wegen der Kinosache?«, frage ich sie zum Abschied.

»Nein, ist schon längst vergessen. Ich habe gerade eine SMS von dem großen Blonden von Parship bekommen. Er will sich heute Abend mit mir treffen. Vielleicht ist es Schicksal, dass du den Kinobesuch abgesagt hast.«

Judith nimmt mich in ihrem schicken Mini mit. Während wir zu ihrem Auto gehen, kommen uns zwei Männer zwischen zwanzig und dreißig entgegen und pfeifen uns hinterher, als wir an ihnen vorbei laufen.

»Hey, sollen wir euren Motor mal so richtig auf Touren bringen?«, ruft der eine.

Wir kichern wie zwei Achtklässlerinnen, während wir ins Auto steigen.

»So jung und brauchen schon 'ne Brille. Die waren doch mindestens zehn Jahre jünger als wir«, grinse ich.

»Jetzt mach dich mal nicht hässlicher, als du bist, Natalie. Du siehst höchstens aus wie dreißig. Vielleicht musst du dich einfach mit jüngeren Männern abgeben«, antwortet Judith.

»Das würde mir gerade noch fehlen!«

»Nein, ehrlich, du siehst doch aus wie ein südländischer Filmstar. Ich verstehe gar nicht, dass du das nicht merkst.«

Judith will den Wagen starten, als sie eine SMS erhält. Nachdem sie die Nachricht gelesen hat, lächelt sie und tippt schnell eine Antwort. Sie braucht natürlich länger dazu. Judith ist nun einmal einfach nicht der Typ dafür, sich kurzzufassen.

»Ist es was Ernstes?«, frage ich.

»Wer weiß.« Sie atmet tief durch. »Du glaubst gar nicht, wie aufgeregt ich bin. Heute Abend sehen wir uns das erste Mal in echt. Und das ist für mich, wie, tja … also, stell dir mal vor, du bist beim Bäcker und hast total Lust auf Schoko-Croissants.«

Mir schwant, dass das einer ihrer längeren Vorträge werden könnte, und ich unterbreche sie vorsorglich: »Du brauchst nicht nervös zu sein, du siehst super aus, bist clever … was willst du mehr? Er kann dir bestimmt nicht das Wasser reichen.«

»Meinst du?«, fragt sie unsicher.

»Natürlich. Außerdem kostet dieser aufbauende Satz dich fünfzehn Euro, ich akzeptiere auch Kreditkarten.«

»Kriegst du alles bei unserer Hochzeit.«

Judith setzt mich bei mir zu Hause ab. Ich esse nichts, um mir den Appetit für die Nachos aufzuheben. Schnell gehe ich unter die Dusche. Dann ziehe ich Leggins und eine bunte Tunika an, dazu meinen roten Schal und meine Lieblingsstiefel. Außerdem schminke ich mich. Seit meiner Scheidung mache ich das wieder regelmäßig.

Ich schaue in den Spiegel und bin ganz zufrieden. Auch wenn Judith vielleicht etwas übertreibt mit ihrer Einschätzung meines Äußeren – ich finde, wie vierzig sehe ich wirklich nicht aus.

»Hallo, ich bin Natalie und ich bin dreißig!«, sage ich zu meinem Spiegelbild.

Wenn ich diesen Satz ausspreche, fühle ich mich, als würde ich behaupten, ich sei achtzehn!

*

Nachdem ich meine Karte gekauft habe, gehe ich im Kino direkt zur Theke im Foyer, um mir die große Freude des Abends zu gönnen. Natürlich weiß ich, dass das Kino hier nur aufgewärmte Fabrikware verkauft, aber der Geruch der warmen Maischips ist einfach zu verführerisch. Kaum halte ich die Nachos mit Salsa-Sauce in der Hand, drehe ich mich um und will in meinen Saal gehen – und renne direkt in den Nächsten aus der Warteschlange, der sich ziemlich dicht herangedrängelt hat. Die Nacho-Schale gerät ins Wanken und ich blicke der Hälfte meiner geliebten Chips hinterher, wie sie auf dem Boden auftreffen.

»Hey, pass doch auf!«, schimpfe ich.

Dann blicke ich auf. Der Typ ist ein Schönling, ungefähr eins achtzig groß mit hellbraunen Haaren. In einer Soap würde er bestimmt die Rolle des jugendlichen Liebhabers

29

spielen, der allen Frauen den Kopf verdreht. Aber um den nötigen Abstand zum Vordermann in der Schlange zu halten, ist er offensichtlich zu blöd.

»Pass du doch auf«, erwidert er.

Genau die Art von intelligenter Antwort, die von so einem Lackaffen zu erwarten war. Da ist jedes weitere Wort verschwendet.

»Blödmann«, murmle ich, als ich davon gehe.

»Das habe ich gehört«, ruft er mir hinterher.

Ist mir egal. Ich werde ihm bestimmt nie wieder begegnen. Solche Typen interessieren sich sowieso nur für ihre Motorräder und den neusten Teil der *Fast and Furious*-Reihe. Wieder einmal bestätigt sich das Vorurteil, dass gutes Aussehen und ein netter Charakter nicht zusammenpassen. Ich trauere meinen Nachos nach und betrete den kleinen Saal Nummer 3, in dem der Film gezeigt wird.

Es ist Montagabend und das Kino ist fast leer. Außer mir sitzt nur ein älterer Besucher im Saal, dessen schwarzer Rollkragen-Pulli und graue lange Haare den Hardcore-Arthaus-Fan verraten. Zum Lachen sitzt *der* bestimmt nicht im Woody-Allen-Film. Ich mache mich ohne Hemmungen breit. Auf den Sitz links neben mir lege ich meine Jacke und auf den Sitz rechts meine Tasche. Gerade als ich beginne, meine Nachos zu genießen, fragt mich jemand: »Ist das Ihre Jacke?«

»Wessen sonst?«, erwidere ich und schaue zu dem Eindringling auf.

Ich zucke zusammen. Es ist der Typ von vorhin. Er zeigt auf sein Ticket.

»Das ist mein Platz.«

So eine Frechheit ist fast schon wieder bewundernswert: »Und wo ist das Problem? Der ganze Saal ist noch frei?«

Er grinst mich breit an. »Oh, das tut mir leid, aber in diesem Kino gibt es nur Platzkarten. Wenn ich mich nicht genau auf diesen Platz setze, wird mich der Platzanweiser wahrscheinlich sofort rausschmeißen.«

Ich muss an den übergewichtigen Dauerstudenten denken, der draußen meine Karte abgerissen hat. Die Vorstellung, dass er mit seinen eins sechzig versuchen könnte, irgendjemanden hinauszuschmeißen, bringt mich fast zum Grinsen. Aber mir ist klar, dass sich dieser Unbekannte von mir nicht verscheuchen lassen wird. Wahrscheinlich glaubt er, dass er mich zum Rückzug zwingen kann. Aber da hat er sich geschnitten. Von Männern lasse ich mich nicht mehr herumkommandieren. Er ist nicht der erste nervende Kerl, neben dem ich im Kino sitzen muss!

Ohne ihn eines weiteren Blickes zu würdigen, lege ich meine Jacke auf die linke Seite. Er setzt sich neben mich. Mir fällt auf, dass der mysteriöse Fremde ebenfalls Nachos gekauft hat, allerdings mit Käse. Die mag ich zwar, aber sie haben mir zu viel Fett.

»Wollen wir Friedenspfeife rauchen?«, fragt er und bietet mir seine Chips an.

Diese Geste überrascht mich. Dann ist er wohl doch nicht der exemplarische *Fast and Furious*-Typ.

»Wieso nicht, schließlich haben Sie meine auf den Boden geworfen«, antworte ich.

»Und deshalb sind meine Nachos Ihre Nachos. Oder darf ich du sagen?«

Häh? Macht der Typ mich gerade an? Mit einer Nacho-Masche?

»Warum nicht. Wir sind ja fast verwandt, da wir jetzt nebeneinandersitzen und beide Nachos essen«, frotzele ich.

»Finde ich auch«, erwidert er und lächelt.

31

»Schhht«, zischt der Arthaus-Fan in der letzten Reihe.

»Dein Humor gefällt mir«, sagt er und nimmt sich etwas von meiner Sauce.

Will er es mir irgendwie zurückzahlen und er nimmt mich gerade auf den Arm oder meint er das ernst?

»Sag mal, du bist aber kein Psychopath, der Frauen in Woody-Allen-Filmen nachstellt?«, frage ich frech.

»Klar, wenn ich töte, dann nur Frauen mit gutem Filmgeschmack. Noch ein paar Nachos?«

Jetzt lächle ich ebenfalls. Ich nehme die Nachos und sage: »Danke, Mörder mit gutem Filmgeschmack.«

In der Rolle der neuen unabhängigen Frau kann ein kleiner Flirt nicht schaden. Und dazu mit einem gut aussehenden Mann. Wahrscheinlich ist er ein paar Jährchen jünger als ich, aber ich wirke ja auch wie dreißig. Wer weiß – bei dem schummrigen Licht im Kinosaal komme ich vielleicht sogar wie achtundzwanzig rüber.

Nun werde ich schon größenwahnsinnig!

Einige Minuten sagen wir nichts und essen still unsere Nachos. Ab und an berühren sich unsere Hände beim Dippen. Ich schiele zu ihm hinüber und muss feststellen, dass er wirklich süß aussieht.

»Magst du Woody-Allen-Filme?«, frage ich.

Er schaut mich verwundert an.

»Ja, ich bin Fan, sonst wäre ich nicht hier.«

Ich merke, wie blöd meine Frage war, und versuche mich herauszureden.

»Vielleicht wurdest du gezwungen.«

»Stimmt, Woody Allen hat einen Geheimdienst, der die Mission hat, die Kinosäle zu füllen, damit die Menschen mit seinen Filmen einer Gehirnwäsche unterzogen werden.«

Oh, wie konnte ich mich im Foyer nur so irren? Du bist zum Anbeißen süß, du Mann mit dem wunderbaren Profil und Sinn für Humor.

Es folgt ein weiteres genervtes: »Schhht.« Offensichtlich zeigen wir nicht den nötigen Respekt für einen Kunstfilm.

Wir müssen kichern, aber dann reißen wir uns zusammen und sagen nichts mehr. Der Film beginnt. Wir essen die letzten Nachos auf. Wieder berühren sich unsere Hände. Diesmal etwas länger, wir haben beide keine Lust sie zurückzuziehen. Der Moment hat etwas Magisches an sich und mich überfällt ein Glücksgefühl, wie ich es das letzte Mal erlebt habe, als ich als Mädchen auf einem Michael-Jackson-Konzert war und er Küsschen in meine Richtung geschickt hat.

Wir schauen uns nicht an, wir blicken auf die Leinwand, während unsere Hände in der Soße baden. Eigentlich habe ich das mit meinem Mann verabscheut, wegen der ganzen Bakterien und Viren, die man dadurch zusammenmixt. Aber mit diesem Mr. Wonderful sind mir die Bazillen egal. Was für ein Gefühl!

Ich schaffe es nicht, mich auf *Blue Jasmine* einzulassen. Zudem passt der Film nicht in das klassische Woody-Genre. Der Hauptcharakter ist eine High-Society-Lady, Mitte vierzig, die vor den Scherben ihres Lebens steht, nachdem ihr Mann wegen dubioser Finanzgeschäfte verhaftet worden ist. Ein Sozialdrama. Ich muss trotzdem den ganzen Film hindurch lächeln, als ob ich gerade eine beschwingte Liebeskomödie sehen würde.

Nach einer Ewigkeit trennen sich unsere Hände. Ich versuche ihn anzublicken, am besten, wenn er nicht hinschaut, und es gelingt mir ab und zu. Er sieht wirklich gut aus.

Abgesehen von meinem Ex, der ganz okay aussah, standen bisher nur irgendwelche hirnverbrannten Idioten oder Muttis Bester auf mich. Dass er kein hirnverbrannter Idiot ist, hat mein Nachbar schon mit seinen Friedens-Nachos bewiesen. Und nach Muttis Bester sieht er auch nicht aus. Eher nach dem Typ Herzensbrecher, vor dem Mütter ihre Töchter warnen. Welche Augenfarbe er hat, konnte ich noch nicht genau erkennen. Nicht, dass ich da besondere Vorlieben hätte.

Einmal treffen sich unsere Blicke. Wir schauen uns einen kurzen Moment an und dann bin ich etwas verlegen. Er sieht so jung aus. Aber dann schimpfe ich mich selbst für diesen Gedanken aus. Wir sind doch gerade im Kino. Wo sonst sollen unmögliche Dinge denn möglich werden?

Ich weiß nicht, was er denkt. Jedenfalls berührt er zuerst meine Finger und danach meine Hand. Gleich schwebe ich dahin.

Als der Film – nach gefühlten fünfzehn Minuten – vorbei ist, und die Lichter nach dem Abspann angehen, ziehen wir unsere Hände zurück. Mich erfasst eine Traurigkeit. War es das? Ich traue mich nicht, ihn anzusehen.

Während ich meine Jacke anziehe und wir aufstehen, fragt er: »Wie fandest du den Film?«

Jetzt kann ich endlich seine Augen erkennen. Sie sind blau.

»Gut«, stammle ich.

»Es war ein Woody-Film, wie ich sie liebe«, sagt er. »Aber mein Favorit ist nach wie vor *Midnight in Paris*.«

»Der ist auch auf meiner Top-Liste«, erwidere ich strahlend.

Er lächelt. Irgendwie wissen wir nicht so genau, was wir jetzt machen sollen, also laufen wir los, ohne ein Ziel.

»Darf ich dich begleiten?«, fragt er.

Ich nicke und lächle. Dass ich so etwas erleben darf! Ich verstehe die jungen Mädchen, die ständig kichern, wenn ihr Schwarm sie tatsächlich eines Tages anspricht – etwas, wovon ich als Mädchen träumte und das ich irgendwie nie erlebte. Ich habe es später in die Kategorie »ferner Traum und Hollywood-Opium« gesteckt.

Eine Art Fieber hat mich erfasst. Außer dem Michael-Jackson-Fieber ähnelt es dem, als ich als Achtjährige in Elvis Presley verliebt war, da im Sommer mehrere Filme von ihm liefen. Ich fand damals, er sei der schönste Mann der Welt. Gut dieser Typ hier ist wahrscheinlich nicht der schönste Mann der Welt, aber es gibt ganz sicher einen Funken zwischen uns.

Wir schweben eine Weile nebeneinander und sprechen nicht.

Plötzlich sagt er: »Das ist absolut krass!«

»Was?«

»Na ja, wahrscheinlich begegnest du ständig Männern, die dir zu Füßen liegen. Aber ich finde das hier abgefahren, ich spreche nicht einfach so Frauen im Kino an!«

»Das ist so bei Woody-Allen-Fans.«

Wir lächeln.

Um abzulenken, frage ich ihn: »Was war dein erster Woody-Film?«

»Ich glaube, *Manhattan*.«

»Mein erster war *Alles was sie schon immer über Sex wissen wollten*«, erwidere ich und muss lächeln. »Da war ich vielleicht zehn und habe nichts verstanden. Aber ich musste sehr viel lachen.«

»Den habe ich erst mit siebzehn gesehen und, was soll ich sagen, ich musste ebenfalls lachen.«

Wir strahlen uns an und schlendern die Straße entlang. Er hat eine warme Stimme, ich könnte ihm ewig zuhören und ich weiß, dass ich bis über beide Ohren verknallt bin. Ich habe keine Ahnung, welche Strecke wir gelaufen sind, doch jetzt sind wir in einer kleinen Gasse angekommen. Meine Straßenbahnhaltestelle ist nicht weit entfernt. Wir schweigen weiterhin und genießen den Schwebezustand, der uns ergriffen hat. Dann bleibt er stehen.

»Spürst du das auch?«

Ich sage nichts.

»Da ist etwas. Das habe ich gleich gespürt.«

Was soll ich darauf erwidern? Vielleicht ist dies alles nur ein Traum und ich war gar nicht im Kino? Egal. Ich fühle, dass ich alles machen kann, was ich will. Also mache ich das, was ich mir wünsche. Ich gehe auf ihn zu und küsse ihn.

Wunderbar schmecken seine Lippen. Seinen Atem zu spüren, seine Lippen auf meinen, das ist noch schöner als die Berührung unserer Hände. Diese Welt hört auf zu existieren. Eine neue Welt öffnet sich und hier spielt Zeit keine Rolle. Ich weiß nicht, wie lange wir uns küssen. Als ich die Augen aufmache, um Luft zu holen, sind fast alle Lichter in den Häusern erloschen.

»Das war der intensivste Kuss, den ich je erlebt habe«, sagt er atemlos.

Ich lache glückselig. Jetzt, nachdem wir von der wahren Leidenschaft geschmeckt haben, müssen wir es wieder erleben. Wir sind wie Süchtige, abhängig von Liebe und Zärtlichkeit. Wir versinken in unserer neu erschaffenen Welt, bis uns eine Stimme in die Wirklichkeit zurückholt.

»Dürfte ich vielleicht aus meiner eigenen Haustür heraus?«

Es ist ein alter Herr, der seinen Hund Gassi führen will.

Wir gehen zur Seite. Er schaut uns kurz an und schüttelt den Kopf. Sein Hund, ein Pudel, wartet nicht lange, hebt sein Beinchen und pinkelt neben uns an die Hauswand.

»Habt ihr kein Zuhause?«, fragt der Herr und geht.

Mein Begleiter blickt auf die Uhr und mich holt langsam die Realität ein.

»Weißt du, wie spät es ist?«, frage ich.

»Null Uhr siebenundzwanzig.«

Ich lächele, doch dann wird mir bewusst, dass in genau drei Minuten meine Bahn fährt und die nächste erst wieder um vier Uhr kommt.

»Scheiße«, rufe ich aus. »Ich muss dringend zur Haltestelle, sonst ist meine Bahn weg.«

»Wann können wir uns wiedersehen? Kann ich dich besuchen?«, fragt er.

Ein Treffen? In der Wirklichkeit? Dieser Moment war so einzigartig. Warum sollten wir diesen Traum von der Realität zerstören lassen. Dieser Traumprinz soll kein Frosch werden.

»Das wäre keine gute Idee. Meine Eltern und meine Oma würden mich endlos mit Fragen löchern, wenn ich einen Mann mit nach Hause bringen würde«, versuche ich seinen Vorschlag abzuwehren.

Er lacht. »Das Problem kenne ich gut. Ich wohne auch noch zu Hause. Aber jetzt kriege ich meinen ersten festen Job und dann suche ich mir sofort eine eigene Wohnung.«

»Ich muss jetzt wirklich los«, sage ich.

Ich drehe mich um und sehe, dass die Bahn schon in die Haltestelle einfährt.

»Gib mir wenigstens deine Nummer«, bittet er.

Ich drücke ihm einen kurzen Kuss auf den Mund und laufe los.

Er sieht mir einen Moment verdutzt nach. Dann rennt er mir hinterher.

Ich schaffe es, durch die offene Tür in die Bahn zu hüpfen. In diesem Moment setzt der Schließmechanismus der Türen ein. Er rennt, sich die Seite haltend, auf die Bahn zu, läuft noch ein Stück nebenher und sieht dann enttäuscht dem wegfahrenden Waggon hinterher.

Ich spüre eine Traurigkeit in mir aufsteigen, als er im Dunkel verschwindet.

KAPITEL 4

Am nächsten Morgen habe ich Lust, mich richtig schick zu machen, auch wenn es nur für die Arbeit ist. Irgendwo habe ich mal gelesen, dass gut aussehende Menschen im Berufsleben schneller weiterkommen. Und seit gestern Abend fühle ich mich wieder richtig hübsch. Warum sollte ich das nicht für mich ausnutzen? Heute kann mich nichts aus der Bahn werfen.

Als ich ins Büro komme, ist Doris bereits da. Wie immer ist die eBay-Seite auf ihrem Bildschirm geöffnet.

»Guten Morgen, Natalie, ich habe uns wieder diesen leckeren Tee gekocht, magst du welchen?«

»Guten Morgen, Doris, gerne.«

Auch wenn Doris es bis heute nicht hinkriegt, eine Konferenz via Telefon einzurichten, bemuttern kann sie uns wirklich gut. Normalerweise ist sie sehr gesprächig. Aber jetzt ist sie anscheinend gerade dabei, etwas zu ersteigern.

»Kannst du mir einen Termin beim Chef besorgen?«, frage ich sie.

Sie nimmt meine Anfrage stirnrunzelnd zur Kenntnis.

Ich gehe in mein Büro und sehe mir meine E-Mails an. Allein fünf davon sind von Künzel Junior. Es geht um das Joint Venture mit den Russen. Außerdem habe ich eine Rund-Mail von der Personalabteilung erhalten. Darin wird uns mitgeteilt, dass wir alle ein interkulturelles Seminar besuchen sollen, um unsere neuen Mitstreiter besser kennenzulernen. Darauf bin ich schon sehr gespannt ...

Nun betritt Judith das Büro. Ihrem knappen »Morgen« kann ich entnehmen, dass der Abend mit Mr. Blond von Parship nicht ihren Erwartungen entsprochen hat.

»Und?«, versuche ich, sie zum Reden zu bringen.

»Frag nicht.«

»So schlimm?«

Sie nickt.

Jetzt müsste ich sie bitten zu erzählen, doch bei Judith könnte man das bereuen. Ich schaue auf die Uhr, sie seufzt. Okay, okay, ich frage sie. Wozu sind Freundinnen denn da.

»Was ist denn passiert?«

»Willst du es wirklich hören?«

Ich bin mir nicht sicher, aber ich bin eine gute Kollegin und eine noch bessere Freundin.

Also sage ich: »Schieß schon los!«

»Tja, wo soll ich anfangen, also wir haben gemeinsam gechattet, so gegen halb sechs, kurz nachdem ich dich abgesetzt hatte. Der Rückweg war ganz schön stressig, die Hauptstraße war gesperrt und dann habe ich erst einmal gewartet und überlegt, was ich machen soll. Ich stehe an der Ampel, neben mir steht ein Taxi, aber kein gelbes, sondern ein rotes Taxi. Stell dir vor, ein rotes Taxi. Ob das erlaubt ist?«

»Judith, du wolltest erzählen, wie dein Date verlaufen ist.«

»Das mache ich doch.«

»Aber du berichtest gerade von einem Taxi und das hat definitiv nichts mit dem Date zu tun.«

Sie überlegt kurz. Ich muss mich jetzt selbst retten, sonst sitzen wir bis zur Mittagspause hier und Judith ist gerade mal bei der nächsten Ampel angelangt.

»Bist du denn zu spät gekommen?«

»Ich? Nein, er! Ich kam nur die obligatorischen drei Minuten später. Bei ihm war es eine Viertelstunde, genauer gesagt achtzehn Minuten später, wenn ich die drei Minuten von meiner Verspätung dazuzähle. So etwas Unzuverlässiges war mir gleich verdächtig.«

»Warum, Judith?«

»Entschuldige, ich bin noch total durch den Wind. Er meinte, er habe im Stau gesteckt. Eine absolute Lüge, wenn du mich fragst.«

»Wieso? Kann doch sein, dass er im Stau war. Wie sah er denn aus, was hatte er an?«

»Ja, mit dem Aussehen hat er ein bisschen geschwindelt. Er war zwar blond, aber nicht groß. Und zu meinem Traummann will ich aufsehen können.«

Ich fürchte, Judiths Wunschliste für den perfekten Partner ist noch deutlich länger. Dementsprechend schwer ist es für sie, ihn zu finden.

»Hat er dir ein Getränk spendiert?«, frage ich.

»Ich bin doch drei Minuten nach der Verabredung da gewesen. Stell dir vor, ich komme herein, rechts von mir sitzt eine Frau mit Mann und Baby. Sie stillt das Kind und liest dabei in ihrem iPad. Der Mann trinkt einen Espresso.«

»Judith, hat er dir ein Getränk spendiert, ja oder nein?«

Der perfekte Mann spendiert auf jeden Fall seiner Angebeteten ein Getränk. Da ist Judiths Liste für Traummänner ganz eindeutig.

»Wie denn? Wir waren doch bei Starbucks und ich war vor ihm da und musste mein Getränk in der Schlange selbst bezahlen. Aber die eigentliche Katastrophe fing danach erst an.«

»Du, Judith. Wir müssen jetzt arbeiten. Schreib mir einfach in einer E-Mail, wie es war. In Ordnung?«

In ihren Mails merkt Judith wenigstens selbst, wenn sie abschweift. Und während sie mit der Mail beschäftigt ist, kann ich mir überlegen, wie ich mit Künzel Junior über meine berufliche Zukunft sprechen kann.

»Na gut«, antwortet Judith und schaltet ihren Rechner ein. Nach zehn Minuten erhalte ich eine Nachricht von ihr.

Betreff: Reinfall mit Robert

Nachdem ich 15 Minuten auf Robert gewartet und meinen Latte schon halb getrunken hatte, tauchte er auf. Ein sehr smarter Kerl, nicht groß, aber blond und mit einem Gewinnerlächeln. Er schaute sich um, und als er mich erkannte, musste er lächeln. Er ging auf mich zu und sagte mit einer rauen sexy Stimme: »Bist du Judith?«

Ich nickte. Dann setzte er sich zu mir und erzählte, dass er leider im Stau gestanden sei. Er unterbrach sich und holte sich einen Kaffee. Ich betone, er fragte nicht, ob ich noch etwas haben wollte.

Er kam zurück mit einer Tasse Kaffee und einem Bagel mit Frischkäse. Das Gespräch verlief ganz nett. Er hat angeboten mit mir nach Hause zu spazieren. Da ich ganz in der Nähe wohne, habe ich mein Auto einfach dort stehen lassen. Als wir vor der Haustür standen, hatten wir einen romantischen Augenblick und er setzte an mich zu küssen. Ich unterbrach ihn.

»Sollen wir uns nicht erst die Zähne putzen gehen? Wir kennen uns doch kaum. Ich habe auch immer unbenutzte Zahnbürsten für Gäste da.«

Er sah mich erst irritiert an, lächelte dann aber und sagte: »Gut, dann sehe ich mir gerne deine Zahnbürsten an.«

Doch als wir in der Wohnung ankamen, noch bevor ich ihm die Gästepantoffeln heraussuchen konnte, begann er mich zu begrabschen. Während ich ihn vor die Tür setzte, behauptete er, dass ich ihm ganz klare Signale gesendet hätte. Kannst du dir das vorstellen?!

Ich habe mehrmals versucht, dich anzurufen, aber du bist nicht drangegangen.

Ich hebe meinen Kopf und blicke über meinen Bildschirm auf die andere Seite des Schreibtischs zu Judith.

»Mein Handy war aus, weil ich im Kino war«, sage ich laut.

»Wie? Du warst im Kino?«, fragt Judith.

Upps, denke ich.

»Ach, ich habe es mir doch anders überlegt und bin in die Spätvorstellung gegangen.«

»Ach so?«

»Es tut mir leid für dich, Judith, für den doofen Abend. Du bist noch jung, du wirst den Richtigen schon finden.«

Wobei – ehrlich gesagt habe ich da schon ein bisschen meine Zweifel. Mit ihren ausufernden Geschichten und ihrem Perfektionismus könnte sie bestimmt viele Männer um den Verstand bringen. Scheinbar auch diesen Robert – oder auch zum Glück, denn der beste Fang war er wohl nicht.

»Wie war der Film?«

»Hm?«

»Wie war der Film gestern?«

»Gut«, antworte ich knapp. »Es war ein ganz netter Abend.«

Ich überlege, ob ich erzählen soll, was mir widerfahren ist. Klar, warum nicht, denke ich. Also hole ich aus: »Außerdem war da ein ganz netter Typ ...«

Judith reißt ihre Augen weit auf.

»Du hast jemanden kennengelernt? Erzähl!«

»Kennengelernt ist zu viel gesagt. Eigentlich war es nur ein Flirt ... Ich glaube, er war einige Jahre jünger als ich.«

»Ich hab dir doch gesagt, jüngere Männer sind genau dein Ding.«

In diesem Moment kommt Doris zur Tür herein.

»Frau Mayer-Kahn hat angerufen. Du kannst jetzt zum Chef, Natalie.«

Ich bin nicht überrascht, dass es Doris gelungen ist, so schnell einen Termin von der notorisch schlecht gelaunten Chefsekretärin zu ergattern. Schließlich ist sie die Einzige, die die Fotos von Mayer-Kahns Kanarienvögeln auf Facebook positiv kommentiert.

*

»Ah, Frau Herzog. Was kann ich für Sie tun?«

»Herr Künzel, sind Sie mit meiner Arbeit zufrieden?«

»Ja, natürlich, das habe ich Ihnen doch erst kürzlich gesagt.«

»Genau, und da war etwas, das Sie noch weiter mit mir besprechen wollten.«

»Ach das. Ja, natürlich, Frau Herzog. Sie sind eine meiner besten Mitarbeiterinnen, ich habe Sie nicht vergessen. Und wenn Sie sich jetzt auch noch gut mit den Russen stellen, dann wird das mit der neuen Position sogar noch schneller etwas, als ich ursprünglich dachte«, erklärt mein Chef.

Mehr möchte er dazu noch nicht sagen. Beflügelt verlasse ich sein Büro.

Am nächsten Tag ist Samstag. Wochenende! Ich habe so gute Laune, dass ich beschließe, zu Ikea zu fahren. Ich habe zwar keinen Platz für neue Möbel, aber ein paar Bilderrahmen kann ich immer gebrauchen. So stöbere ich durch die Möbel-Abteilungen im ersten Stock. In der Küchen-Abteilung sehe ich eine große Kiste mit einem Sonderangebot an Schraubenziehern. *Davon kann man nie genug haben*, denke ich und nehme einen großen Kreuzschlitz mit.

Der Wochenendtrubel in den Gängen des Ladens ist für mich schon Grund genug für einen Besuch. Die vielen unbekannten Gesichter sind ein bisschen wie ein Schaufensterbummel im Leben fremder Menschen und ihrer Alltagsdramen. Im Restaurant fallen mir allerdings fast die Köttbullar vom Teller, als ich mich zum Bezahlen anstelle. Für einen Moment kommt es mir so vor, als ob in der Schlange an der Kasse mein unbekannter Woody-Allen-Fan aus dem Kino stünde. Erst als ich näher komme, fallen mir die längere Nase und die flache Stirn auf. Ob ich vorgestern einen Fehler gemacht habe? Ich habe zwar schon nachts von ihm geträumt, aber dass ich ihn jetzt im wahren Leben zu entdecken glaube, beunruhigt mich ein bisschen.

Die schwedischen Fleischklöße stellen mein inneres Gleichgewicht wieder her. Ich freue mich bereits auf die Krimskrams-Ausstellung im Erdgeschoss, wo an jeder Ecke ein Kasten mit Angeboten steht, als mir das Herz fast stehen bleibt.

In der Kinderabteilung sehe ich Holger. Dass mein Ex mittlerweile bei Ikea arbeitet, ist ausgeschlossen. Für Kindermöbel hat er sich bisher nie interessiert. Und wer ist eigentlich die junge Frau neben ihm? Die mit dem dicken Bauch?

Die beiden sehen zum Glück nicht in meine Richtung. Am liebsten würde ich schnell weitergehen, doch ich muss mir Gewissheit verschaffen, ob diese schwangere Frau wirklich zu Holger gehört. Also ducke ich mich und gehe hinter einem Stapel Spielkissen in Deckung. Sie kommen ein Stück in meine Richtung gelaufen.

Tatsächlich sagt sie zu ihm: »Schatz, welches Bettchen sollen wir nehmen?«

Er schaut sich die zwei Bettchen an, erwidert: »Entscheide du, Schatz«, und gibt ihr einen Kuss!

Als sie einen weiteren Schritt auf mich zukommen, mache ich mich noch kleiner. Sie stehen jetzt genau vor meinem Versteck. Panisch halte ich die Luft an, damit sie mein Wutschnauben nicht hören können.

In diesem Moment kommt irgendein Kind von links auf mich zu gerannt. Es packt mich am Ärmel und zieht daran.

»Hey«, zische ich dem Balg zu und versuche das Gleichgewicht zu wahren. Aber da ich sowieso schon auf den Fußsohlen balanciere, klappt das nicht. Mein Körper kippt nach vorne weg, mitten in den Kissenstapel. Ich falle direkt Holger und seiner schwangeren Begleitung vor die Füße.

Beide sehen mich sehr verwundert an. Als ihr Blick auf den Schraubenzieher in meiner Hand fällt, weiten sich ihre Augen vor Schreck. Die Frau kennt mich zwar noch nicht, aber wahrscheinlich sehe ich mit meinen verstrubbelten Haaren wie eine Irre aus einem Horrorfilm aus.

»Natalie?«, ruft Holger erschrocken.

Ich überlege, wie ich die Situation retten kann. Die Eltern um uns herum reißen bereits ihre Kinder zur Seite und flüchten sich in die Nebenflure. Meine Gedanken überschlagen sich. Ich suche nach den perfekten Worten, um Holger ein für alle Mal zu sagen, wie sehr er mich verletzt hat. Dass er mein Vertrauen missbraucht hat und dass er mit seiner Charakterschwäche jede Beziehung ruinieren wird, die er in seinem Leben noch haben wird.

Langsam stehe ich auf und rufe laut: »Arschloch!«

Dann gehe ich schnell weiter.

Den Schraubenzieher werfe ich irgendwo in der Blumenecke in einen Kübel und renne an der Warteschlange an den Kassen vorbei nach draußen.

Ich bin wie in Trance, meine Gedanken kreisen wie in einem Karussell, bis sich ein Gedanke immer mehr ver-

46

festigt. Holger wird Vater!? Wir haben es jahrelang probiert, aber nichts ist passiert. Kaum ist er mit einer anderen zusammen, klappt es! An ihm hat es also nicht gelegen. Sondern an mir. Plötzlich wird mir klar, dass ich keine Kinder bekommen kann, selbst wenn ich den perfekten Vater dafür finden würde. Ich habe eigentlich gedacht, ich hätte mit dem Thema abgeschlossen, aber diese Erkenntnis trifft mich wie ein Schlag. Auf dem Parkplatz vergieße ich Tränen der Wut und der Enttäuschung.

Ich fahre nach Hause und ziehe mir meine Schlabberhose an, hole eine Packung Chips aus dem Schrank und sehe mir einen Psychothriller an: *Kap der Angst*. Robert de Niro spielt den rachsüchtigen Häftling, der den ehrlichen Staatsanwalt und seine Familie terrorisiert. Eigentlich kann ich solche Filme nicht schauen, meistens habe ich nach solchen Filmen anschließend tagelang Albträume. Aber ich kann nicht widerstehen, denn im Augenblick bin ich auf glückliche Familien nicht sonderlich gut zu sprechen.

Nachdem ich eine ganze Chipspackung aufgegessen habe sowie alle auffindbaren Kekse, liege ich auf der Couch und weine. Warum ist das Leben so gemein, weshalb kann ich nicht auch Freude erleben?

Ich bin total aufgedreht und merke, dass ich Angst habe, dass hinter jeder Ecke der Killer aus dem Film lauern könnte. Also muss ich mir noch einen Liebesfilm anschauen, um besser schlafen zu können. Ich gehe zum DVD-Regal und suche mir meinen Lieblingsfilm aus, den tschechischen Kinderfilm *Drei Haselnüsse für Aschenbrödel*. Die ganze Zeit über weine ich mit Aschenbrödel. Mir geht es genauso wie ihr. Die böse Stiefmutter ist Holger und ich bin das arme Aschenbrödel. Einmal im Leben durfte ich eine Haselnuss öffnen, als ich im Kino war, und das Leben wieder spüren. Doch Aschenbrödel hatte danach noch zwei weitere Haselnüsse frei. Kann mir auch ein zweites oder gar drittes Wunder widerfahren?

Wohl kaum, das gibt es doch nur im Märchen.

KAPITEL 5

Den Sonntag verbringe ich mit Joggen, Essen und Fernsehen. Ich freue mich auf die Arbeit am nächsten Tag. Bei diesem Gedanken wird mir klar, dass ich endgültig in der Liga von Frauen wie Mayer-Kahn angekommen bin, die nur noch für die Arbeit leben und außer ihren Kanarienvögeln keine Lieben um sich haben. Momentan habe ich ja nicht einmal ein Haustier, dafür eine vergessliche Oma. Wieder muss ich still weinen – ich beweine das Leben von Frau Mayer-Kahn und das meine.

Als Oma mich im Wohnzimmer beim Weinen entdeckt, setzt sie sich neben mich auf die Couch. »Kind, warum weinst du, wer ist denn gestorben?«, fragt sie.

»Niemand«, schluchze ich. »Mein Ex-Mann bekommt ein Kind.«

Oma ist überrascht: »Was die moderne Wissenschaft heute so alles schafft! Früher konnten nur Frauen Kinder kriegen.«

»Nein, nicht er kriegt das Kind. Holgers neue Frau ist schwanger.«

Oma sieht mich irritiert an. »Holger? Wer ist das?«

»Mein Ex-Mann«, erkläre ich.

»Holger? Kenne ich nicht.«

»Du Glückliche!«, antworte ich und lasse mich von Oma in den Arm nehmen.

Wenn ich das nur ebenfalls sagen könnte.

*

Als ich mit dicken Augen zur Arbeit komme, begrüßt mich Doris aufgeregt.

49

»Guten Morgen, Natalie.«

»Morgen«, erwidere ich.

»Schlecht geschlafen?«

Ich nicke und gehe weiter.

»Heute kommt der Neue, der kleine Bruder von Judith«, ruft Doris mir hinterher.

»Hm«, sage ich.

»Ich bin bereits mit ihm über Facebook befreundet.«

»Ach, was du nicht sagst.«

»Der ist so süß und nett, willst du mal gucken, wie er aussieht?«

Ich frage mich, warum Doris mit einem Kind befreundet ist.

»Doris, ich sehe den Mann sowieso gleich. Also muss ich ihn mir nicht auch noch auf Fotos anschauen.«

Ich trete durch die Tür zu meinem Büro und lasse mich auf meinen Stuhl fallen.

»Wir haben wahres Glück, dass er bei uns arbeitet. Er ist so was wie eine Koryphäe bei den Bloggern und schreibt sogar Sachbücher zu sozialen Netzen«, erklärt Doris, die mir gefolgt ist und nun in der Tür steht.

»Ach, eine Koryphäe also.«

Dann huscht Judith herein.

»Entschuldigt die Verspätung. Bin heute mit Jo hergefahren.«

»Wo ist er denn?«, fragt Doris aufgeregt.

»In der Personalabteilung. Er kommt gleich.«

»Trinkt er Kaffee oder auch Tee wie wir?«, fragt Doris.

»Er ist Kaffeejunkie.«

»Oh, nein«, erwidert Doris. »Hätte ich das gewusst, hätte ich die guten Kaffeebohnen von zu Hause mitgebracht.«

Dann kommt unsere Praktikantin Laura.

»Hallo, die Damen«, sagt sie. »Hier ist Jonathan, Judiths Bruder.«

Sie zeigt zur Tür. Doch da steht nicht Judiths Bruder. Stattdessen sehe ich plötzlich den Typ aus dem Kino in meinem Büro. Aber anders als bei Ikea verschwindet die Erscheinung nicht einfach wieder. Ich starre ihn mit offenem Mund an.

Entweder hat er die halbe Stadt durchsucht, um mich zu finden, oder ich muss zum Seelenklempner. Wahrscheinlich habe ich die Vorboten einer psychischen Erkrankung übersehen, jetzt habe ich definitiv Wahnvorstellungen. Ach, du liebe Zeit! Schuld sind sicherlich Holger und seine schwangere Tussi!

Ich kneife die Augen zu und zähle bis drei. Dann öffne ich sie ganz langsam. Erst das linke, dann das rechte. Der Typ steht immer noch da. Ich muss sagen, meine Wahnvorstellung benimmt sich ziemlich logisch, denn auch der Typ schaut überrascht zu mir. Andererseits biete ich vielleicht einen komischen Anblick, wie ich die Augen zukneife und wieder öffne.

Ich reibe mir die Augen. Doris und Judith schauen mich besorgt an.

»Hast du etwas im Auge?«, fragt Judith.

»Ich glaube, ja.«

Ich öffne und schließe panisch die Augen, in der Hoffnung, dass mein Trugbild verschwindet und ich endlich sehen kann, wie der Bruder meiner Kollegin wirklich aussieht.

»Also, Natalie, das ist Jonathan, genannt Jo«, erklärt Judith.

Der Kerl kommt auf mich zu und gibt mir freundlich die Hand. Wie in Trance strecke ich ihm meine hin. Das ist jetzt zu abgefahren! Wem gebe ich hier gerade die Hand?

»Ich muss mal schauen, was mit meinem Auge los ist«, stottere ich. »Entschuldigung.«

Ich springe auf und verlasse das Büro, während alle Anwesenden mir irritiert nachsehen.

Auf dem Weg durch Doris' Büro fällt mir ein, dass sie die Facebook-Seite geöffnet hatte und mir Jonathans Bild zeigen wollte. Also gehe ich zu ihrem Rechner und blicke auf den Bildschirm. Auch dort ist auf dem Foto eindeutig der Mann aus dem Kino zu sehen.

Das ist Schizophrenie ersten Grades!

Ich gehe schnell auf die Toilette und betrachte mich im Spiegel. Sollte er mir auf dem Damenklo erscheinen, lasse ich mich einweisen. Doch es passiert nichts. Also versuche ich, in Ruhe die Situation zu analysieren. Welche Möglichkeiten gibt es, außer dass ich einer geistigen Krankheit erlegen bin? Kann es sein, dass der Typ aus dem Kino wirklich Judiths Bruder ist? Nein, das kann nicht sein. Das darf nicht sein. Traumprinzen dürfen keine Bürojobs haben!

Judith hat immer erzählt, dass ihr Bruder einige Jahre jünger ist als sie, und sie ist selbst erst Anfang dreißig. Aber dieser Kerl dort draußen ist kein halbes Kind mehr. Der Typ ist ein Mann, ein richtiger Mann.

Cool bleiben, Natalie!

Ein paar Minuten stehe ich hyperventilierend vor dem Waschbecken, bis mir klar wird, dass ich nicht ewig auf der Toilette bleiben kann.

Ich atme ein paar Mal tief ein und aus. Dann trete ich vor die Tür.

Auch wenn ich völlig durchgedreht bin, müssen es die anderen nicht gleich bemerken, denke ich. *Ich werde mich jetzt einfach so benehmen, als ob ich diesen Typ noch nie gesehen hätte.*

Also gehe ich zurück Richtung Büro. Auf dem Gang treffe ich die Praktikantin.

»Sag mal, Laura«, sage ich, »etwas stimmt mit meinem Auge nicht. Kannst du mir sagen, was für eine Haarfarbe der neue Kollege hat?«

Sie schaut mich an, als ob ich ihr gerade verraten hätte, dass ich ein UFO bin.

»Äh, braun.«

»Und hat er eine blaue Chino-Hose und ein kariertes Hemd an?«

Sie nickt verwundert.

»Gut, dann ist mein Auge doch nicht völlig kaputt.«

Sie schaut mir irritiert hinterher, als ich weitergehe. Zurück im Büro heften sich die Blicke aller Anwesenden auf mich.

»Wie geht es dem Auge?«, fragt Judith.

»Besser.«

Judith scheint meine Verunsicherung zu bemerken.

»Natalie, mach dir keine Gedanken. Auf der Arbeit wird Jo nur ein Kollege sein«, sagt sie. »Das habe ich schon mit ihm besprochen.«

»Da bin ich beruhigt«, erwidere ich und frage mich, wie sie das wohl trennen will.

»Jetzt mal ehrlich: Wie findest du ihn?«

»Er ist süß. Ein echtes Schnittchen.« Im Augenblick fällt mir nichts anderes ein, was ich sagen könnte.

»Wenn du zehn Jahre jünger wärst, hätte ich euch schon längst miteinander verkuppelt. Aber keine Sorge, für dich finden wir schon den passenden Mann.«

»Du sagst mir doch ständig, ich soll mir einen Jüngeren suchen.«

»Ja, etwas jünger, aber doch nicht knapp am Staatsanwalt vorbei.«

Ich lächele gezwungen über ihren leicht missratenen Scherz. Sie geht wieder zu ihrem Bruder. Ich traue mich nicht, dem neuen Kollegen in die Augen zu blicken. Es ist unheimlich.

Judith weist ihn ein und erklärt ihm die wichtigsten Dinge: wo sich die Toiletten befinden, wann Mittagspause ist und wo er sich Kugelschreiber besorgen kann.

Ein paar Minuten später betritt der Systemadministrator unser Büro und richtet dem Blogger einen Rechner auf dem freien Schreibtisch in der Ecke ein. Ich tue so, als ob ich sehr beschäftigt wäre, und tippe wahllos auf meiner Tastatur herum, ohne Sinn und Verstand. Den habe ich anscheinend irgendwo bei Ikea verloren. Mittlerweile blicke ich immer wieder verstohlen zu Jo und sehe, dass auch er mich anschaut. Sein Blick verrät nicht, was er in diesem Augenblick fühlt. Ob er mich wohl hasst, weil ich ihn einfach stehen gelassen habe? Vielleicht wird er bei den männlichen Kollegen damit angeben, dass er mit mir etwas gehabt hat. Mir wird plötzlich bewusst, dass Judiths kleiner Bruder ein großes Problem für mich werden könnte.

Als sie zur Toilette geht, kommt er auf mich zu und sagt leise: »Ich dachte, wir sehen uns nie wieder.«

Mein Herz erwärmt sich innerhalb von Sekunden und droht sogleich herauszuspringen.

»Ich bin also nicht verrückt, du bist es wirklich?«

Er nickt nur. Was geht jetzt in seinem Kopf vor?

Das ist unglaublich, unglaublich. Ich habe ihn wiedergetroffen und er heißt Jo und ... Und dann fällt mir ein, dass er der jüngere Bruder von Judith ist. Der, für den Judith so etwas wie eine Ersatzmutter ist! Ach du liebe Scheiße!

»Bist du echt Judiths kleiner Bruder?«

»Ich bin ihr Bruder, aber klein bin ich nicht.«

Wie alt ist er bloß, frage ich mich. Ich will ihm sagen, wie sehr ich mich über unser Wiedersehen freue.

In diesem Moment kommt Judith herein.

»Ich sehe, Natalie erklärt dir schon etwas.«

Ich schaue verlegen zur Seite, allerdings scheint sie es nicht zu bemerken.

»Natalie, möchtest du Jo eine Einführung in unsere Arbeit geben?«

»Klar ... aber lass ihn erst einmal seinen Arbeitsplatz einrichten.«

Damit kann ich mir wenigstens ein paar Minuten verschaffen, in denen ich mir eine Strategie ausdenken kann.

»Sagen wir in einer Stunde.«

Ich wende mich meinem Computer zu, aber ich kann nicht widerstehen und muss immer wieder zu ihm hinübersehen. Ein- bis zweimal treffen sich unsere Blicke. In meinem Kopf gehe ich die Erinnerungen unserer letzten Begegnung durch, bis sich in meinen Gedanken neue Bilder aufbauen. Ich liege in seinen starken Armen, im Sonnenuntergang. Er zieht mich an sich heran und seine Lippen nähern sich meinen ... Doch bevor sich unsere Münder in meiner Fantasie berühren können, sagt der Administrator: »Der Rechner ist bereit.«

Jetzt bin ich also mit meinem Teil der Einführung an der Reihe. Zum Glück kommt Doris in diesem Moment ins Büro.

»Ich soll Herrn Ritter zum Chef bringen«, sagt sie stolz.

»Auf zum Chef!«, entgegnet er und läuft zu meiner strahlenden Kollegin.

»Ich glaube, Doris hat Gefallen an meinem Brüderchen gefunden«, meint Judith, nachdem die beiden das Zimmer verlassen haben. »Sie steht wohl auf jüngere Männer.«

Ich versuche zu lächeln.

»Was ist mit dir los, Natalie?«

»Ach, nichts.«

»Ich merke doch, dass etwas nicht stimmt. Wegen Jo musst du dir wirklich keine Gedanken machen. Er wird uns eine große Hilfe sein, auch wenn er jung ist, ist er sehr professionell. Du musst ihn ja nicht lieben, aber du wirst sehen, ihr werdet euch verstehen.«

»Hm«, murmle ich und hoffe, dass sie endlich ruhig ist.

»Hast du Fieber?«

Wahrscheinlich hat Judith bemerkt, dass ich tomatenrot im Gesicht bin.

»Nein, hier ist es einfach nur warm, vielleicht sind es auch die Wechseljahre«, antworte ich.

Danach ist sie ein paar Minuten ruhig. Sie hat anscheinend ein schlechtes Gewissen, weil ihr Bruder jetzt mit uns im Büro sitzt, ohne dass sie das vorher mit mir abgesprochen hat.

Ich versuche, mich auf meine Arbeit zu konzentrieren, doch es gelingt mir nicht. In meinen Kopf ist eine Art Nebel eingezogen und meine Gefühle sind im Ausnahmezustand. Ich bin einerseits unbeschreiblich glücklich, anderseits kann ich die Ereignisse nicht einordnen. Dass mein Traummann in meinen Alltag hereinplatzt und sich als Bruder meiner besten Kollegin vorstellt, ist zu viel für mein Köpfchen.

Wie auf Befehl kommt Jo mit Doris herein. Daran, dass er einen Namen hat, muss ich mich auch erst gewöhnen.

Doris trägt ein Dauergrinsen im Gesicht spazieren. Ich kann es ihr nicht verübeln. Während ich Jo jetzt anschaue, weiß ich endlich, an welchen Schauspieler er mich erinnert. Er hat ein bisschen Ähnlichkeit mit Ryan Gosling.

»Ich wäre bereit für die Einweisung«, sagt er und setzt sich an seinen Schreibtisch.

Ich wechsle meinen Farbton von halbgereifter holländischer Treibhaus-Tomate zu erntereifer italienischer Bio-Tomate.

»Am besten fängt Natalie mit unserer Standard-Power-Point-Präsentation an«, meint Judith.

Ich versuche, meine Persönlichkeit in zwei Unterpersönlichkeiten zu spalten, um Herrin der Lage zu werden. Die Herz-Natalie muss jetzt in den Hintergrund treten und die Kopf-Natalie muss die Situation übernehmen. Nur so schaffe ich es irgendwie, diese einstündige Präsentation zu leiten. Zum Glück springt Judith immer wieder ein und ergänzt. Ihr Bruder schaut interessiert zu und nickt hin und wieder. Gelegentlich stellt er mir eine Frage.

»Und welche Aufgaben hast du in der Abteilung?«

Ich gerate ins Stottern und Judith übernimmt.

»Natalie ist sozusagen unsere inoffizielle Chefin. Sie hat die größte Erfahrung und den besten Überblick.«

Er nickt. Ich merke, dass ich mich immer wieder in seinem Lächeln verliere. Die Erinnerung an seine Küsse und Umarmungen übernehmen und ich drifte vollends ab.

Konzentriere dich, Natalie, mache dich nicht zum Idioten, muss ich mich ständig ermahnen.

Irgendwann sind wir mit unserer Präsentation durch.

»Und was hast du eigentlich bis jetzt gemacht?«, frage ich ihn.

»Ich habe seit drei Jahren meinen eigenen Blog. *Intergalaktisches Rauschen.*«

»Aha«, sage ich. »Und worüber schreibst du dort so?«

»Alles, was Spaß macht. Das ist ein Popkultur-Blog. Es handelt von Musik und Filmen über verrückte Gadgets, Geek-Stuff und D.I.Y. bis hin zu Storys aus dem Leben.«

»Aha«, sage ich noch einmal, aber ich fürchte, ich habe die Hälfte nicht verstanden.

»Er ist eins der drei bekanntesten Popkultur-Blogs im deutschsprachigen Raum«, ergänzt Judith und dabei klingt sie sogar ein bisschen stolz.

»Stimmt schon«, bestätigt Jo. »Er ist noch lange nicht so groß wie *nerdcore*, aber denk bloß nicht, dass es einfach ist, einen Blog über solche Themen zu schreiben. Es gibt mittlerweile Tausende anderer Blogs, die sich in dem Metier tummeln. Als einer von vielen nicht unterzugehen, ist die wahre Kunst.«

»Und wie machst du das?«

»Tja, ich denke, das sind dann wohl meine Social-Media-Kenntnisse, wegen denen ich auch den Job hier erhalten habe. Mailingliste zum Beispiel ist out, Facebook ist in, aber das muss man auch richtig verstehen. Wann gehen denn die meisten Leute auf Facebook? Genau – während ihrer Arbeitszeit. Sie wollen fünf Minuten Erholung von ihrer drögen Arbeit und sich unterhalten lassen. Facebook ist eigentlich ein reines Entertainment-Netzwerk. Deswegen kommt es darauf an, wer den besten Content liefert, am besten natürlich mit einer hohen Viralitätsrate.«

Er erklärt dann noch etwas von »Paid Views«, »Click-through-Raten« und »Call-to-actions«. Ich nicke immer wieder und versuche so zu tun, als ob ich wüsste, was er mit diesen ganzen Fremdwörtern meint.

»Du weißt, dass dieser Facebook-Scheiß nicht unser Ding ist«, unterbricht ihn Judith irgendwann. »Dafür bist du zuständig und du musst nicht mit diesen Floskeln um dich werfen, wir verstehen es eh nicht.«

Spinnt sie jetzt völlig? Ich fühle mich blamiert und will auf gar keinen Fall als digitale Neandertalerin dastehen.

»Nein, nein, ich finde das sehr spannend. Wir müssen doch wissen, was unser neuer Kollege täglich so macht«, sage ich.

Judith zieht die Augenbrauen hoch. »Wenn du meinst.«

Da betritt Doris das Büro. »Leute, es ist gleich zwölf. Wo wollen wir heute hin?«

Mein Magen ist wie zugeschnürt. An Essen kann ich nicht einmal denken. Von wegen, Liebe geht durch den Magen! So ein Quatsch, es müsste heißen: »Liebe schnürt den Magen zu.«

»Tut mir leid, aber ich muss unbedingt noch etwas erledigen«, sage ich.

Doris scheint das nicht zu stören.

»Dann könnten Judith, Jo und ich zum Italiener gehen.«

»Ich hoffe, es hat nichts mit mir zu tun«, meint Jo und blickt zu mir.

Jetzt muss ich mich räuspern. »Natürlich nicht, ich habe einfach etwas zu erledigen und ich habe sowieso keinen großen Hunger.«

»Also, das ist wirklich unüblich«, sagt Doris. »Du bist doch sonst diejenige, die schon um zehn Uhr fragt, wo wir essen sollen ...«

»Kommt, lasst uns gehen«, unterbricht Judith sie und erhebt sich.

Die drei ziehen sich ihre Jacken an.

»Wir sind bei *Da Lidia*«, erklärt Judith, bevor sie zur Tür hinausgeht. »Falls du es doch noch schaffst.«

Ich stehe ebenfalls auf und nehme meine Jacke. Ich kann nicht länger im Büro bleiben, ich benötige dringend frische Luft.

»Ich muss auch gleich los. Bis später«, sage ich und husche an den anderen, die mir irritiert nachsehen, vorbei auf den Flur.

Kaum bin ich aus dem Hauptportal auf die Straße getreten, bemerke ich, dass ich meine Tasche habe liegen lassen. Also gehe ich noch einmal zurück. Im Gang vor dem Büro stoße ich beinahe mit Judith, Doris und Jo zusammen, die mir entgegen kommen.

»Hab etwas vergessen«, erkläre ich und schiebe mich schnell an ihnen vorbei, bevor sie mich ansprechen können.

Im Büro nehme ich meine Handtasche, als Jo durch die Tür tritt.

»Hast du auch etwas vergessen?«, frage ich irritiert.

So langsam bin ich nur noch ärgerlich über diese unerträgliche Situation. Er entgegnet nichts. Stattdessen kommt er mit zwei großen Schritten auf mich zu, hält mich mit seinen starken Händen an den Armen fest und küsst mich. Mein Herz bleibt beinahe stehen. Als er mich wieder loslässt, sagt er nur: »Bis später.«

KAPITEL 6

Danach befinde ich mich im Schwebezustand. Ich gehe lächelnd aus dem Gebäude und irre ziellos durch die Straßen, unfähig, einen klaren Gedanken zu fassen. Ich schmecke immer noch seine Zunge mit ihrem Aroma von Kaffeebonbons.

Nach einer Stunde gehe ich zurück ins Büro. Ich fühle mich jetzt besser. Mein Schritt beschleunigt sich sogar, denn ich möchte schnell in die Firma, um in seiner Nähe zu sein.

Als ich im Büro ankomme, sitzt er allein im Zimmer. Judith muss etwas im Drogeriemarkt besorgen und auch Doris ist etwas länger in der Mittagspause. Ist mir heute recht. Dadurch haben wir ein paar Minuten für uns.

»Natalie ist ein wunderschöner Name«, sagt er. »Natalie Herzog, das passt zu dir.«

»Und du bist also Jo Ritter.«

Galant verbeugt er sich: »Herzogin, euer treuer Ritter meldet sich zum Liebesdienst!«

Ich muss lächeln.

»Dankeschön.«

»Weißt du, dass ich am Wochenende noch zweimal im Kino denselben Film gesehen habe, in der Hoffnung dich zu treffen?«

Mir wird wohlig warm.

»Ich möchte dich unbedingt küssen, jetzt gleich«, sagt er.

»Lieber nicht, deine Schwester oder Doris könnten kommen.«

Und tatsächlich ... sobald ich das ausgesprochen habe, tritt Doris mit Einkaufstüten bepackt ins Büro und ein paar Minuten später folgt Judith.

Der Nachmittag verläuft wie im Delirium. Ich bin überwältigt von Glücksgefühlen und schaffe es nur ein paar Minuten lang, konzentriert meine Arbeit zu erledigen.

»Ich mache Feierabend«, erklärt Judith um fünf Uhr. »Jo nimmst du mich mit?«

Er nickt. Als seine Schwester auf die Toilette geht, kommt er zu mir und flüstert mir ins Ohr. »Ich warte auf dich ... um zwanzig Uhr vor dem Kino.«

Ich schaffe es gerade noch zu nicken. Dann geht er an seinen Platz zurück.

Nachdem Judith und Jo weg sind, kann ich wieder durchatmen. Nach einer halben Stunde entscheide ich mich, nach Hause zu gehen. Ich muss unbedingt laufen, um meine Gedanken zu sortieren.

Heute kann ich nur eine kurze Strecke joggen. Danach stehe ich unter der Dusche, und während das Wasser auf mich herunterprasselt, denke ich an ihn. Plötzlich werde ich nervös. Es fühlt sich an, wie mein erstes Date. Viele Gedanken gehen mir durch den Kopf. Was ziehe ich an, wie soll ich mich benehmen? Eher wie die Coole oder die Mädchenhafte? Als ich aus der Dusche steige, dreht sich mein Magen. Ich schaffe es, mich zu schminken, doch am Kleiderschrank scheitere ich. Lieber eine Jeans oder doch den kurzen Rock? Zuerst probiere ich die Jeans mit einem einfachen Oberteil. Nein, das geht gar nicht. Dann ein Kleid. Noch schlimmer. Als fast nichts mehr im Kleiderschrank hängt und mein Bett mit Kleidung übersät ist, entschließe ich mich für einen Jeansrock, einen roten Pullover und Stiefel. Der obligatorische Schal darf nicht fehlen.

Ich bin so nervös, dass ich nicht einmal mehr ein Glas Wasser die Kehle hinunterbekomme. Ich schaue auf die Uhr. Es ist noch zu früh. Also gehe ich in der Wohnung auf und ab und nehme erst die nächste Bahn.

Um Punkt zwanzig Uhr stehe ich vor dem Kino, doch von ihm keine Spur.

Als ich wieder auf die Uhr sehe, ist es fünf nach acht. Er hat sich verspätet. Ich bin ein bisschen nervös. Auch mit Holger hatte ich mich beim ersten Date vor einem Kino verabredet. Daraus sind dann sieben Jahre Ehe geworden. Was wohl aus diesem Abend entstehen wird?

Als er nach zehn Minuten immer noch nicht da ist, werde ich erst nervös und um Viertel nach acht bin ich traurig. Er hat sich einen Spaß erlaubt und mich versetzt und ich kann genauso gut nach Hause gehen.

Ich laufe los, als ich plötzlich meinen Namen höre.

»Natalie!«

Ich drehe mich um und sehe ihn auf mich zu rennen.

»Warte!«

Er ist völlig außer Puste, als er bei mir ankommt.

»Entschuldige, meine Schwester hat es nicht geschafft, zum Punkt zu kommen.«

»Das kenne ich.«

Wir lächeln. Dann gehen wir los, ohne uns vorher abzusprechen.

»Ich werde noch richtig sportlich.«

»Warum?«

»Weil ich bei jeder Verabredung mit dir um mein Leben rennen muss.«

Was für ein wunderbarer Humor!

»Wie hat es dir gefallen an deinem ersten Arbeitstag?«

»Könnte schlimmer sein. Ist mal was Neues, Geld für die Arbeit zu bekommen. Eigentlich mache ich mir ja nichts aus dem schnöden Mammon. Es ist doch viel wichtiger, dass man etwas tut, was einem Spaß macht. Was ich sonst so blogge, liegt mir sehr am Herzen. Ehrlich gesagt war ich mir gar nicht sicher, wie lange ich den Job bei euch machen werde. Ich habe nur Judith zuliebe zugesagt. Aber jetzt ist alles anders.«

»Was meinst du?«

»Jetzt, wo ich dich kennengelernt habe. Nun ist der Job für mich eine Herzensangelegenheit, weil ich dich dort ab sofort jeden Tag sehen darf.«

»Du bist süß.«

Er lacht.

»Süß? Ist das so ähnlich wie nett, sprich langweilig, oder bedeutet süß bei dir sowas wie scharf?«

»Hm«, sage ich, »wie Schokolade mit Chili.«

Er lächelt. »Sollen wir in ein Café gehen?«

»Gerne«, antworte ich.

Wir entscheiden uns für ein uriges kleines Kaffeehaus in einer Seitengasse der Innenstadt. Endlich finde ich den Mut, die Frage zu stellen, die mich schon den ganzen Tag beschäftigt.

»Jo?«

»Natalie?«

»Wie alt bist du?«

»Das fragt man einen Gentleman nicht«, erwidert er lächelnd.

»Ich bin bald vierzig«, erkläre ich.

»Erwartest du, dass ich jetzt die Flucht ergreife?«

»Zum Beispiel.«

»Das sind nur Zahlen.«

»Wie alt bist du?«

»Bald dreißig.«

»Wann?«

»In sechs Jahren.«

»Wow.«

Mir bleibt die Luft weg.

»Jetzt fühle ich mich wie ein weiblicher Sugardaddy.«

Er lacht. »Kannst du nicht verstehen, dass Männer jeden Alters vor einer Frau niederknien, die aussieht, wie eine deutsche Eva Mendes?«

So etwas hat noch keiner zu mir gesagt!

»Aber du bist Judiths kleiner Bruder. Und sie wird mich dafür hassen.«

»Warum ist dir ihre Meinung so wichtig?«

»Sie ist meine beste Freundin. Ich verdanke ihr sehr viel.«

»Gefühle kennen kein Alter, Natalie.«

»Doch, kennen sie wohl.«

»Wenn es richtig funkt, dann gilt keine Zeitbeschränkung.«

»Du könntest mein Sohn sein.«

»Ich bin nicht dein Sohn, hör auf mit dem Quatsch. Ich bin erwachsen und du ebenso. Wir brechen kein Gesetz und verletzen auch keine Dritten.«

Er ist so weise und ich könnte ihn küssen. Aber ich traue mich nicht. Er merkt das.

»Lass uns gehen«, sagt er. Er ruft den Kellner, bezahlt und wir verlassen das Café.

»Ich kenne einen sehr ruhigen Ort«, meint er dann.

Er führt mich um ein paar Straßenecken, bis wir an einem verlassenen Haus mit vernagelten Fenstern ankommen.

»Ich zeige dir etwas. Hinter dem Haus ist ein wunderschöner zugewucherter Garten mit einer alten Steinbank. Das habe ich zufällig entdeckt. Ich finde, wir passen hier wunderbar rein.«

»Es ist wunderschön«, sage ich bewundernd.

Er schaut mich an und dann küsst er mich. Wieder zerschmilzt alles um uns herum. Ich habe keine Worte für unsere Berührungen. Warum sind sie so leidenschaftlich und doch voller Vertrauen? Ich fühle mich perfekt in diesem Augenblick. Vollkommenes Glück. Ich bin zufrieden wie ein Säugling. Ihm geht es offenbar genauso. Er schaut mich sehnsüchtig an.

»Wir gehören zusammen.«

»Ach Jo, das ist wahrscheinlich nur die Würze des Verbotenen oder Unbekannten.«

Er legt mir einen Finger auf die Lippen.

»Scht.«

Ich lehne mich an ihn und so verbringen wir eine Ewigkeit, die sich jedoch nur wie ein kurzer Moment anfühlt.

Immer wieder küssen wir uns, bis ich spüre, wie die Kälte mich mehr und mehr erzittern lässt. Ich war schon immer eine Frostbeule.

»Ich sollte mich auf den Heimweg machen. Hoffentlich ist die Bahn nicht wieder weg.«

»Ich bin mit dem Wagen da.«

»Du hast ein Auto?«

»Eigentlich nicht, aber ich habe es von meinen Eltern geliehen.«

Bei dem Wort »Eltern« stelle ich mir erst die Reaktion seiner und dann meiner Eltern vor, wenn sie uns beide hier beim Knutschen sehen würden. Meine Vorfahren haben mehrere Jahrhunderte auf dem Balkan gelebt und meine Eltern sind vor vierzig Jahren zurück nach Deutschland gesiedelt. Donauschwaben. Unsere Prägung ist eher konservativ. Wenn die Frau in einer Beziehung ein paar Jahre älter ist, dann wird darüber tagelang diskutiert. So war es bei meinem Cousin zweiten Grades. Er ist vier Jahre jünger als seine Frau. Monatelang war dies das Gesprächsthema Nummer eins im gesamten Familienclan. Die einzige Ausnahme der Altersregel gilt, wenn die ältere Frau sehr viel Land in die Beziehung einbringt, was bei mir und meinem Kinderzimmer nicht der Fall ist.

»Ich habe nur eine Vespa«, erklärt er mir. »Die Teile sind aus den Sechzigern. Ich hab sie günstig bei eBay gekauft und selbst restauriert. Vielleicht kann ich dich ja mal auf eine Spritztour mitnehmen?«

»Vielleicht.«

»Ich finde es albern, für ein Fahrzeug, mehrere zehntausend Euro auszugeben«, sagt Jo. »Ich will mir doch nicht die Freiheit im Leben nehmen lassen, nur weil ich einen Kredit abzahlen muss für ein Luxusgut.«

Innerlich gebe ich ihm recht. Wir gehen zum Auto seiner Eltern. Dabei hält er meine Hand und streichelt mit seinem Daumen meine Finger. Mittlerweile gewöhne ich mich an die Dauergänsehaut, die seine Berührungen bei mir erzeugen.

Während wir im Auto sitzen und er fährt, stelle ich mir unsere Beziehung vor. Wahrscheinlich merkt man den Unterschied jetzt und in den nächsten fünf Jahren nicht, aber wenn ich fünfzig bin, ist er erst vierunddreißig. Das geht einfach nicht.

Schade, dass so etwas Simples wie das Alter zwischen uns steht. Es wäre zu schön, um wahr zu sein. Irgendwie typisch für mein Leben. Und dann ist da natürlich noch Judith. Soll ich meine Freundschaft zu ihr wegen eines Mannes auf Spiel setzen? Sie hat bei meiner Scheidung anders gehandelt.

Ach, ich will jetzt keine Zukunftspläne schmieden. Die neue Natalie wird einfach die schönen Momente genießen.

Bestimmt möchte er auch keine Beziehung eingehen, sondern nur ein bisschen Spaß mit einer reifen Frau haben. Es ist ja nicht so, als ob Jo einen festen Plan für sein Leben hätte. Ich nehme mir vor, mich von dieser Abenteuerlust anstecken zu lassen.

»Da sind wir«, sage ich leise und er hält an. Er küsst mich noch einmal und dann steige ich aus.

»Bis morgen.«

Mein Kopf fühlt sich an wie das Oktoberfest. Voller Musik, etwas berauscht und kräftig am Schunkeln. Ich kann nicht mehr denken. Nach dieser emotionalen Achterbahnfahrt bin ich so erschöpft, dass ich gleich in einen tiefen Schlaf falle.

Dies war die zweite Haselnuss. Vielleicht gibt es das doch nicht nur im Märchen.

KAPITEL 7

Am nächsten Morgen möchte ich den Wecker am liebsten aus dem Fenster werfen. Ich fühle mich verkatert, obwohl ich keinen Alkohol getrunken habe. Irgendwie schaffe ich es, mich anzuziehen. Der gestrige Tag kommt mir wie ein Traum vor. Zum Glück bin ich zu müde, um über mein erneutes Treffen mit Jo nachzudenken.

Um acht Uhr erhalte ich eine SMS von Doris: »Die Russen kommen. Neun Uhr bei Künzel im Büro antreten.«

Du meine Güte, das schaffe ich nie! Während die Bahn vor meiner Nase davonfährt, mache ich einen Plan, wie ich die Russen von meinen Fähigkeiten überzeugen kann. Zum Glück kenne ich die slawische Mentalität, der Balkan ist ja nicht so weit weg. Außerdem muss ich mir eingestehen, dass ich auch Jo bei dem Meeting beeindrucken möchte.

Es ist kurz vor neun, als ich Doris' Zimmer betrete.

»Morgen, Natalie. Du, die Russen sind da und sie wollen unbedingt, dass ihr drei zu einer Besprechung kommt. Erst will euch aber Herr Künzel sehen. Und ich muss zum Supermarkt, um noch etwas für das Meeting zu kaufen.«

Ich sehe, dass Jo und Judith bereits anwesend sind. Kaum bin ich im Zimmer, fängt Judith aufgeregt an, mir dieselbe Geschichte zu erzählen. Nur etwas detaillierter.

»Du, Judith, wir müssen jetzt gleich los«, unterbreche ich sie.

Ich atme tief ein, doch der Anblick von Jo lässt mich plötzlich wach werden.

Er schaut zu mir und lächelt. Ich würde am liebsten zu ihm gehen und ihn stundenlang küssen. Das mache ich natürlich nicht. Mein Herz schlägt Purzelbäume und ich merke, dass ich grinse. Das lässt sich irgendwie gerade nicht abstellen. Wie soll ich mich mit diesem Mann in einem Zimmer nur konzentrieren?

Während wir darauf warten, dass Judith ihre Präsentation auf einen USB-Stick zieht, schaue ich Jo noch einmal an. Dabei verstecke ich mich hinter meinem Bildschirm. Da Judith mir gegenübersitzt, kann sie mich nicht sehen. Jo dagegen sitzt an der Seite und hat uns beide im Blick. Wir ihn dafür aber auch. Er hat ein buntes Motto-T-Shirt an, auf dem steht: *Star Wars formte diesen Körper.* Dazu trägt er eine blaue Hose. Sieht schick aus. Aber vermutlich sieht an ihm alles zum Anbeißen aus. Er passt mit dem Stil gut in unsere Abteilung, finde ich. Gestern war er noch förmlich gekleidet, anscheinend hat ihn Judith inzwischen aufgeklärt, dass es bei uns keine Kleiderordnung gibt. Obwohl sie selbst immer wie aus dem Ei gepellt aussieht. In ihrem Kleiderschrank herrscht eine straffere Disziplin als in der Fremdenlegion. Mich hat sie damit ebenfalls angesteckt. Das heißt, nachdem sie mich monatelang nicht damit in Ruhe gelassen hat, dass ich meine Garderobe ändern sollte, habe ich klein beigegeben. Seit meiner Scheidung schaut sie noch strenger auf die Auswahl meiner Kleidungsstücke.

Wenn sie wüsste, dass ihr eigener Bruder mein Herzblatt ist! Judith hat mir einmal sehr ausführlich erklärt, wie eklig und bemitleidenswert sie Paare wie Demi Moore und Ashton Kutcher immer gefunden hat. Sie darf auf keinen Fall erfahren, was zwischen uns vorgefallen ist.

Als Judith fertig ist, begeben wir uns gemeinsam in die dritte Etage. Schon das Zimmer von Frau Mayer-Kahn ist so groß wie unser Büro und dieses müssen wir natürlich erst passieren, um uns anzumelden. Sie trägt einen grauen Hosenanzug und eine weiße Bluse. Sehr korrekt. Der Stil erinnert an die Achtziger, aber diese sind ja bei einigen Menschen wieder in Mode.

Das erste Mal frage ich mich, wie sie wohl privat ist. Warum ist ihre Ehe gescheitert? Obwohl sie kühl und distanziert wirkt, finde ich sie plötzlich sympathisch und lächle sie an. Was eine neue Liebe, für neue Blickwinkel auf die Welt eröffnet! Frau Mayer-Kahn kann mit meiner Freundlichkeit nichts anfangen, sondern sagt nur: »Sie können hineingehen.«

Außerdem starrt sie auf Jos T-Shirt. Er lächelt sie freundlich an und ich habe das Gefühl, dass auch sie ihre Lippen ein kleines bisschen bewegt. Anscheinend bin ich nicht die Einzige, die ihm nicht widerstehen kann.

Ich führe unsere kleine Abteilung an und klopfe an die Tür. Nachdem ich ein Geräusch gehört habe, öffne ich die Tür, denn ich nehme an, es sollte ein »Herein« sein.

Herr Künzel sitzt mit gerunzelter Stirn an seinem großen alten Holztisch. Dieser muss damals Anfang der sechziger Jahre sehr kostbar gewesen sein. Schlicht, aber aus massivem Holz. Den hat Künzel Senior angeschafft und Junior, der auch schon über fünfzig ist, würde sich niemals trauen, ihn auszutauschen.

»Guten Morgen«, grüßen wir wie eine kleine Herde Schafe.

Er schaut zu uns auf und erwidert: »Meine Kommunikationsabteilung, bitte setzen Sie sich.«

Wir gehorchen und nehmen Platz am genauso überdimensionalen Besprechungstisch. Dann kommt er zu uns und setzt sich an das Kopfende. Der etwas größere Ledersessel deutet darauf hin, dass das Sitzen auf ihm nur für den Chef erlaubt ist.

Herr Künzel sammelt sich, nimmt einen Ordner mit an den Tisch, überlegt, was er uns sagen wollte, und beginnt:

»Sie wissen ja, dass wir vor kurzem ein Joint Venture mit dem russischen Unternehmen *VulkanSibirsk* eingegangen sind. Sie, Herr Ritter, wissen wahrscheinlich noch nicht, was das im Detail zu bedeuten hat. Aber die Damen können Ihnen die Einzelheiten später erklären. Wo war ich stehen geblieben? Ah ja, also in diesem Zuge wollen die Russen unser Unternehmen besser kennenlernen.«

Er macht eine Pause. Diese nutze ich, um meine Position als unser inoffizieller Häuptling zu stärken. »Und was bedeutet das für uns?«

»Frau Herzog, haben Sie ein bisschen Geduld. Sie werden ab heute oder auch morgen, eventuell übermorgen, in Ihrem Büro Besuch bekommen von Andrej und Olga. Ihnen werden Sie über Ihre Arbeit berichten. Wichtig dabei ist, dass wir eine Kommunikationspräsentation im alten Stil machen«, erklärt er.

»Und was soll das bedeuten?«, frage ich.

»Na, halt kein so neumodisches Zeug mit Beamer oder Laserpointern. Unser Geschäftspartner ist noch alte KGB-Schule. Der will Akten sehen und prüft die Unterlagen am liebsten selbst«, sagt Künzel und lacht über seinen Witz.

Judith zuckt zusammen und versteckt den USB-Stick mit ihrer PowerPoint-Präsentation in ihrer Hand.

»Entscheidend wird sein«, fährt der Chef fort, »dass wir zeigen, wie hochwertig unsere Werbematerialien sind. Während die Konkurrenz lieblose Datenblätter zu ihren Produkten liefert, haben unsere Verkaufstexte fast schon literarischen Anspruch.«

Bei dieser Bemerkung nickt er mir zu.

»Literarischer Anspruch flößt im Land von Dostojewski und Tolstoi den Menschen immer noch großen Respekt ein. Natürlich dürfen wir auch unsere gastgeberischen

Pflichten nicht unterschätzen. Deshalb habe ich Doris bereits beauftragt den besten Wodka zu kaufen, den sie finden kann.«

Wir schauen uns an.

»Die Damen sind ja sehr passabel gekleidet. Aber Herr Ritter, haben Sie nur dieses alberne T-Shirt dabei?«

Das erste Mal, seit ich ihn kenne, wird Jo rot.

»Ich wusste nicht, dass wir heute eine so wichtige Besprechung haben.«

»Junger Mann, ab jetzt immer ein Hemd, Krawatte und Jackett im Schrank aufbewahren. Man weiß nie, wer kommt. Nicht wahr, Frau Herzog?«

Ich nicke und lächle.

»Sie hat immer ein Kostüm im Büro«, erklärt Herr Künzel. »Aber so, wie Sie angezogen sind, halten Sie sich lieber von der Besprechung fern. Sie sind ja auch erst den zweiten Tag hier. Ist das ein Problem für Sie?«

»Nein«, erwidert Jo, und es sieht so aus, als würde er sich eher darüber freuen, dass er nicht an der Besprechung teilnehmen darf.

»Na, dann ist ja alles geklärt«, meint Künzel Junior. »Und jetzt ran an die Geschütze und auf in den Kampf.«

Gerade als wir zur Tür hinausgehen wollen, ruft unser Chef uns noch einmal zurück.

»Moment, mir ist gerade eingefallen, dass ich Andrej gegenüber kurz erwähnt habe, dass wir eine Digitalabteilung haben. So etwas haben die da drüben noch nicht. Sie sollten also doch besser mitgehen, Herr Ritter. Aber überlassen Sie das Reden auf jeden Fall Frau Herzog und Ihrer Schwester.«

»Aber was soll ich denn anziehen?«

Herr Künzel lächelt und geht zu seinem Schrank.

»Sie können ein Jackett von mir ausleihen. Das hier ist doch schick«, meint er und holt ein kariertes Jackett hervor, das vermutlich seit den neunziger Jahren dort hängt, und gibt es Jo.

Dieser sagt nur kurz: »Danke.«

Judith und ich könnten losprusten.

»Das hat mal ein Vermögen gekostet. Merken Sie sich eins, Herr Ritter, im Büro müssen Sie immer Pfefferminzbonbons, Rasierer, Aftershave, ein Hemd, Krawatte und ein Jackett deponieren.«

Wieder nickt Jo. »Das werde ich mir merken. Danke.«

»Auf Wiedersehen«, sagen wir im Chor und trotten Richtung Tür.

Herr Künzel ruft uns nach: »Und dass Sie mir ja eine gute Figur vor den Russen machen.«

»Wir geben unser Bestes«, erwidere ich und schließe die Tür.

Kaum haben wir die heiligen Hallen unseres Chefs verlassen, lachen Judith und ich los. Jo hält den Zweireiher, als ob ihm jemand gerade eine kostbare Porzellanvase in die Hände gedrückt hätte. Doch er sagt ganz souverän. »Immerhin. Richtig Retro.«

»Gut, dass du nicht den Rasierer und die Krawatte dazubekommen hast«, fügt Judith hinzu und wieder müssen wir lachen.

»Hauptsache, ihr habt euren Spaß«, entgegnet Jo.

Nach der Mittagspause sitzen wir im Besprechungszimmer und warten auf unsere Gäste. Doris steht ganz aufgeregt neben dem Getränketisch, auf dem Kaffee, Tee und zwei Flaschen Wodka Gorbatschow stehen. Judith hat vor sich mehrere Stapel Ausdrucke auf dem Besprechungstisch ausgebreitet. Ihr Bruder hat bereits zum zehnten Mal das Jackett aufgeknöpft, um es danach erneut zuzuknöpfen. Nach einer Stunde kommt endlich Frau Mayer-Kahn mit Olga und Andrej herein. Andrej ist Ende fünfzig. Er hat graumeliertes Haar, ist sehr geschmackvoll gekleidet und hat einen Wohlstandsbauch. Olga ist Mitte zwanzig und sieht umwerfend aus. Lange blonde Haare, stahlblaue Augen und eine schlanke Figur. Ob Olga wirklich wegen ihrer betriebswirtschaftlichen Fähigkeiten engagiert wurde?

Als Erste geht Doris auf die Gäste zu und begrüßt sie mit einem lauten: »Nastrovje!«

Andrejs Blick fällt auf die Wodka-Flaschen und dann wieder auf Doris. Wahrscheinlich fragt er sich gerade, ob sie schon einen gebechert hat.

»Auch auf Ihre Gesundheit«, antwortet er der verdutzten Doris in einem ziemlich guten Deutsch.

Dann streckt Judith Andrej ihre Hand hin, bevor ich sie davon abhalten kann. Ich hätte ihr vorher sagen sollen, dass es in Russland unhöflich ist, wenn ein Mann einer Frau die Hand gibt. Dementsprechend irritiert blickt Andrej sie an.

Bei der Vorstellungsrunde übernehme ich das Ruder, nicht ohne Jo vorher zugeflüstert zu haben, dass er Olga auf keinen Fall die Hand schütteln darf. Andrej führt sofort das Du ein und Olga stellt sich als Stabsleiterin für interkulturelle Angelegenheiten vor. Sie spricht ebenfalls passables Deutsch und erklärt, dass es ihre Aufgabe sei, die Kommunikation zwischen den einzelnen Landesgesellschaften zu verbessern.

Mehr Kommunikation scheint sie nicht für nötig zu halten. Als wir uns hinsetzen, widmet sie sich ihrem iPhone und verschwindet hinter einem Vorhang blonder Haare, hinter dem sie erst einmal nicht mehr auftaucht. Ich kann kaum glauben, dass dieses Topmodel mit Facebook-Affinität eine ernstzunehmende Kollegin sein soll. Sie kommt mir eher wie ein sechzehnjähriger Teenager vor, der zur Silberhochzeit von Opa und Oma mitgehen musste.

Doris bietet den Gästen den Wodka an.

»Nur das Beste für unsere Gäste,« flötet sie zuvorkommend.

Meines Wissens ist Wodka Gorbatschow ein deutsches Produkt. Ob die Russen diese Marke überhaupt kennen?

»Gorbatschow?«, fragt Andrej. »Das ist für mich kein Wodka, sondern ein erfolgloser Politiker. Habt ihr keinen Whiskey?«

»Für mich ein Perrier«, ruft Olga hinter ihrer Haarwand hervor, ohne aufzusehen.

Doris hat natürlich beides nicht da und rennt mit hochrotem Kopf los. Um keine peinliche Wartezeit entstehen zu lassen, gebe ich den anderen das Startsignal für die Präsentation. Judith entschuldigt sich mehrmals für das Durcheinander, obwohl die Aktenstapel allesamt perfekt angeordnet sind.

Ich stehe auf und beginne. Dafür habe ich einige unserer besten Texte ausgesucht, die ich vorstellen möchte. Doch nach zwei Minuten sehe ich Olga gähnen. Auch Andrej sieht gelangweilt aus.

»Entschuldigung«, unterbricht er mich. »Aber für so lange Texte mein Deutsch ist nicht gut genug. Euer Chef hat etwas von Social Media gesagt. Was könnt ihr uns darüber erzählen?«

»Äh …«, sage ich.

Was soll das denn jetzt?

»… na ja, da müsste euch unser Kollege, Herr Ritter, also Jonathan, etwas berichten. Das ist sein Aufgabenbereich.«

Ich blicke zu Jo, der sich fast an dem Keks verschluckt, den er gerade essen wollte.

»Sehr schön«, sagt Andrej. »Jonathan, kannst du uns etwas von deiner Arbeit erzählen, so dass alte Männer wie ich verstehen?«

»Sehr gerne«, erwidert der und räuspert sich.

Er sieht zu mir und ich nicke ihm aufmunternd zu. Als er aufsteht, schiebt Olga ihre Haare zur Seite und sieht von ihrem Telefon auf.

Jonathan erzählt, was er uns schon gestern über soziale Netzwerke zu erklären versucht hat. Dann berichtet er, welche Online-Aktionen er sich zusammen mit unserem Chef ausgedacht hat.

»Unter dem Titel *Der heiße Gedanke des Tages* werden wir täglich einen Spruch auf unserem Facebook-Profil posten, der das Zeug dazu hat, von unseren Fans geteilt zu werden. Damit sollte sich die Anzahl unserer Follower in Kürze vervielfachen.«

Der heiße Gedanke des Tages? Klingt ja lustig. Ich verstehe allerdings immer noch nicht, wie wir dadurch die Weltherrschaft in der Heizungsbranche erreichen wollen. Doch Andrej wirkt begeistert.

»Das klingt sehr, wie sagt man, versprechend viel. Neue Ideen, das suchen wir«, meint er.

Auch Olga nickt.

»Du hast großartige Ideen!«, sagt sie.

»Ach, das ist nur mein Job.«

»Doch, doch. Ich finde das sehr gut.«

Flirtet sie etwa meinen Jo an?

Doris platzt mit einer Karaffe Wasser und zwei neuen Flaschen in den Raum: »Whiskey war am Kiosk leider alle, aber sie hatten die hier noch im Angebot!«

Es sind eine Flasche Moskowskaja und Wodka Jelzin.

Andrej will gerade etwas zu Doris sagen, da unterbricht ihn Olga: »Wir haben doch noch einen Termin.«

Der Russe blickt auf seine Uhr.

»Ja, ich würde sagen, wir machen Schluss für heute«, meint er. »Das Wichtigste haben wir erfahren. Wo ist die Einkaufsmeile?«

»Äh, ungefähr zehn Minuten zu Fuß von hier«, erkläre ich.

Ist das der Termin, auf den Olga so scharf ist? Shoppen?

»Ist die Besprechung dann zu Ende?«, frage ich.

Andrej steht auf.

»Aber wir wollten doch noch …«, versuche ich einzuwenden und schaue zu Olga, die wieder mit Jo spricht. Sie lächelt zu viel für meinen Geschmack. Jetzt wirft sie eine blonde Strähne aus ihrem Gesicht.

Ich stelle mich zu den beiden.

»Dann begleite ich euch mal nach draußen.«

»Gerne, wir müssen noch einmal kurz zu eurem Chef.«

Wir gehen an Doris vorbei, die nur schwach protestiert: »Ja, aber was mach ich jetzt mit dem ganzen Wodka?«

Auf dem Weg zu Künzels Büro versuche ich noch eine freundliche Schlussnote auf das Gespräch zu setzen und mache Olga ein Kompliment.

»Ihre, äh, deine Frisur sieht wirklich toll aus.«

»Klar. Dafür fliege ich immer zu meinem Lieblingsfrisör nach Berlin. Kostet zwar bisschen mehr, aber lohnt sich.«

Sie zuckt mit den Achseln und blickt zu mir, mustert meine Frisur, erwidert aber das Kompliment nicht.

Als ich die beiden bei Frau Mayer-Kahn abgesetzt habe, schwant mir, dass die Zusammenarbeit mit den Russen doch nicht so einfach wird.

Ich treffe meine Kollegen in unserem Büro wieder.

»Habt ihr irgendein Gefühl, wie das war?«, fragt uns Judith.

»Klingt nach Mehrarbeit«, antworte ich.

»Du scheinst sie ja ziemlich begeistert zu haben, kleiner Bruder.«

»Ach was«, entgegnet Jo und macht eine abwehrende Handbewegung.

In diesem Moment betritt unser Chef das Büro.

»Ein voller Erfolg! Sie haben die Kollegen aus Russland ja richtig begeistert!«, sagt er freudestrahlend. »Ihnen haben vor allem die Pläne bezüglich der digitalen Zukunft gefallen. Kann gut sein, dass wir das noch ausbauen müssen. Da kommt noch viel Arbeit auf uns zu!«

Er lacht.

»Aber jetzt stoßen wir erst einmal auf diesen großen Erfolg an. Was haben wir denn da?«, fragt er gutgelaunt in die Runde.

Doris meldet sich durch die geöffnete Zwischentür: »Also Wodka haben wir mehr als genug.«

KAPITEL 8

Nach der Arbeit warte ich, bis Jo seine Schwester nach Hause gefahren hat. Danach treffen wir uns in einem Café in der Innenstadt.

»Schon blöd diese Geheimnistuerei«, sagt Jo. »Außerdem können wir uns nicht immer nur in Cafés treffen. Das wird irgendwann ungemütlich.«

»Ich fürchte, es geht nicht anders. Oder sollen wir zu dir gehen?«

»Gerne, wenn du jetzt schon meine Eltern kennenlernen möchtest«, antwortet er mit einem verschmitzten Lächeln.

»Können wir nicht zu dir?«, fragt er dann.

»Da ist allerdings meine Oma. Wenn wir Glück haben, vergisst sie gleich wieder, dass du da warst. Ich wohne sozusagen auch bei meinen Eltern, nämlich in der Einlieger-wohnung.«

Wir lachen. Ich fühle mich wie eine Neuntklässlerin. Damals haben wir ebenfalls alle zu Hause gewohnt.

Bei mir angekommen, bedeute ich Jo mit der Hand, leise zu sein. Ich möchte nicht meinen Eltern begegnen. Zum Glück läuft gerade das Vorabendprogramm und sie sitzen vor dem Fernseher. Ich schließe die Tür und Jo schaut sich um.

»Hm, ganz schön Retro hier bei dir.«

»Ja, das ist aus meiner Jugendzeit.«

Er lächelt und betrachtet mein Schlafzimmer, sprich mein ehemaliges Jugendzimmer, genauer.

»Ist das meine Konkurrenz?«

Er zeigt auf die Poster von Tom Cruise und Duran Duran.

»Ach, die will ich schon seit Ewigkeiten entsorgen, aber dadurch ist der Druck hier wegzuziehen größer.«

Er kommt zu mir.

»Ich wollte schon immer Liebe machen, während ein Star dabei zuschaut.«

Wir lachen und beginnen zu knutschen. Ich fühle mich wirklich wie sechzehn. Jo wirft mich aufs Bett. Er küsst meinen Hals und wandert mit seinen Händen über meinen Körper. Ich schließe die Augen. Doch irgendetwas stimmt nicht. Ich rieche Eukalyptus und ich muss an Bronchialsalbe denken. Oma!

Als ich die Augen öffne, sehe ich sie in der Tür stehen. Ich springe auf und haue Jo dabei aus Versehen gegen sein Kinn. Erschrocken zuckt er zusammen.

»Oma, kannst du nicht anklopfen?«, frage ich.

»Oh, Entschuldigung.«

Sie klopft an das Regal. Ich verdrehe die Augen und wende mich an Jo.

»Vielleicht wäre es besser gewesen, ich hätte deine Eltern kennengelernt.«

Er lächelt.

»Hallo«, sagt er zu Oma.

»Guten Tag, Holger«, antwortet sie. »Dein Holger hat sich verjüngt«, wendet sich Oma dann an mich.

»Oma, das ist nicht Holger. Das ist Jo.«

»Jo, was ist das denn für ein Name?«

»Abkürzung von Jonathan«, erklärt Jo und setzt sich auf.

Wir bleiben beide auf dem Bett sitzen, in der Hoffnung, dass Oma bald geht. Doch die freut sich über den überraschenden Besuch.

»Weißt du, Jonathan, viele Gäste habe ich nicht, den ganzen Tag bin ich alleine.«

Damit ist aus unserem ersten romantischen Abend bei mir, bei dem wir unsere Hormone ausschütten und Stunden voller Lust erleben wollten, ein Kaffeekränzchen mit Oma geworden. Den Rest des Abends erzählt sie uns von ihren Kriegserlebnissen. Jo scheint sie sympathisch zu finden.

Während Oma vom Winter 1944 berichtet, piepst Jos Handy immer wieder. Er sieht aufs Display und tippt die ganze Zeit auf dem Gerät herum.

»Hast du noch eine Verabredung?«, frage ich ihn irritiert. »Simst du gerade?«

»Nein«, antwortet er. »Das sind Facebook-Nachrichten. Ich bin jetzt nämlich mit den Russen befreundet.«

»Was!«, ruft Oma erschrocken. »Mit den Russen?«

»Ja, Oma«, sage ich beschwichtigend. »Die Russen haben jetzt eine Kooperation mit unserer Firma.«

»Oh, oh, Kinder! Als damals die Russen einmarschiert sind, gab es für uns nichts zu lachen!«

Ich gehe nicht weiter darauf ein und sehe zu Jo.

»Ich wusste gar nicht, dass Andrej so modern ist? Oder meinst du mit den Russen nur Olga?«, frage ich.

»Klar. Die ist doch ganz nett. Sie ist halt sehr Facebook-affin und interessiert sich für meine Blogs.«

Ich spüre dasselbe Gefühl wie während der Besprechung hochkommen, nur ist es jetzt etwas stärker. Ich glaube, ich werde wirklich eifersüchtig.

Als ich mich später von Jo verabschiede, entschuldige ich mich für den fehlgeschlagenen romantischen Abend.

Er winkt ab. »Wir Ritter sind daran gewöhnt, dass wir auf dem Weg zu unserer Herzogin den einen oder anderen Drachen besiegen müssen. Dann ist eben das nächste Mal das erste Mal.«

Er nimmt mich in den Arm und küsst mich lang und leidenschaftlich.

»Die nächsten Wochen werden so wild und sexy, dass du froh sein wirst, dass wir diesen Abend noch gewartet haben. Mich wirst du so schnell nicht los. Ehrenwort.«

*

Am nächsten Tag im Büro bin ich froh zu erfahren, dass die Russen heute Morgen abgereist sind. Oma hat vorhin am Frühstückstisch glücklicherweise schon gar nicht mehr von Jo gesprochen. Ihre volle Konzentration galt ihrem Verdauungssystem. Daher hoffe ich, dass sie auch dann nichts erzählt, wenn sie meine Mutter sieht. Mensch, ist das anstrengend, sich wie ein Teenager verstecken zu müssen.

Bei der Arbeit vergeht der Tag mit dem heimlichen Austausch von Blicken zwischen Jo und mir. Nach der Mittagspause erhalte ich eine E-Mail von ihm.

BETREFF: BESPRECHUNG HEUTE ABEND
Sehr geehrte Frau Herzog,
für das Meeting heute Abend habe ich das perfekte Besprechungszimmer gefunden. Bitte finden Sie sich um 20 Uhr in der Ludwigsstraße 11 ein. Adäquate Kleidung ist erwünscht.
Ihr Jonathan Ritter

Ich muss ein Kichern unterdrücken und hoffe, dass Judith nicht zu mir herübersieht. Ich fühle mich wie damals in der Schule, als wir uns während des Unterrichts Nachrichten auf kleinen Zettelchen unter der Bank durchgeschoben haben. Ich schreibe schnell eine Antwortmail.

RE: BESPRECHUNG HEUTE ABEND

Sehr geehrter Herr Ritter,

ich werde versuchen, es in meinem Terminkalender unter-
zubringen. Adäquate Kleidung ist eingeplant.

Ihre Natalie Herzog

Als ich zu Hause bin, stehe ich eine Stunde lang vor meinem Schrank und probiere unterschiedliche Kleidung an,
aber nichts gefällt mir. Entweder ist es zu spießig, zu leger
oder nicht sexy genug. Nur bei der Unterwäsche bin ich
mir gleich sicher. Das purpurfarbene Höschen und der
passende BH haben mir im Laden auf Anhieb gefallen.
Ich hatte nur bis heute nie die passende Gelegenheit beide
anzuziehen.

Je länger ich mich damit im Spiegel betrachte, desto
wagemutiger werde ich. Schließlich entscheide ich mich,
nur meinen langen Wintermantel darüber anzuziehen.
Ich trage einen Hauch von Nichts. Kurz stelle ich mir Jos
Augen vor, wenn ich den Mantel öffne.

Ein paar Mal drehe ich mich vor dem Spiegel und
Summe die Melodie von Joe Cockers *You can leave your
hat on*. Einen Hut habe ich nicht, aber das macht nichts.
Dann zwänge ich mich in meine unbequemen Pumps und
fühle mich unglaublich sexy.

Eine halbe Stunde später stehe ich vor der Adresse. Ich klingle
bei dem Namen, den Jo mir per SMS gesendet hat. Da steht
jedoch nicht nur ein Name, sondern gleich mehrere.

Was mache ich hier?, frage ich mich. Aber das Lampenfie-
ber verfliegt sofort wieder. Zeit für meinen großen Auftritt!

Die Tür öffnet sich, ich steige in den Aufzug und fahre
in den dritten Stock. Hier steht die Wohnungstür einen

Spalt offen. Vorsichtig schiebe ich die Tür auf und rieche Essen. Das Licht ist nicht an, dafür stehen in dem großen Wohnzimmer überall Teelichter. Jo kommt mir mit einer Flasche Wein in der Hand entgegen.

»Wow!«, sagt er, als er mich sieht.

»Wo sind wir hier?«

»Das ist die WG von einem Freund. Die Bewohner sind heute alle ausgeflogen. Fußball.«

»Du hast gekocht?« Ich schnuppere. »Asiatisch?«

»Äh, na ja ... Ich hab's bei meinem Lieblings-Thailänder gekauft.«

Ich lächle.

»Darf ich dir aus dem Mantel helfen?«, fragt er, als wir zum Couchtisch gehen, auf dem die Teller stehen.

Plötzlich hat das Lied in meinem Kopf einen Sprung. So genau hatte ich das nicht durchdacht. Wer konnte auch ahnen, dass er vorher erst noch etwas essen will?

»Äh, du, mir ist noch ein bisschen kalt. Ich lasse ihn noch an.«

Er sieht mich irritiert an. »Okay? Dann drehe ich die Heizung ein bisschen auf.«

»Nee, lass mal.«

Während wir essen, schlage ich meine Beine übereinander. Ich merke, wie Jo zu mir herüberstarrt. Er fängt an zu lächeln. Er hat verstanden.

»Ich glaube, ich gehe doch mal die Heizung aufdrehen«, sagt er.

»Warum?«

»Weil ich zu gerne sehen möchte, was unter dem Mantel steckt.«

Ich höre Joe Cockers Stimme in meinem Kopf weiter-singen.

Wir lassen unser Essen stehen und beginnen uns zu küssen. Jo knüpft behutsam meinen Mantel auf.

»Lass uns auf den Nachtisch verzichten«, flüstert er mir zu.

Er streift mir den Mantel ab, nimmt mich an der Hand und führt mich in ein Schlafzimmer.

»Ich möchte dich auf der Stelle aufessen«, sagt er und beginnt meine Schultern zu küssen.

Spielerisch beißt er in meinen Hals. Ich kichere, weil es kitzelt. Jetzt beginne ich, ihm sein T-Shirt auszuziehen und die Hose aufzuknöpfen. In Unterwäsche werfen wir uns auf das Bett.

Während wir engumschlungen daliegen, höre ich plötzlich Männerstimmen dumpf durch die Tür dringen.

»Wer ist das?«, frage ich erschrocken.

»Ich weiß nicht genau.«

Er löst sich aus meinen Armen, zieht sich hastig die Hose an, öffnet die Tür einen Spalt und wirft einen Blick hinaus.

»Hi, Marco«, höre ich Jo sagen. »Mike sagte, du wärst heute nicht zu Hause.«

»Klar, Alter. Aber bei Andi ist der Fernseh' am Arsch. Jetzt müssen wir hier Fußball gucken. Wir stör'n dich doch nicht? Mit deinen ganzen Teelichtern und so?«

»Nee, kein Problem. Ist ja deine Wohnung«, erwidert Jo.

Am liebsten würde ich mich wieder anziehen, aber ich bemerke, dass mein Mantel immer noch auf der Couch liegt.

Jo schließt die Tür.

»Wo waren wir stehen geblieben?«, fragt er lächelnd, als er wieder neben mir liegt.

Ich versuche mich zu entspannen, obwohl im Wohnzimmer gerade der Fernseher in ohrenbetäubender Lautstärke angeschaltet wird. Jo macht sich an meinem BH zu schaffen. Doch dieses Stück ist so exquisit, dass es außergewöhnliche Knöpfchen besitzt.

»Nee! So kann man das doch nicht machen!«, höre ich eine Stimme aus dem Nebenzimmer brüllen. »Also echt: Bist du blind oder was!«

Ich helfe Jo, den BH zu öffnen. Ich spüre, dass er nervös ist, und gebe mir wirklich Mühe, die Kommentare, der Fußballmeute auszublenden. Doch spätestens, als ein: »Jetzt mach ihn endlich rein, du Idiot!« ertönt, fühle ich mich bei unserem Liebesspiel beobachtet und werde zunehmend immer unentspannter.

Doch ich will mich nicht so leicht geschlagen geben und mache mich an Jos Hose zu schaffen. Er lächelt mich erwartungsvoll an. Im Nachbarzimmer heult einer auf: »Neiiin! Doch nicht an die Latte! Mann, das kann doch meine Oma besser!«

König Fußball hat als Reservespieler für Amor leider jämmerlich versagt, ich gebe mich geschlagen. Die romantische Stimmung ist endgültig zerstört.

»Es tut mir leid«, erklärt Jo. »Ich wusste nicht, dass der so früh zurück ist.«

»Ist schon gut«, antworte ich und ziehe meinen BH wieder an.

»Und jetzt?«, fragt er.

»Mein Mantel liegt im Wohnzimmer.«

»Ich hole ihn dir.«

*

Am nächsten Morgen im Büro grüble ich über den gestrigen Abend nach. Das kommt davon, wenn man sich mit einem jüngeren Typen einlässt, der nicht mal eine eigene Wohnung hat. Dennoch war er einfach süß und sexy.

»Ah, guck mal«, meint Judith, als sie zwischen zwei Texten kurz SPIEGEL ONLINE liest. »Charlie Sheen hat schon wieder was angestellt.«

Diese Information ist für mich gerade nicht so spannend.

»Sag mal, Jo«, fährt Judith fort. »Guckst du eigentlich immer noch diese langweilige Serie, *Two and a half men*?«

»Seit Ashton Kutcher finde ich es nicht mehr so lustig.«

»Ja, der hat sich ja auch scheiden lassen von Demi Moore. Gut, das hatte ich mir eh gedacht. Die hätte seine Mutter sein können«, meint Judith.

»Ach, die hätte ich auch genommen. Sie sieht doch gut aus«, erklärt Jo.

»Nur weil sie ein Star ist. Ich finde so etwas eklig.«

Ich räuspere mich.

»Warum sagst du mir dann ständig, ich solle mir einen jüngeren Mann suchen?«, frage ich irritiert.

»Ja, fünf Jahre jünger oder so. Aber doch nicht fünfzehn! Zum Glück hast du keinen Mutterkomplex, Jo.«

Judith schüttelt noch einmal den Kopf. Als sie wieder zu ihrem Bildschirm sieht, zwinkert Jo mir zu. Allerdings kann ich Judiths Aussage nicht so witzig finden wie er.

Um halb fünf erklärt Judith uns lang und breit, dass die westliche Welt zu sehr auf die Arbeit fixiert und der ferne Orient uns philosophisch ganz weit voraus sei, wobei es natürlich schon ein Skandal sei, was die Chinesen mit den tibetanischen Mönchen machten – nur um dann schließlich zu verkünden, dass sie heute pünktlich Feierabend machen müsse, weil sie noch ins Yoga gehe.

»Ich auch«, schließt sich Doris an.

»Du gehst auch ins Yoga?«, fragt Judith überrascht.

»Ich meine, ich muss ebenfalls weg. Zu Hause ist viel los.«

Meine Kolleginnen packen hastig zusammen und innerhalb kürzester Zeit sind Jo und ich alleine. Er blickt zum Flur hinaus. Dann kommt er auf mich zu, presst mich an die Wand und küsst mich.

»Endlich spüre ich deinen Körper wieder so nah bei mir.«

Meine Beine und Arme beginnen zu zittern. Liegt es daran, dass wir gerade mitten im Büro knutschen? Aber der Nervenkitzel putscht mich auf und ich denke nicht weiter darüber nach, sondern lasse mich fallen.

Gerade als seine Hände unter mein Hemd wandern, höre ich, wie die Zwischentür aufgeht. Ich bekomme fast einen Herzinfarkt, doch Jo reagiert wie ein Weltklasseschauspieler und sagt: »Ich glaube, es ist eine Wimper.«

Doris steht in der Tür und blickt uns mit offenem Mund an. Ich halte mir schnell die Hand aufs Auge. Allerdings befürchte ich, dass mein Theaterspiel eine gerissene Frau wie Doris nicht überzeugen wird.

»Danke, Jo«, stammle ich panisch.

»Ich habe mein Paket von Amazon vergessen«, erklärt Doris.

Sie holt das Päckchen, starrt jedoch weiterhin in unsere Richtung.

»Tschüss«, meint sie schließlich und geht.

Erst als ich den Aufzug höre und mich auf dem Gang vergewissert habe, dass weder Doris noch sonst jemand in der Nähe ist, atme ich auf. Jo holt mich zurück ins Büro und fängt an, mich zu küssen. Doch ich wehre ab.

»Ich bin jetzt nicht in der Stimmung. Was, wenn Judith hereinkommt?«

»Sie ist doch beim Yoga.«

»Ich kann mich nicht entspannen«, erwidere ich.

»Dann lass uns woanders hingehen. Deine Oma war doch ganz nett …«

»Du, Jo, so lustig finde ich das nicht. Was deine Schwester gesagt hat, geht mir auch durch den Kopf.«

»Es kann dir doch egal sein, was sie denkt.«

»Dir ist das egal, klar. Aber ich bin diejenige, über die getuschelt und gelacht wird. Der Gedanke, dass Judith es erfährt, ist …«

»Was?«, fragt er wütend.

Was soll ich sagen? Dass es mir peinlich ist? Dass ich nicht will, dass andere sagen, schau mal die Alte mit ihrem Toyboy an?

»Warum lässt du dein Leben von der Meinung anderer bestimmen?«, fragt er.

»Ich bin so erzogen. Ich kann nicht aus meiner Haut. Bitte, versuch mich zu verstehen«, erwidere ich.

»Das ist sehr schwer. Es läuft fantastisch zwischen uns, aber du schämst dich meiner? Das ist echt krass!«

»Ich schäme mich nicht wegen dir.«

»Ach nein? Was ist es dann? Empfindest du nicht dasselbe für mich? Ist das Ganze für dich nur ein Spaß?«

»Nein, es geht nur so schnell und ich muss mir über das alles irgendwie klar werden und …«

Eine lange, unerträgliche Pause entsteht, in der er mir in die Augen schaut und eine Reaktion erwartet. Ich weiß leider nicht, was ich sagen soll. Alles klingt so hohl.

»Dann sind wir wohl jetzt nur noch Kollegen.«

Er nimmt seine Jacke und geht.

KAPITEL 9

Heute ist der erste Tag, an dem wir uns nur wie Kollegen benehmen. Ich stehe eine Stunde früher auf als sonst, damit ich die Erste im Büro bin. Das gibt mir einen Vorsprung. Ich kann mein Revier abstecken. Vor allem kann ich üben, wie ich Jo gegenübertrete, ohne Wortfindungsstörungen zu bekommen oder rot zu werden.

»Er ist nur ein Kollege. Jonathan ist nur ein Kollege wie jeder andere«, versuche ich mir laut zu suggerieren. Ich habe neulich im Buchladen auf dem 5-Euro-Wühl-Tisch ein Buch über Selbstsuggestion gekauft *Abnehmen durch positives Denken*. Jetzt halte ich das Diät-Buch in den Händen und versuche die Beispiele auf meinen Fall zu übertragen und nachzusprechen. Was beim Abnehmen hilft, muss beim Entlieben ja auch etwas bewirken.

»Er ist nur ein netter Kollege.«

»Das ist total scheiße«, höre ich hinter mir.

Ich fahre zusammen und drehe mich um. Es ist Dieter, ein Kollege aus unserem Nachbarbüro. Ich schaue ihn überrascht an. Hat er auch schon etwas mitbekommen?

»Was weißt denn du darüber?«

»Ist scheiße, das mit der Selbstsuggestion«, sagt er. »Ich hab es auch ausprobiert und was war? Hab fünf Kilo zugenommen.«

Ich atme aus.

»Ach, das Buch.«

»Klar, das Buch, was sonst?«, fragt er irritiert.

»Schade, dass es bei dir nicht geklappt hat«, antworte ich.

»Du bist doch gar nicht dick. Iss lieber nur drei Mahlzeiten am Tag«, empfiehlt er mir.

In diesem Moment kommt Doris ins Büro. »Morgen ... Na Dieter, was machst du bei uns?«

»Wollte nur schauen, ob ihr noch ein paar Werbekugelschreiber habt.«

»Ich habe dir schon letzte Woche welche gegeben.«

»Nee, das waren die Stofftaschen für meinen Einkauf. Die sind außerdem Scheiße. Ihr solltet die mit kurzen Henkeln anfertigen lassen, sonst schleifen die immer auf dem Boden.«

»Klar, nur für dich, Dieter«, antwortet Doris.

»Ist nur meine persönliche Meinung«, sagt er. »Bis später – und Natalie, nicht zu viel abnehmen.«

»Alles klar.«

Als Dieter verschwunden ist, schaut Doris zu mir.

»Na, gestern noch lange Überstunden gemacht?«, fragt sie. Ich spüre, dass ich rot anlaufe.

»Äh, nein ... Wieso?«, stammle ich.

»Nur so«, sagt Doris und verschwindet in Richtung Küche. Ich befürchte, dass sie eins und eins zusammengezählt hat. Vielleicht aber auch nicht. Mit dieser Ungewissheit muss ich jetzt wohl leben. Hoffentlich geht die Zeitbombe Doris nicht hoch.

Im Büro packe ich das Buch unter einen Stapel unsortierter Ausdrucke und fange an, mich meiner Arbeit zu widmen. Mein Ziel heute: Endlich wieder konzentriert arbeiten und den Newsletter über Fußbodenheizungen fertigstellen, der dringend versendet werden muss.

Als ich mit dem letzten Artikel beginne, trudeln Jo und Judith ein. Sie scheint sehr guter Dinge, aber Jo ist still.

Er murmelt ein knappes »Morgen«.

Judith stattdessen singt fast: »Guuuten Morgen.«

Wenigstens eine, die gut gelaunt ist. Den Grund dafür möchte sie sofort mit mir teilen. Doch sie spricht nur im Flüsterton, in der Hoffnung, dass Jo nicht alles mitkriegt.

»Habe eine neue Partnerbörse entdeckt. Die ist total klasse. Da wird nicht jeder genommen.«

Jo verdreht nur die Augen.

»Solche Gespräche gehören eben auch zum Arbeitsalltag, aber du musst ja nicht mithören«, wendet sich Judith an ihn.

»Soll ich mir Kopfhörer aufsetzen?«, fragt er.

»Ist gar keine schlechte Idee«, findet Judith. »Ich habe sogar welche dabei.«

So frech erlebe ich Judith selten. Irgendwie eigenartig, Jo als den kleinen Bruder von Judith kennenzulernen. Hoffentlich erfährt sie nie von uns.

Er rollt die Augen und geht aus dem Zimmer. Ich werfe ihm einen Blick hinterher und kann den Gedanken nicht unterdrücken, wie gut er heute aussieht.

Ich hoffe, dass sich meine Gefühle für ihn bald legen werden. Die Emotionen für Holger waren von heute auf morgen weg. Fast weg. Gut, wenn man Wut mitzählt, hat es länger gedauert. Mittlerweile sind sie ausgelöscht. Aber Jonathan hat mir nichts Böses getan und ich sehe ihn täglich mehrere Stunden.

Als er zurückkommt, hat er Doris im Schlepptau. »Habt ihr gehört, dass Tina aus dem Controlling schwanger ist?«, platzt sie heraus.

»Schon wieder?«, fragt Judith. »Das ist dann das Dritte!«

Tina ist genauso alt wie ich. Früher waren wir oft gemeinsam essen und wir haben darüber gesprochen, wie wir es mit der Kinderplanung machen würden. Damals dachte ich natürlich, dass ich bis vierzig mindestens zwei Kinder haben würde.

Ich blicke zu Jo und sehe, dass ihn diese Gespräche nicht interessieren. Er scheint beschäftigt.

»Was heißt hier, schon wieder?«, fragt Doris. »Als ich in ihrem Alter war, waren meine drei Kinder schon in der Schule. Mit vierzig sollte das Kinderkriegen abgeschlossen sein.«

Judith sagt darauf nichts. Sie schaut Doris mit großen Augen an und blickt dann in meine Richtung. Doris wird klar, dass ihre Aussage unangebracht war.

»Ähm, ich muss noch dringend Frau Mayer-Kahn anrufen«, sagt sie.

»Nimm's nicht persönlich«, meint Judith, als Doris verschwunden ist.

Ich zucke mit den Achseln. Eigentlich müsste mich die Nachricht mit Tina sehr schmerzen, doch ich kann nur Jo ansehen. Ich drohe, in seinen blauen Augen zu versinken. Dabei habe ich doch gestern Schluss gemacht!

»Ach, eigene Kinder werden total überbewertet«, erkläre ich dann.

Mit Jo im Büro zu sein, ohne ihn zu berühren, ist wie neben einem Einkaufswagen voller Süßigkeiten zu sitzen, ohne sich etwas davon nehmen zu dürfen. Aber ich bleibe standhaft und widme mich meiner Arbeit.

Ich bin sogar etwas stolz auf mich. In ein paar Tagen wird es mir wahrscheinlich gar nichts mehr ausmachen, mit Jo zusammenzuarbeiten.

*

Tag zwei, an dem Jo nur mein Kollege ist.

Wir haben alle drei eine E-Mail von unserem Chef bekommen. Darin teilt er uns mit, dass wir um halb sieben mit unseren russischen Kollegen Abendessen gehen »dürfen«, weil wir uns so gut mit Andrej und Olga verstehen.

Doris soll einen Tisch beim Italiener unseres Vertrauens reservieren.

Ich hasse Geschäftsessen, vor allem abends. Nach sieben Uhr esse ich nicht gerne viel, hänge lieber im Pyjama vor dem Fernseher und vor allem habe ich so gar keine Lust auf endlosen Small Talk.

Doris kommt mittlerweile immer häufiger in unser Büro. Doch seit sie Jo und mich zusammen gesehen hat, redet sie nicht mehr mit mir, sondern unterhält sich nur mit den beiden anderen.

»Das sind die Wechseljahre«, meint Judith, als Doris uns eine Verschnaufpause gönnt. Auch Jo ist gerade in der Küche, um sich einen Kaffee zu holen.

»Das heißt, was ich, ehrlich gesagt, eher glaube, ist, dass sie sich in Jo verguckt hat.« Dabei schüttelt sie sich.

Ich sage nichts. Was sie wohl über Jo und mich sagen würde?

Als er zurück ins Büro kommt, würdigt er mich keines Blickes.

Später im Foyer treffen wir auf Herrn Künzel sowie Olga und Andrej. Die Russin gesellt sich zu Jo und ich darf im Restaurant neben Herrn Künzel und Andrej sitzen. Dieser bestellt sich als Erstes einen Whiskey. Als die Vorspeisenteller für alle kommen, werden diese von Andrej und Olga nicht groß gewürdigt. Olga stochert nur ein bisschen im Essen herum.

»Die ist hundert Prozent magersüchtig«, flüstert mir Judith zu.

Andrej isst zwar seine Portion auf, doch auf die Hauptspeise verzichtet er und bestellt sich stattdessen einen weiteren Whiskey. Olga trinkt lieber eine Diätcola, statt ihre Spaghetti zu essen. Herr Künzel hält es für seine Aufgabe, als

Alleinunterhalter zu agieren und redet ununterbrochen. Ich bin ihm das erste Mal von Herzen dankbar dafür. So kann ich in Ruhe meine Spaghetti mit Venusmuscheln genießen, die wunderbar schmecken. Ab und zu blicke ich, natürlich unauffällig, zu Jo und Olga, die sich angeregt unterhalten. Ich fange an, die Russin immer unsympathischer zu finden. Warum muss sie sich neben ihn setzen?

»Du, ich glaube, die hat es auf meinen Bruder abgesehen«, flüstert Judith mir lächelnd ins Ohr. Diese Vorstellung scheint sie nicht sonderlich zu stören, aber Olga ist schließlich auch jung.

Gegen zehn Uhr hat Andrej seinen fünften Whiskey geleert und Herr Künzel die komplette Entstehungsgeschichte unserer Firma erzählt. Ich trinke außer einem Prosecco zum Anstoßen nur stilles Wasser. Dafür bechert Jo wie ein Russe und die Laune scheint am anderen Ende des Tisches prächtig zu sein. Olga lacht jedes Mal, wenn er etwas sagt. Und auch Andrej dreht sich von Herrn Künzel und mir weg zum anderen Ende, wo Jo alle bestens zu unterhalten scheint.

»Was?«, ruft Olga begeistert. »Du warst in einer Band?«

»Klar«, sagt Jo. »Zehn Jahre lang, wir hätten fast einen Plattenvertrag bekommen.«

»Wow«, sagt Olga bewundernd.

Und ich denke: *Typisch für mich. Einen potentiellen Rockstar lasse ich sausen!*

Jetzt beginnt Jo, ein russisches Lied zu trällern. Olga klatscht in die Hände und Andrej stimmt mit ein.

Tja, so wie er sich amüsiert, scheint er mich schnell vergessen zu haben. Jetzt, da ich es so deutlich vor mir sehe, spüre ich einen heißen Schmerz in meiner Brust und mir schnürt sich die Kehle zu.

Ich muss entweder viel trinken, um das alles nett zu finden, oder ich bin weiterhin eine Spaßbremse. Alle klatschen Jo auf die Schulter. Auch Judith ist vergnügt.

Ich fühle mich wie ein Außenseiter. Wie früher auf Klassenfahrt, als alle Bier tranken und ich es nur zu mir nahm, um so cool wie die anderen zu sein. Es gibt aber einen Unterschied. Ich bin jetzt groß und kann genauso gut nach Hause gehen.

»Herr Künzel, ich habe Kopfschmerzen. Ich gehe dann mal.«

Herr Künzel nickt. »Herr Ritter ist ja noch da und scheint die richtige Chemie mit den Kollegen gefunden zu haben.«

Ich stehle mich hinaus und nehme meine Bahn.

KAPITEL 10

Tag drei, an dem Jo und ich nur Kollegen sind.

Doris sitzt an ihrem Rechner und begrüßt mich mit einem knappen »Morgen«.

Ich gehe in mein Büro und mein Blick wandert zuerst an Jos Platz. Ich vermisse ihn, hoffentlich kommt er bald. Dann schüttle ich den Kopf. Nein, das ist genau der falsche Ansatz. Er muss raus aus meinen Gedanken. Vor allem nach dem gestrigen Abend. Ich versuche, mich durch Arbeiten abzulenken. Nach einer Stunde ist der Newsletter endlich fertig und ich versende ihn an den Chef zur Freigabe. Im Anschreiben weise ich ihn darauf hin, dass wir durch den von mir neu entwickelten Adressverteiler ab sofort nicht nur unsere Bestandskunden, sondern auch mindestens fünfhundert potenzielle Neukunden erreichen werden. Er soll ruhig merken, dass Jo nicht der Einzige mit innovativen, digitalen Ideen ist.

Erst nach zehn Uhr kommen Jo und Judith ins Büro. Beide sehen blass aus. Scheinbar haben sie zu lange Brüderschaft getrunken.

»Sag mal, wann bist du denn gestern gegangen?«, fragt Judith.

Na, wunderbar. Sie haben es nicht einmal bemerkt, als ich das Restaurant verlassen habe.

»So gegen zehn«, entgegne ich.

»Ich sag dir, das war ein Abend. So viel habe ich unter der Woche noch nie getrunken.« Sie hält sich ihren Kopf. »Andrej und Olga hätten fast getanzt. Jo ist jetzt ihr neuer Liebling.«

»So ein Quatsch«, erwidert Jo. »Du hast wohl zu viel getrunken. Wir hatten nur ein bisschen Spaß.«

Ich versuche zu lächeln. Plötzlich kommt Olga in unser Büro geschwebt.

»Guten Morgen, danke noch einmal für den schönen Abend. Ihr Deutschen könnt ja doch feiern! Wir reisen heute leider ab, aber nächste Woche sind wir bestimmt wieder hier.«

Sie bleibt kurz stehen, nicht sicher, wie sie sich verabschieden soll. Judith steht auf und gibt ihr die Hand. Dann erhebt sich Jo. Ihn umarmt sie und gibt ihm ein Küsschen auf die rechte und die linke Wange. Ich schäume vor Wut. Jo scheint überrascht. Aber er lässt es mit sich geschehen.

Mir gibt Olga lediglich die Hand und weg ist sie.

Judith lächelt. »Was war das denn, Brüderchen?«

»Eine Verabschiedung«, sagt er.

Judith lacht jetzt.

»Ooh, die langbeinige Olga hat es auf den Herrn Soziale Netzwerke abgesehen. Hübsch ist sie wirklich.«

»Wahrscheinlich ist das in Russland so üblich, den Männern gibt man ein Küsschen und den Frauen die Hand«, meint Jo und zuckt mit den Achseln.

Dann widmet er sich seiner Arbeit und ich wünsche mir sehnlichst einen Boxsack herbei, um meine stärker werdenden Aggressionen zu verarbeiten. Ich glaube, dass Jo einen schnellen Weg gefunden hat, mich zu vergessen. Falls es überhaupt etwas zu vergessen gab.

Es ist fast schon komisch: Er hat in Olga eine besonders schöne Ablenkung, während ich, als diejenige, die unsere aufkeimende Beziehung gestoppt hat, jetzt jede Minute an nichts anderes als ihn denken kann. Ihn ignorieren ist auch schwierig, da wir miteinander arbeiten. Also atme ich ein paar Mal tief ein und aus, wie ich es in den Pilates-Kursen gelernt habe, und suche mein Powerhaus.

In diesem Moment klingelt mein Telefon. Es ist Frau Mayer-Kahn, die mir mitteilt, dass Herr Künzel mich sprechen möchte. Ich nehme den Newsletter mit und sage nur kurz: »Muss zum Chef.«

*

Herr Künzel sitzt an seinem riesigen Schreibtisch und brütet über den ausgedruckten Seiten. Auf dem Kopf trägt er einen Turban aus feuchten Tüchern und neben ihm steht ein Gurkenglas, in dem sich nur noch etwas Brühe befindet. Gedankenverloren nimmt er einen Schluck daraus und gurgelt kräftig. Dabei muss er seinen feuchten Turban mit einer Hand festhalten, damit er nicht ins Rutschen kommt. Ich schaue ihn irritiert an.

»Ach, das«, sagt er, als er meinen Blick sieht. »Das ist nur ein Rezept gegen Kater, das mir Andrej empfohlen hat.«

Er winkt ab, schiebt das Glas zur Seite und deutet mir an, mich hinzusetzen.

»Frau Herzog, nicht schlecht, was Sie da zu Papier bringen, wirklich nicht schlecht. Sie machen das alles wirklich gut.«

Ja, ja, diese Einleitung kenne ich, ich habe schließlich auch Rhetorik-Seminare besucht. Erst loben, dann die Kritik loswerden.

»Aber?«, frage ich.

Er schaut mich an.

»Wie bitte?«

»Sie finden das alles gut, aber?«

»Frau Herzog, Sie sind zu voreilig. Lassen Sie mich ausreden. Das ist alles großartig, ich habe allerdings noch einige Kleinigkeiten geändert.«

»Herr Künzel, wir wollten den Newsletter doch schon vor Tagen versenden.«

»Ach, einen Tag früher oder später, es muss stimmig sein. Und, ach ja, Herrn Ritter habe ich gestern schon einen Auszug von Ihrem Zwischenstand für die sozialen Netzwerke gegeben. Wie sagte er … einen Teaser. Deshalb ist es nicht so wild, wenn der komplette Newsletter etwas später kommt.«

Ich glaube, ich habe mich verhört.

»Wie meinen Sie das?«

»Mädchen, das ist doch die Zukunft, dieses Facebook. Der Herr Ritter hat in den wenigen Tagen, die er hier ist, schon fast 5000 Fans für unsere Firma gewonnen, die ohne Facebook nie etwas von uns gehört hätten.«

»Klar«, erwidere ich.

»Weil unser Newsletter eben immer so lange braucht und das Internet so schnelllebig ist, mussten wir handeln. Ist das ein Problem?«

»Äh, nein, natürlich nicht«, lüge ich.

»Frau Herzog, lassen Sie sich davon nicht aus der Ruhe bringen. Sie sind in jedem Fall der Kopf der Abteilung. Was Herr Ritter mit Facebook und diesem Internet-Schmarrn veranstaltet, ist pure operative Umsetzung. Sie sind mit der planerischen Verantwortung für die Inhalte doch mehr als genug beschäftigt.«

Ich nicke.

»Gut. Dann ist ja alles wunderbar. Wenn Sie die Änderungen eingearbeitet haben, senden wir das als perfektes Ergebnis an unsere Kunden. So wie immer. Danke, Frau Herzog.«

Du mich auch, denke ich, sage aber: »Gerne.«

Dann verlasse ich sein Büro.

Ich kann nicht glauben, dass er diesen Facebooks und Twitters mehr Bedeutung beimisst als meiner jahrelangen Erfahrung! Als ich in das Büro komme, sage ich nichts. Judith und Jo schauen mich an.

»Und irgendetwas Besonderes beim Chef?«

»Nein«, entgegne ich knapp.

Judith merkt, dass etwas nicht stimmt. »Was ist passiert?«

»Ach, nichts. Der Chef hat mir nur mitgeteilt, dass Teile meines Newsletters schon auf Facebook veröffentlicht sind. Aber ich soll in den Text noch seine Ergänzungen einbinden, um es dann irgendwann per E-Mail rauszuhauen.«

Judith blickt zu mir und dann zu Jo.

»Brüderchen, du hast doch nicht einfach Natalies Newsletter auf Facebook geladen und dafür die Lorbeeren kassiert?«

Jo merkt, dass er gerade in Ungnade fällt.

»Nein, natürlich nicht, Herr Künzel hat mir den Text gegeben und ich habe ihn nur etwas vereinfacht. Ich wusste nicht, dass es ohne euer Wissen geschieht.«

Er zuckt mit den Achseln.

»Sorry, Natalie, ich wollte bestimmt nicht deine Arbeit klauen. Wirklich nicht.«

Judith schaut zu mir und dann zu ihrem Bruder und wartet auf meine Reaktion, doch die kommt nicht.

»Aber in Zukunft musst du dich mit uns besser abstimmen«, sagt sie. »Wir müssen mehr über deine Arbeit Bescheid wissen, Jo.«

»Klar, ich wollte euch nur nicht stören, weil ihr am Anfang sagtet, dass es euch nicht interessiert.«

»Wenn dir der Chef in Zukunft solche Aufgaben gibt, dann sprich bitte mit uns«, sage ich, immer noch etwas verärgert.

»Okay«, erwidert er nur.

»Natalie, das war bestimmt nicht Jos Absicht«, sagt Judith.

»Judith, ich kann schon für mich sprechen, schließlich bin ich erwachsen«, unterbricht Jo sie genervt.

»Dann haben wir das geklärt«, erwidere ich, weil es jetzt langsam unangenehm wird.

»Sollen wir heute Sushi essen?«, fragt Judith, um die Laune aufzuhellen.

»Ich hab was vor«, antworte ich knapp.

»In letzter Zeit hast du immer etwas vor.« Sie zwinkert mir zu. »Außerdem ist gemeinsames Essen wichtig für das Teambuilding.«

Judith hat Recht. Als inoffizielle Leiterin muss ich aufhören zu zicken und das Ganze sachlich sehen.

»Vielleicht kann ich es auch nach der Arbeit erledigen.«

KAPITEL 11

Die nächsten Tage und Wochen vergehen in einem nicht endenden Kampf zwischen den Gefühlen, die ich noch für Jo empfinde, und der Wut auf ihn. Um mich abzulenken, stürze ich mich in die Arbeit. Etwas Positives hat das Ganze ja. Ich entdecke wieder den Spaß am Schreiben. Es ist natürlich nicht wie damals an der Uni, als ich Geschichten über ferne Länder geschrieben habe, aber ich stelle fest, dass man auch an PR-Texten seine Fähigkeiten verbessern kann. An manchen Abenden hole ich sogar meine Geschichten von früher wieder hervor. Dabei fällt mir ein halb vergessener Versuch einer erotischen Kurzgeschichte in die Hände, die ich damals niemandem gezeigt habe. Ich muss ein bisschen grinsen. Für einen rein theoretischen Text war das damals gar nicht mal schlecht.

In der Firma wird Jo immer mehr zum Star-Mitarbeiter. Je desinteressierter er sich gibt, desto beliebter wird er. Jo hat es irgendwie geschafft, dass wir auf Facebook und bei Twitter mehr Follower und Freunde haben als alle anderen Konkurrenten. Sogar der alte Künzel-Golfplatzkumpel Alfred erblasst vor Neid. Der Chef ist natürlich überglücklich.

Der größte Dorn im Auge sind mir allerdings unsere russischen Besucher. Diese tauchen ständig unangemeldet auf oder sie senden uns dringende Memos, in denen sie immer mehr Berichte über unsere Geschäftsvorgänge anfordern.

Nach einer kurzen Nacht komme ich total zerknittert und schlecht gelaunt zur Arbeit. Doris ist inzwischen etwas netter geworden. Das heißt, sie schaut mich wieder an, jedoch bietet sie mir keinen Tee mehr an. Jo scheint sie nicht böse zu sein, ihn umschwärmt sie nach wie vor.

Wir verbringen mittlerweile die Hälfte unserer Arbeitszeit damit, auf die Fragen von Andrej einzugehen. Olga richtet ihre Fragen am liebsten direkt an Jo, auch wenn am Ende ich sie beantworten muss. Ich hoffe, dass ich bald meine Beförderung erhalte und nicht mehr nur Newsletter schreiben und Fragen beantworten darf.

Sogar Judith bereut es, Jo für den Job vorgeschlagen zu haben.

»Natalie, ich glaube, ich habe einen Fehler gemacht.«

Da muss ich ihr recht geben. Das sage ich aber nicht laut.

»Ach was, dann wäre es ein anderer Angeber, der sich in den Vordergrund spielt. So bleibt wenigstens das Geld in der Familie.«

Kaum habe ich am Arbeitsplatz meinen Rechner eingeschaltet, kommt Doris ins Zimmer.

»Natalie, du sollst zum Chef kommen«, sagt sie.

Ich hoffe, dass es etwas mit meiner Beförderung zu tun hat.

»Ah, gut, dass Sie da sind, Frau Herzog«, begrüßt er mich überschwänglich. »Ich habe einen äußert dringenden und wichtigen Auftrag für Sie.«

Ich lächle. Das klingt gut.

»Morgen ist unser Rotary-Treffen und da wird der alte Alfred auch da sein. Ich habe gehört, dass er mit diesem Faccbook-Dings etwas Neues plant, um mir eins auszuwischen. Deshalb brauche ich Sie.«

»Ja, was soll ich da machen? Da brauchen Sie doch eher den Herrn Ritter?«

»Frau Herzog, Sie haben mir doch neulich gesagt, Sie wollen mehr machen. Das ist die Chance. Der junge Kollege ist talentiert, aber wir benötigen Ihre Expertise und Führungsfähigkeiten.«

»Und was heißt das konkret?«

»Ja, das dürfen Sie sich überlegen. Schnappen Sie sich Herrn Ritter und seien Sie kreativ. Wichtig ist nur, dass ich bis morgen die Resultate sehe.«

Mir wird klar, dass er überhaupt keine Ahnung hat, was er will. Das kann ja heiter werden.

»Der Chef ist ja lustig«, meint Judith, als wir gemeinsam beim Mittagessen sitzen und überlegen, was wir tun sollen. »Gerade heute, wo ich pünktlich los muss, weil ich einen wichtigen Termin habe.«

»Du meinst ein Date«, sagt Jo.

»Ist das kein wichtiger Termin?«, gibt sie gereizt zurück.

»Was genau will Künzel eigentlich?«, fragt Jo.

»Irgendwas Schönes mit Social Media, verknüpft mit unseren Produkten, mit dem er angeben kann«, erläutere ich.

»Das haben wir doch.«

»Tja, nur reicht ihm das nicht. Alfred rüstet langsam auf.«

»Also kümmerst du dich jetzt um die sozialen Netzwerke?«, fragt Jo.

»Du, ich hab mir das nicht ausgesucht, der Chef hat es uns aufgetragen.«

Jo überlegt einen Moment.

»Wie wär's mit einem *Alternate Reality Game*?«, fragt er.

»Was ist das denn?«, fragen Judith und ich.

»Tja, wie soll ich das kurz erklären, so dass ihr beide das versteht?«

»So blöd sind wir auch nicht!«, entgegnet Judith.

»Na ja«, meint Jo. »Das ist so eine Art Schnitzeljagd im Internet. Nur geheimnisvoller. Zum Beispiel verschickt man Briefe ohne Absender an Blogger, in denen sie aufgerufen werden, ein Geheimnis zu lösen. Wenn sie diese Aufgabe erfüllen, dann finden sie die Adresse einer Webseite,

106

auf der neue Aufgaben warten. Es geht darum, die Leute spielerisch an dein Produkt heranzuführen, und natürlich geht es auch um die vielen Blog-Beiträge, die die Spieler veröffentlichen.«

»Klingt interessant«, meint Judith.

»Aber das ist doch Kinderkram. So was funktioniert bestimmt nicht bei Heizungen«, wende ich ein.

»Dachte ich mir schon, dass du so denkst. Wenn dir die Jugend zu verspielt ist, es gibt genügend Erfolgsbeispiele für solche Aktionen. Und sei mal ehrlich – meinst du, die Details interessieren die Herren beim Rotary-Club?«

Bevor er mich weiter aufzieht, lenke ich ein.

»Na gut. Dann setz dich dran«, sage ich zu Jo.

»Moment«, antwortet er. »Wer hilft mir denn mit den Briefen an die Blogger? Ich bin kein richtiger Texter. Das schaffe ich nie so schnell.«

»Keine Sorge, Bruder, Natalie ist eine der besten Autorinnen, die ich kenne. Zusammen schafft ihr zwei das spielend. Ich kann euch ja bis vier Uhr helfen, aber dann muss ich mich wirklich fertigmachen.«

Ich blicke sie etwas verärgert an.

»Was denn?«, fragt sie.

Lange nachdem Judith gegangen ist, sitzen wir noch im Büro. Draußen ist es dunkel. Auch die Putzfrauen sind bereits mit ihrer Arbeit fertig. Zu Beginn verläuft unsere Zusammenarbeit sehr hölzern. Jo kann es nicht lassen, bissige Anspielungen auf sein Alter und seine geringe Erfahrung zu machen.

»Ich wundere mich, dass du überhaupt allein mit mir hier zusammensitzt«, sagt er. »Ich könnte dich ja wegen sexueller Belästigung Minderjähriger anzeigen.«

Ich erwidere darauf nichts, reiche ihm nur den fertigen Text.

Er liest ihn aufmerksam und runzelt die Stirn.

»Nicht schlecht, Frau Herzog. Nicht schlecht.«

»Na ja, wenn ich ehrlich bin, gefällt mir die Idee für diese Internet-Schnitzeljagd doch ganz gut. Für dein zartes Alter hältst du bei uns ganz gut mit.«

»Oh, ist das eine Anmache?«, fragt er.

»Nein, das nennt man Lob.«

Wir arbeiten weiter. Der Rest der Arbeit verläuft ab jetzt angenehmer, mit gelegentlichem Necken. Wir kommen auch schneller voran, da wir mehr miteinander reden.

Als wir fertig sind, sehe ich auf die Uhr. Erstaunt stelle ich fest, dass es bereits nach Mitternacht ist.

»Wir sind ein gutes Team«, sage ich.

»Das weiß ich doch«, entgegnet er.

Ich beginne zusammenzupacken, fahre meinen Rechner herunter und stelle meine Tasche auf den Tisch.

»Geh noch nicht«, sagt Jo.

Ich schaue auf.

»Wie bitte?«

»Geh noch nicht.«

Dieser eine Satz bewirkt in mir eine unglaubliche Welle an Gefühlen, die über mir zusammenschlägt. Wir schauen uns einen Augenblick an. Alles um mich herum wird bedeutungslos. Ich kann nicht anders als aufzustehen und zu ihm zu gehen. Auch er steht auf und wir fallen uns in die Arme. Erst halten wir uns nur fest. Ich atme seinen Geruch ein und fast automatisch suchen sich unsere Lippen. Endlich küssen wir uns. Erst vorsichtig und langsam, wie in Zeitlupe. Er hält mein Gesicht mit seinen Händen umschlossen.

»Du bist so unglaublich sexy«, sagt er und ich habe das Gefühl in Ohnmacht zu fallen.

Die Umgebung verblasst. Ich sehe nur noch ihn und möchte mich nie wieder aus seiner Umarmung lösen. Unser Begehren wird stürmischer und wir werden immer ungeduldiger.

Wie Kinder, die es nicht erwarten können, ihr Geschenk zu öffnen und beim Auspacken das Geschenkpapier zerreißen, zerreißt Jo mir fast meine Bluse. Ein paar Knöpfe fliegen durch das Büro. Ich zerre ihm seinen Pullover über den Kopf. Alles fühlt sich so an wie an jenem Tag im Kino. Wie in einem Traum.

Wir verlieren uns in Umarmungen und Küssen, bis wir eins sind. Wir sinken auf den Teppichboden im Büro, aber das nehmen wir nicht wahr.

Als wir irgendwann erschöpft nebeneinanderliegen, immer noch eng umschlungen, fühle ich mich, als ob ich ein Stückchen des besten Käsekuchens der Welt probiert hätte. Ich hatte schon sehr lange keinen Sex, noch länger keinen guten Sex. Jetzt frage ich mich, ob ich überhaupt jemals Sex hatte. Das, was ich gerade mit Jonathan erlebt habe, war nicht wie bei Holger. Es war Sex mit starken Gefühlen, vielleicht Liebe? Ich weiß es nicht. Ich fühle mich wie die glücklichste Frau der Welt. Als Fünfzehnjährige habe ich davon geträumt, solche Gefühle zu erleben, aber dass ich es jetzt mit beinahe vierzig erleben darf, hätte ich nie gedacht.

Jos Augen sind geschlossen. Ich schaue ihn an und möchte ihn verschlingen. Irgendwann, nachdem ich ihn eine Weile beobachtet habe, blicke ich auf die Wanduhr. Vier Uhr! Ich erschrecke.

»Jo, wach auf!«

Er reagiert nicht.

»Mach die Augen auf.«

Ich beginne ihn zu küssen und zu streicheln, da kommt er langsam zu sich.

»Was ist?«, fragt er mit halb geöffneten Augen.

»Wir müssen uns anziehen und verschwinden, bevor wir einschlafen.«

Er lächelt. »Na, das wäre doch mal ein Titel für die Unternehmenszeitung: *Intensive Nachtschicht.*«

»Blödmann«, antworte ich und zwicke ihn.

»Aua.«

Ich stehe schweren Herzens auf und beginne mich anzuziehen.

»Wie schaffst du es nur, so sexy zu sein?«, fragt er.

Ich lächle und ziehe mich sehr bedacht und langsam an. Dabei versuche ich, verführerisch zu ihm zu blicken. Ihm scheint es zu gefallen. Er kommt zu mir, nackt, und beginnt meinen BH wieder auszuziehen. Ich lasse es geschehen und erneut fallen wir auf den Boden und lieben uns.

KAPITEL 12

Ich weiß nicht, wie oft wir uns in dieser Nacht geliebt haben. Ich habe noch nie so häufig kleine Feuerwerke in mir aufgehen gespürt. Als ich das nächste Mal auf die Uhr blicke, ist es bereits halb sieben. Bei uns gibt es Kollegen, die schon um sechs Uhr dreißig beginnen.

»Scheiße Jo, wir müssen weg! Bald kommen die ersten Kollegen.«

Er lächelt und zieht sich an, ich streife mir hastig meine Kleidung über. Diesmal habe ich keine Zeit, mir langsam meine Strumpfhosen anzuziehen. Ich schaffe es sogar, mir eine lange Laufmasche einzuarbeiten.

Jo lächelt.

»Das war der geilste Sex, den ich je hatte, Babe«, sagt er.

Für mich war es auch der geilste Sex, aber das will ich ihm nicht auf die Nase binden. Ich knöpfe die verbliebenen Knöpfe meiner Bluse zu und ziehe meinen Mantel drüber. Dann durchsuche ich das Büro, vor allem den Boden, nach Beweisen unserer Liebesnacht. Irgendwo müssten meine drei Knöpfe noch liegen. Doch ich finde nur einen. Na ja, wer schaut schon auf den Boden.

Jo umarmt mich. »Ich lasse dich nicht mehr los.«

Ich küsse ihn.

»Das musst du, wenn du nicht willst, dass Doris oder deine Schwester uns erwischen.«

»Das ist mir egal«, sagt er.

»Aber mir nicht.«

Ich lösche das Licht und wir zwei huschen lautlos durch den Flur.

»Soll ich dich nach Hause fahren?«, fragt er.

»Das wäre gut, die Bahn fährt zwar wieder alle zehn Minuten, aber ich will niemandem an der Haltestelle über den Weg laufen.«

Im Auto schlafe ich ein und werde durch Jos Küsse wach und durch seine Hand, die über meinen Busen wandert.

»Darf ich mitkommen?«, fragt er und schaut mich an wie ein trauriger Dackel.

Wie soll ich da Nein sagen?

»Aber nur, weil es so spät ist, beziehungsweise so früh.«

Er lächelt. Leise schleichen wir durch die Einliegerwohnung. Oma scheint noch zu schlafen.

»Ich schicke Judith eine SMS, dass ich ein paar Stunden später komme, weil wir so lange gearbeitet haben«, sage ich.

»Gute Idee«, erwidert Jo.

Wir gehen in mein Zimmer und schließen hinter uns ab, damit Oma uns nicht stören kann. Wir legen uns gemeinsam in mein Jugendbett, ziehen uns aus und fallen innerhalb von Sekunden in einen Tiefschlaf.

Das Klingeln meines Handys holt mich erbarmungslos aus meinem traumlosen Schlaf.

»Hm«, murmle ich.

»Natalie?«, höre ich Judiths Stimme.

»Ja?«

»Schläfst du?«

»Hm.«

»Wie lange habt ihr denn noch gearbeitet?«

»Bis heute früh. Hast du meine SMS nicht gesehen?«

»Ach, du liebe Zeit. Nein, ich habe keine Nachricht von dir erhalten.«

Oh, kann es sein, dass ich so müde war, dass ich vergessen habe, die SMS abzusenden?

112

»Und mein Bruder?«, fragt Judith.

Ich springe im Bett auf. »Wie meinst du das?«

»Ich meine, war mein Bruder auch so lange da?«

Ich bin eine sehr, sehr schlechte Lügnerin. Meine Eltern haben mir immer beigebracht, die Wahrheit zu sagen und deshalb bin ich unglaublich glücklich, dass Judith nicht mein Gesicht sehen kann.

»Hm.«

»Ist er vor dir oder nach dir gegangen?«

»Äh, gleichzeitig.«

»Meine Mutter hat angerufen und gesagt, dass er heute Nacht nicht nach Hause gekommen ist. Sie macht sich natürlich Sorgen.«

»Hm … Vielleicht ist er zu Starbucks, frühstücken«, werfe ich ein, weil mir nichts Besseres einfällt.

»Habt ihr so lange gearbeitet?«

»Wie viel Uhr ist es denn?«

»Gleich zwölf und die Russen haben eine Besprechung auf halb zwei angesetzt.«

»Scheiße! Ich komme so schnell wie möglich.«

»Super. Ich versuche, meinen Bruder anzurufen.«

»Bis später«, ich lege auf.

Jo ist mittlerweile ebenfalls wach geworden.

»Das war Judith. Sie wird dich bestimmt gleich anrufen.«

Schon klingelt Jos Telefon.

»Ja?«, meldet er sich. Judith fragt ihn etwas und er entgegnet: »Na, wo wohl … Ich bin bei einer sexy Frau.«

Ich muss kichern.

»Meine Güte, Judith. Ich frage dich doch auch nicht, was du mit deinen Parship-Typen machst. Es war eine harte Nacht und ich komme schon pünktlich zur Besprechung. Ciao.«

Er legt auf, geht unter die Decke und beginnt mich zu küssen, angefangen mit meinem Zehen. Ich muss lachen, weil es kitzelt.

»Jo, wir müssen uns fertigmachen«, sage ich mit wenig Überzeugungskraft.

»Machen wir auch, aber ich möchte dich noch einmal lieben.«

Und schon wandern seine Lippen weiter auf meinen Beinen nach oben. Das ist so schön, dass mir Olga, Andrej und Herr Künzel komplett egal sind.

KAPITEL 13

»Ich gehe zuerst rein und du in fünfzehn Minuten.«

»Jawohl«, sagt Jo und lächelt, während wir im Auto sitzen.

Auch ich muss lächeln. Es ist verrückt, was wir hier machen. Aber es ist ein schönes Verrücktsein. Unser persönliches Abenteuer. Unser ganz privates *Alternate Reality Game*, das den Rest der Welt nichts angeht.

Im Büro ernte ich mitleidige Blicke von Doris und Judith.

»Ihr Armen. Musstet ihr so lange arbeiten?«

»Dafür haben wir es geschafft«, antworte ich knapp. »Ich bin gespannt, was Herr Künzel sagen wird.«

»Zuerst müssen wir aber wieder die Fragen von Lollek und Bollek beantworten«, witzelt Judith.

»Die haben abgesagt«, fügt Doris hinzu.

»Das sagst du uns erst jetzt?« Judith setzt eine säuerliche Miene auf.

»Frau Mayer-Kahn hat eben erst angerufen.«

Nachdem Doris das Zimmer verlassen hat, flüstert mir Judith zu: »Ich glaube, Jo war bei Olga. Hat er dir gegenüber etwas gesagt?«

»Dass er zu Olga geht? Nein.«

Es ist nicht einfach, Fragen zu beantworten, ohne zu lügen. Ich drehe mich weg und versuche beschäftigt zu tun, damit Judith nicht sieht, wie ich puterrot anlaufe.

»Blöde Frage, ich weiß«, sagt Judith. »Warum hätte er dir das auch sagen sollen? Aber ich bin so neugierig.«

Mir ist kalt und ich bemerke, dass das Fenster auf der Büroseite sperrangelweit offen steht.

»Judith, kannst du das Fenster bitte schließen, ich erfriere.«

»Entschuldige, aber hier war so eine schlechte Luft heute früh. Ihr habt wohl bei eurer Arbeit alles weggeatmet.«

»Das ist bestimmt der Teppichkleber«, werfe ich ein. »Das rieche ich ganz häufig morgens, deshalb lüfte ich immer so viel.«

»Der Geruch erinnert mich an etwas, aber ich komm nicht drauf«, sagt meine Kollegin. »An den Sportunterricht in der Zehnten ... Irgendwas Ähnliches.«

In diesem Moment betritt Jo das Zimmer. Ich versuche, nicht zu lächeln, und tue weiterhin beschäftigt.

»Ihr Armen, ihr seht wirklich fertig aus. Hoffentlich wird das nicht zur Regelmäßigkeit«, sagt Judith, als sie ihren Bruder sieht.

Da bin ich anderer Meinung. Und Jo bestimmt auch. Aber jetzt gehe ich erst einmal auf die Toilette und versuche mich frisch zu machen, indem ich viel Abdeckstift unter die Augen pinsle, um die Folgen der Nacht zu retuschieren. Ich hasse diese Werbeversprechen: »Nur einmal auftragen und Sie haben strahlende Augen.« Von wegen!

Als ich ins Büro zurückkomme, steht Herr Künzel höchstpersönlich mit dem Ausdruck unserer Texte im Zimmer.

»Frau Herzog, gute Arbeit. Ich sage ja, auf die gute alte Schule des Textens ist Verlass. Herr Ritter, das soll keine Beleidigung sein, aber was ihre Kollegin da konzipiert hat, ist einfach klasse.«

Jo nickt.

»Stimmt, Frau Herzog hat großartige Texte verfasst.«

Derweil versuche ich, nicht abzuheben oder gar zu platzen vor Stolz.

»So jetzt aber ran an die Arbeit. Olga und Andrej gehen heute in die Buchhaltung und wollen sich dann morgen mit Ihnen treffen«, sagt der Chef.

Allgemeines Aufatmen.

»Weiter so«, meint Herr Künzel noch, dann ist er ebenso schnell aus dem Büro verschwunden, wie er aufgetaucht ist.

Sobald er außer Hörweite ist, wendet sich Judith an Jo.

»Und wie war es mit Olga?«

»Geht dich gar nichts an, vor allem nicht im Büro«, entgegnet er und beginnt zu tippen.

»Olga, du schöne Olga«, singt seine Schwester.

Jo verdreht die Augen.

»Du solltest dich lieber deiner Arbeit widmen«, meint er schroff.

»Und du solltest dir ein frisches Hemd anziehen«, erwidert Judith und schaut mit einem Augenzwinkern zu mir herüber. »Man riecht die Hormone förmlich.«

Ich lasse absichtlich einen Stift auf den Boden fallen und krabble unter den Tisch, um an meiner Bluse zu schnüffeln. Rieche ich auch nach Sexualhormonen? Ich glaube nicht, zum Glück ist meine Bluse frisch.

Um halb fünf verabschiedet sich Jo. Beim Hinausgehen schaut er kurz zu mir und lächelt mich an. Mein Herz macht Luftsprünge. Obwohl ich nur wenige Stunden geschlafen habe, geht es mir so gut wie noch nie in meinem Leben. Was eine Nacht mit gutem Sex ausrichten kann!

»An was denkst du?«, fragt Judith.

»Ach, nichts.«

»Du bist stolz wie Harry. Ich sehe das an deiner Nasenspitze.«

Ich lächle.

»Gut, dass der Künzel sieht, wie wertvoll unsere klassische Texter-Arbeit ist«, sagt Judith.

Nach einer Ewigkeit des Starrens auf den Bildschirm beschließe ich nach Hause zu gehen.

»Ich bin total müde, ich mach die Flatter«, erkläre ich Judith.

»Hey, klar. Verstehe ich. Bis morgen.«

*

Kaum bin ich zu Hause und habe meinen Jogginganzug an, klingelt es an der Tür. Es ist meine Mutter. Das hat mir gerade noch gefehlt.

»Sag mal, bist du heute früh mit einem Mann nach Hause gekommen?«

So ist meine Mutter, ohne Umschweife kommt sie zum Thema.

»Du, ich bin total müde, ich muss ins Bett.«

»Warum?«

»Weil ich die Nacht durcharbeiten musste.«

»Und wer war jetzt dieser Mann?«

»Wer sagt denn, dass hier ein Mann war? Oma?«

Nun wird meine Mutter nachdenklich.

»Vielleicht hat Oma wieder einmal Unsinn erzählt«, sagt sie mehr zu sich selbst.

»Du weißt doch, dass Oma sich manchmal Sachen einbildet.«

»Na ja, meistens vergisst sie Dinge, aber Sachen einbilden? Meinst du?«

»Ach, Mama, ich bin jetzt müde.«

»Ich habe ja gehofft, dass es stimmt. Aber wie sollst du überhaupt einen neuen Mann treffen, wenn du immer nur arbeitest. Ich habe neulich eine Dokumentation gesehen, dass Frauen nach Dänemark fahren und sich dort mit eingefrorenem Sperma befruchten lassen.«

»Mama!«, sage ich empört.

»Ich meine ja nur. Irgendwann wirst du bereuen, dass du keine Kinder hast.«

118

»Mama, ich muss jetzt schlafen.«

»Ich gehe ja schon.«

Meine Mutter ist eine liebenswerte Frau, aber sie kann mich mit ihren Sorgen zur Weißglut bringen. Nachdem ich den Eintopf, den sie für Oma und mich gekocht hat, aufgewärmt habe, lege ich mich auf die Couch und zappe die Kanäle hoch und runter. Ich wünsche mir, dass Jo jetzt hier wäre. Wenn ich wenigstens seine Stimme hören könnte! Dabei fällt mir ein, dass ich immer noch nicht seine Telefonnummer gespeichert habe.

Nach zwei Stunden, in denen ich fast alle zwei Minuten den Kanal gewechselt habe, beschließe ich, mir die Zähne zu putzen und ins Bett zu gehen. Da klingelt es an der Tür.

Als ich öffne, blickt mich Jo an, der eine Tulpe in der Hand hält. Oma kommt ausgerechnet in diesem Moment aus ihrem Zimmer, um ins Bad zu gehen.

»Wollen Sie zu mir, junger Mann?«, fragt sie Jo.

»Nein, ich möchte zu Ihrer Enkeltochter.«

Oma schüttelt den Kopf und geht weiter.

»Was ist nur mit meiner Tochter los?«, murmelt sie. »Ich sage doch, da ist ein Mann.«

Ich führe Jo in mein Zimmer.

»Ich kann abends auch äußerst unsexy aussehen«, sage ich, um mein äußeres Erscheinungsbild zu rechtfertigen.

»Dann entledigen wir uns der unsexy Dinge«, meint er und zieht mir das Pyjama-Oberteil aus.

*

Am nächsten Morgen komme ich mit einem breiten Lächeln zur Arbeit. Jo sitzt währenddessen beim Bäcker nebenan und wartet, dass fünfzehn Minuten vergehen, damit keinem auffällt, dass wir gemeinsam ins Büro gefahren sind.

Später sagt Judith beim Händewaschen auf der Toilette zu mir: »Natalie, du bist irgendwie anders!«

»Wie meinst du das?«

»Na, du lächelst die ganze Zeit.«

»Das würde mir auffallen.«

»Doch, doch, du lächelst, wie wenn jemand richtig gut ... Hm.« Sie überlegt einen Moment. Dann beginnt sie zu lachen. »Nein, das ist nicht wahr! Du hattest ...«

Sie spricht das Wort Sex nicht aus, sondern formt mit ihren Lippen einzeln die Buchstaben: S E X.

Was soll ich darauf entgegnen, ohne zu lügen? Ich räuspere mich und drücke gefühlte zehn Mal auf den Seifenspender.

»Ich sehe es an deiner Nasenspitze. Lass mich raten, es ist der Typ aus dem Kino?«

Judith vergisst aber auch nichts. Zum Glück kommt Petra aus dem Vertrieb herein.

»Psst«, flüstere ich.

Petra sieht uns irritiert an. »Was tuschelt ihr denn da?«

Als sie im Nebenraum in einer Kabine verschwunden ist, kriegt Judith sich nicht mehr ein vor Lachen.

»Wusste ich es doch!«

»Ach ja und wie hast du das erkannt?«, frage ich leise.

»Ich habe einen siebten Sinn für solche Dinge. Wirklich unglaublich ...« Sie schüttelt den Kopf. »Du hast Sex, mein kleiner Bruder hat Sex ...«

Dann hält sie inne und schaut mich entgeistert an.

Oh nein, sie hat es kapiert!

Doch Judith ergänzt nachdenklich: »Sogar Doris hat Sex, seit sie einen neuen Freund hat, nur ich nicht!«

»Ich auch seit drei Monaten nicht«, hören wir Petra aus der Kabine.

Ich atme erleichtert auf.

»Judith, du bist jung und hübsch, mach dir mal keine Gedanken.«

»Und was machen wir nicht so Hübschen und Jungen?«, fragt Petra.

»Für uns gibt es auch den Richtigen!«, versuche ich zu trösten.

Dann wende ich mich an Judith. Ich spreche jetzt ganz leise, damit Petra uns nicht hört: »Aber, psst, das geht die Kollegen hier nichts an.«

»Ich schweige wie ein Grab«, erwidert Judith und dann kichert sie wieder.

Ich frage mich, ob sie das überhaupt kann, während wir gemeinsam die Toilette verlassen.

Kurz darauf machen wir uns gemeinsam mit Jo fertig, um Olga und Andrej im Konferenzraum zu treffen. Die junge Russin sieht aus, als ob sie gerade vom Laufsteg kommen würde. Ich merke, wie Judith sie beobachtet.

»Merkst du, wie die zwei sich anschauen?«, flüstert sie mir zu. »Da ist auf jeden Fall etwas gelaufen.«

Mir wird klar, dass Judith keinen blassen Schimmer hat, was gelaufen ist – siebter Sinn für Sex hin oder her. Ich atme erleichtert auf.

»Da wird Doris aber enttäuscht sein. Dass sie sich nicht schämt, meinen kleinen Bruder zu umschmeicheln. Und dann noch vor mir, seiner Schwester! Hast du nicht gemerkt, dass sie, seit Jo da ist, immer tief ausgeschnittene Pullis trägt. Brrr. Das ist so was von widerlich.«

Sie schüttelt sich.

»Hast du nicht eben gesagt, dass sie einen neuen Freund hat?«

»Tja, der ist aber nicht so knackig wie mein Bruder ...«

Ich merke, dass Andrej uns beobachtet. Er steht auf und stellt sich an das Ende des langgezogenen Tisches.

»Die Zentrale hat entschieden, dass wir bis Ende des Monats ein Shooting organisieren, mit jungen Frauen und Männern und unseren Produkten«, erklärt er.

Wir schauen uns an.

»Und weshalb?«, frage ich.

»Damit bei uns in Russland die Produkte bekannt werden. Wenn junge hübsche Menschen auf den Prospekten zu sehen sind, freuen sich die Kunden.«

»Sie möchten, dass wir das organisieren?«

»Ich nicht, aber unser Direktor.«

»Der Direktor?«

»Genau, der Mann, der eurer Firma mit ein paar Millionen aus den roten Zahlen hilft.«

Wieder schauen wir uns an.

»Wir sind in den roten Zahlen?«

»Nicht mehr.«

»Wer bezahlt das Shooting?«, möchte ich als Kostenstellen-Verantwortliche der Kommunikationsabteilung wissen.

»Ihr natürlich, alles andere geht wegen der komplizierten steuerlichen Lage nicht.«

»Muss Herr Künzel dem nicht zustimmen?«

»Nein, das muss er nicht«, sagt Andrej freundlich, aber bestimmt.

Nach der Besprechung kommt Olga auf Jo zu und verwickelt ihn in ein Gespräch. Es sieht so aus, als hätte sie tatsächlich ein paar wichtige Anliegen.

»Sie sind schon ein nettes Paar«, flüstert mir Judith zu.

Ich versuche, freundlich zu lächeln, aber es gelingt mir nicht.

*

Die nächsten Tage sind wie ein Stück vom Paradies. Wir treffen uns ein paar Mal bei mir. Um Oma nicht weiter zu verwirren, übernachten wir auch mehrmals im Hotel. Es ist wie im Film. Übers Wochenende unternehmen wir einen Kurztrip an die Mosel. Auf Jos Vespa fährt er mit mir in den Sonnenuntergang.

»Jo?«, frage ich ihn eines Morgens, als wir in meinem Bett liegen. »Was ist eigentlich in deiner Kindheit schief gelaufen, dass du dich mit einer älteren Frau abgibst?«

»Ganz klar, ich habe einen Mutterkomplex.«

Hätte ich mir denken können.

»Macht Sinn, du bist der Jüngste, von Mutti immer beschützt – und dann noch eine ältere Schwester.«

»Natalie, ich habe dich auf den Arm genommen. Du bist einfach eine Hammerfrau, die habe ich bis jetzt bei Gleichaltrigen nicht gefunden. Du siehst jedenfalls besser aus, als viele der Mädels Anfang zwanzig.«

»Du bist süß«, sage ich. »Aber interessieren die Mädels in deinem Alter dich denn gar nicht?«

Er zuckt mit den Achseln.

»Ich fand ältere Mädels immer schon spannender. Die gleichaltrigen waren nie so mein Fall. Das war mit zwölf schon so, da habe ich den Sechzehnjährigen hinterhergeschaut. Und bei dir fühle mich wie ein Mann. Außerdem ist der Sex mit dir viel spannender.«

Er fängt an, mich an meinen Oberschenkeln zu kitzeln.

»Wann bringen wir unsere Beziehung auf ein neues Level?«, fragt er unvermittelt.

»Wie meinst du das?«

»Ich wünsche mir eine feste Beziehung mit dir.«

123

»Eine feste Beziehung haben wir doch«, sage ich.

»Ich meine eine Beziehung, bei der ich deine Eltern kennenlerne und du meine.«

Bei dem Gedanken wird mir ganz elend zumute.

»Das Versteckspiel mache ich nur wegen dir mit. Ich würde deine Eltern gerne kennenlernen«, sagt Jo verärgert, als er mein Zögern bemerkt.

»Hör auf mit dem Quatsch.«

»Warum Quatsch?«

»Weil mich meine Eltern in eine Psychiatrie stecken werden, wegen Verführung Minderjähriger, und deine Mutter muss wahrscheinlich in die Psychiatrie, weil ihr Sohn mit einer Frau ihres Alters rummacht.«

»Ich bin schon seit sechs Jahren nicht mehr minderjährig!«

Er dreht sich demonstrativ zur Seite. Ich wende mich zu ihm und wandere mit den Händen unter seine Decke. Erst versucht er, nicht darauf zu reagieren, doch als ich beginne ihn zu küssen, überlegt er es sich anders. Und dann widmen wir uns anderen Dingen als der Zukunft unserer Beziehung.

KAPITEL 14

Am nächsten Tag sitze ich bei meiner Gynäkologin auf dem Behandlungsstuhl und sie sieht mich ernst an.

»Frau Herzog, wir haben doch Ihre Blutwerte vor einigen Wochen getestet, wegen der ovariellen Reserve.«

Sie macht eine Pause und ich kann mir vorstellen, dass jetzt nichts Positives folgen wird.

»Nun ja, ihr AMH-Wert ist gleich null.«

»Damit wollen Sie mir sagen, dass ich kurz vor den Wechseljahren stehe?«

»Hm, das kann man so einfach nicht sagen. Aber Ihre Fruchtbarkeit ist eben ...«

»Sie wollen sagen, dass ich es vergessen soll, ein Kind zu bekommen.«

»Na ja, also so endgültig ... Sie wissen ja, es gibt immer Ausnahmen.«

»Die war ich bis jetzt nicht, meistens bin ich der allgemeine Fall.«

Normalerweise wäre ich bei dieser Nachricht zusammengebrochen, doch durch mein neues Liebesleben verkrafte ich sie erstaunlich gut. Viel mehr Sorge bereitet mir die Frage, was passieren würde, wenn Jo und ich unsere Beziehung wirklich offiziell machen würden. Judith würde kein Wort mehr mit mir reden. Im Büro wäre ich sicherlich die Lachnummer, der Vamp, der junge Mitarbeiter verschlingt. Und ob Herr Künzel mich dann noch befördern würde, ist auch unwahrscheinlich. Er ist von der altmodischen Sorte und mag keine Verhältnisse zwischen den Mitarbeitern. Vor allem, wenn einer der beiden der direkte Vorgesetzte ist.

Ich lasse die Standarduntersuchungen über mich ergehen und kaufe mir als Belohnung bei meinem Lieblingskonditor ein großes Stück Schokoladentorte. Wenn schon kein AMH-Wert, dann wenigstens ein paar Kalorien für die Hüfte.

Zu Hause ist Oma am Kochen. Sie greift nur noch selten selbst zur Pfanne, und wenn, dann ist das Ergebnis abenteuerlich. Sie dünstet ein paar Kartoffeln und Karotten, natürlich alles sehr weich und von der Menge her ausreichend für fünf Personen.

»Mädchen, du bist viel zu dünn, Karotten haben viele Vitamine. Damals nach dem Krieg hatten wir ja sonst nichts. Da war ich froh, als ich einmal eine verschimmelte Kartoffel geschenkt bekam. Trotzdem ist aus allen etwas geworden.«

Oma hat früher nie über »Früher« gesprochen, erst seit ein paar Jahren hat das angefangen. Außerdem hat Oma auch nie über Sex oder ähnliche Themen mit mir geredet. Auch das hat sich mittlerweile geändert.

»Kindchen, dein Opa, der war sexuell fast nicht satt zu kriegen. Mir hätte einmal am Tag genügt, aber er, er wollte auch noch mittags und abends. Früher, weißt du. Als wir alt wurden, dann nur noch zweimal in der Woche.«

Morgens, mittags und abends? Wenn ich das mit Jo so praktizieren würde, da hätte unser Chef aber etwas dagegen. Es gibt nichts Unangenehmeres, als nahe Verwandte über Sex sprechen zu hören. Vor allem, wenn sie ihn deutlich häufiger hatten, als ich mir das jemals vorgestellt hätte.

Daher lenke ich ab: »Ja, Oma, ich bin aber nicht mehr verheiratet.«

Oma schaut mich entgeistert an. »Aber der, der, na dein Mann, war doch da? Er kommt oft und ich habe dich auch gehört.«

Jetzt beginnt meine Oma, die früher nicht einmal darüber sprechen wollte, wann sie ihre erste Periode hatte, einen Orgasmus nachzuahmen.

»Oma, hör auf damit.«

Hat meine Großmutter tatsächlich meinen Höhepunkt gehört?

»Nein, Oma, das war wohl der Fernseher von nebenan. Die sind Ferkel.«

Oma lächelt weiterhin. »Iss die Karotten, die sind gut für dich.«

Sie zwinkert mir zu. Oma hat mir noch nie zugezwinkert. Ich erkenne sie nicht wieder. Irgendwie gefällt mir diese neue Seite an ihr. Obwohl ich keinen Hunger habe, setze ich mich zu ihr und esse brav mein Gemüse.

»Oma, du musst auch viel essen.«

»Nein, Kind, ich muss auf meine Linie achten.«

»Und ich muss nicht auf meine Linie achten?«, frage ich.

»Du bist noch jung, aber ich bin alt, wenn ich auch noch dick bin, dann werde ich nie einen Mann finden.«

Mir bleibt fast die Kartoffel im Halse stecken.

*

Als ich am nächsten Morgen ins Büro komme, sitzt Olga auf meinem Stuhl und unterhält sich mit Jo. Sie sprechen nicht über die Arbeit, sondern Olga erzählt voller Begeisterung von russischen Opernstars.

»Ich liebe die Oper, schon meine Großmutter, die eine bekannte Schauspielerin war, nahm mich regelmäßig zu Vorstellungen mit. Ich wage zu behaupten, dass heute keiner in der Lage ist, ein Werk wie, sagen wir, Mozart zu komponieren.«

»Madonna?«, fragt Jo trocken.

Beide lachen. Ich habe mittlerweile meine Jacke ausgezogen und sage »Hallo«. Dann räuspere ich mich und zeige auf meinen Stuhl.

Olga steht auf und sagt nichts, sondern lehnt sich an Jos Schreibtisch. Ich setze mich und widme mich meiner Arbeit. Zumindest versuche ich es, kann aber nicht widerstehen und schaue immer wieder kurz hinüber, um meine Augen zu verdrehen.

Dann kommt Judith herein. Sie kommt in letzter Zeit immer später, auch heute ist es bereits zehn Uhr.

»Morgen. War wieder so viel Stau auf der Straße«, murmelt sie entschuldigend.

»Fährst du nicht bei schönem Wetter mit dem Fahrrad?«, frage ich.

»Äh, nee, in letzter Zeit nicht mehr.«

Ich kann mir vorstellen, dass Judiths Internet-Flirts wieder bis spät in die Nacht gingen. Judith schaut zu Jo und Olga hinüber und zwinkert mir dann zu. Ich weiß nicht, warum mir in letzter Zeit immer mehr Menschen zuzwinkern. Das ist doch bestimmt nicht Knigge-tauglich.

Nachdem Olga fast eine Dreiviertelstunde lang über Oper und Madonna bis hin zur Ethik von Adoptionen philosophiert hat, beschließe ich, dem ein Ende zu setzen.

»Entschuldigt ihr zwei, aber wir versuchen hier zu arbeiten, vielleicht könnt ihr euer Gespräch draußen oder in der Cafeteria fortsetzen?«

Judith hebt den Daumen und Olga und Jo werden für einen Augenblick still. Jo sagt nichts, sondern zuckt nur mit den Schultern.

»Tja, die Arbeit ruft. Bis später, Olga.«

»Bis später«, erwidert sie und wirft mir einen vernichtenden Blick zu, während sie hinausgeht.

»Uhhh, jetzt hast du einen Feind mehr im Leben«, sagt Judith.

»Ich habe nur höflich darauf hingewiesen, dass wir arbeiten müssen und ich mir gerade nicht anhören kann, ob Madonnas Adoption ethisch korrekt war oder nicht.«

»Andererseits muss ich mir ständig eure Gespräche anhören, zum Beispiel, warum der saufende Typ von *Mad Men* so toll ist«, wirft Jo ein.

»Das ist etwas anderes«, erwidert Judith.

»Warum ist das etwas anderes?«

»Weil wir hier im Büro sitzen und manchmal eine Pause brauchen vom vielen Arbeiten.«

Ich glaube, sie merkt gerade, dass ihr Argument nicht wirklich überzeugend ist.

»Außerdem könnt ihr zum Flirten wirklich in die Cafeteria gehen«, setzt sie noch hinzu.

Jetzt muss ich lächeln. Eigentlich ist es gut, dass Olga mit Jo flirtet, so kommt Judith nicht dahinter, dass ihre Lieblingskollegin eine Affäre mit ihrem kleinen Bruder hat. Ich fühle mich wie eine Verbrecherin.

»Danke für den Tipp. Also, wenn ich in Zukunft in die Cafeteria gehe, wisst ihr, dass ich mir keinen Kaffee hole, sondern beim Flirten bin. Ach ja, ich gehe mir mal einen Kaffee holen.«

Wir lachen, als er tatsächlich aufsteht und hinausgeht.

»Er ist nicht auf den Mund gefallen, mein kleiner Bruder.«

»Stimmt«, erwidere ich.

»Aber weißt du, es ist schon komisch, dass so eine Granate wie Olga auf meinen kleinen Bruder abfährt«, meint

Judith nach einer kurzen Denkpause. »Ich frage mich, was die Frauen an ihm finden.«

Na, dass er aussieht wie Ryan Gosling und Komplimente machen kann wie Casanova, denke ich. *Von den Höhepunkten, die er mir verabreicht, ganz zu schweigen.* Aber das kann ich meiner Freundin leider nicht sagen.

Wir widmen uns wieder der Arbeit. Kurz darauf fällt Judith der Bleistift hinunter und rollt unter das Regal. Sie steht auf und kniet sich auf den Boden, um den Stift wiederzuholen. Er muss ziemlich weit hinten liegen. Schließlich hat Judith Erfolg. Sie kommt zu meinem Schreibtisch.

»Du, ich habe unter dem Regal Knöpfe gefunden. Gehören die dir?«

Ich schaue sie entgeistert an. Judith blickt zu mir, dann zu den Knöpfen, schließlich wieder zu mir. In ihrem Kopf scheint es zu arbeiten. Mir fällt keine Ausrede ein, denn auch in meinem Kopf arbeiten die Gehirnzellen auf Hochtouren.

»Hm, lass mal sehen.«

»Wie kommen deine Knöpfe unter mein Regal?«

»Äh, ja, irgendwie habe ich die verloren ...«

»Wie? Hast du das nicht gemerkt?«

Ich drucke herum.

»Sag mal, Natalie, was hast du denn hier getrieben?«, fragt Judith im Scherz.

Ich werde trotzdem rot.

»Na, hast du hier wilden Sex gehabt?«, fragt sie und lacht. Dann blickt sie mich an.

»Sag mal, warum wirst du denn auf einmal so rot?«, erkundigt sie sich. »Du hast hier Sex gehabt?«

In diesem Moment kommt Jo mit drei Schokoriegeln zurück ins Büro.

Sie blickt zu ihm, dann zu mir, zurück zu ihm. Ich fürchte, jetzt hat sie es begriffen.

Judiths Miene verfinstert sich.

»Hat jemand von den Damen Lust auf Süßes?«, fragt Jo nichtsahnend.

Als er keine Antwort erhält, legt er jeder von uns einen Riegel auf den Tisch.

»Müsst nicht Danke sagen, gerne geschehen.«

»Sag mal, treibt ihr beiden es hier im Büro?«, platzt Judith heraus. Sie ist kreidebleich.

Jo ist sichtlich überrascht. »Was geht es dich an, wo ich mit wem Sex habe?«

»Das geht mich sehr wohl etwas an!«

Judith wird so laut, dass schließlich Doris hereinkommt, um zu sehen, was vor sich geht. Judith dreht sich zu ihr um.

»Vögelst du etwa auch meinen Bruder?«

Doris erwidert, ohne mit der Wimper zu zucken: »Schön wär's, warum?«

Als keiner antwortet, sagt sie »Ja, dann gehe ich mal«, und verlässt unser Büro.

Das muss ich ihr lassen: Ihre lange Lebenserfahrung lässt sie schnell kapieren, was vor sich geht.

Judith beobachtet uns und ich fürchte, dass sie sich vor ihrem inneren Auge vorstellt, was wir getrieben haben.

»Ihr seid so eklig«, sagt sie, und dann fügt sie noch ein »Brrr« hinzu.

Danach blickt sie starr auf ihren Bildschirm und ignoriert uns.

Ich weiß nicht, was ich machen soll. Ihr die ganze Situation erklären, mich entschuldigen?

»Ja, Judith ... Natalie und ich haben uns ineinander verliebt und sind seit einiger Zeit zusammen«, sagt Jo plötzlich.

Ich möchte am liebsten alles verneinen, aber ich bringe keinen Ton heraus. Judith starrt uns fassungslos an.

»Danke, dass ihr mich darüber in Kenntnis gesetzt habt. Danke Jonathan, danke Natalie Herzog. Das ist sehr kollegial und freundschaftlich von Ihnen.«

»Warum siezt du mich jetzt?«

»Weil wir uns außer dem Geschäftlichen ab sofort nichts mehr zu sagen haben.«

Immerhin, Judith schafft es, mich nicht anzuschreien. Dann fährt sie ihren Rechner herunter.

»Mir ist schlecht, ich gehe jetzt nach Hause.«

Sie verlässt das Büro, nur um nach zwei Minuten wiederzukommen, weil sie nicht nur ihre Jacke, sondern auch ihr Telefon vergessen hat.

»Es tut mir leid, Judith, wirklich«, sage ich.

Sie schaut mich angewidert an. »Du könntest seine Mutter sein!«

»Ich weiß.«

Als sie das zweite Mal das Zimmer verlässt, schlägt sie die Tür hinter sich zu.

»Was meintest du mit *es tut dir leid*?«, fragt Jo, als Judith fort ist.

»Ich meine, dass ich deine Schwester nicht verletzen wollte. Bitte lauf ihr hinterher und erkläre ihr alles, du bist ihr Bruder, sie kann dich nicht ignorieren.«

»Das bringt nichts, glaub mir. Ich kenne meine Schwester. Sie muss sich erst einmal beruhigen.«

Er steht auf, kommt zu mir und umarmt mich.

»Ich bin so froh, dass es endlich raus ist«, flüstert er.

Während wir uns umarmen, treten Herr Künzel, Olga und Andrej in den Raum. Die peinlichen Momente scheinen kein Ende zu nehmen.

»Oh, oho, hm, stören wir?«, fragt unser Chef.

Ich entreiße mich aus Jos Umarmung.

»Nein, er hat mich nur getröstet, ähm, meine Katze ist gestorben.«

»Oh, mein Beileid«, sagt Herr Künzel.

»Ihr Deutschen trauert, wenn ein Haustier gestorben ist?«, fragt Andrej erstaunt.

Er lächelt.

»Wie war ihr Name?«, fragt er dann.

»Wie bitte?«, erwidere ich.

»Der Name der Katze?«

»Ach so, ja, äh, Miau Miau ...«, stammle ich.

Ich suche nach einem Taschentuch, dadurch kann ich meinen rot anlaufenden Kopf verstecken. Mir fällt auf, dass ich gelogen habe und ich fühle mich noch elender.

»Das hat Sie sehr mitgenommen, Sie Ärmste«, sagt Herr Künzel.

»Vorhin schien die Katze noch zu leben«, bemerkt Olga spitz.

»Wo ist deine Kollegin?«, fragt Andrej.

»Ihr ging es nicht gut, sie ist nach Hause gegangen«, höre ich Doris aus ihrem Vorzimmer, durch die offene Tür rufen.

»Ist ihre Katze auch gestorben?«, fragt Andrej irritiert.

KAPITEL 15

Nach einer Ewigkeit entschließen sich Herr Künzel und seine Entourage das Büro zu verlassen. Ich möchte jetzt entweder laufen gehen oder mich betrinken. Es ist halb fünf und Doris ist bereits nach Hause gegangen.

»Da es jetzt wirklich alle wissen, können wir auch gemeinsam Feierabend machen«, sagt Jo.

Er steht auf und holt meine Jacke, ohne meine Antwort abzuwarten. Während wir hinausgehen, nimmt er meine Hand. Das ist mir unangenehm.

»Ach, lass uns bitte Arbeit und Privates trennen, okay?«

»Na gut«, sagt er und lässt meine Hand los.

Sobald wir uns ein paar Schritte vom Gebäude entfernt haben, nehme ich seine Hand wieder.

»Hm, jetzt schämst du dich wohl nicht mehr?«

»Ich schäme mich doch nicht, sondern möchte einfach Arbeit Arbeit sein lassen.«

»Sag ich doch, du schämst dich.«

Ich kneife ihn in seinen Po.

»Auch noch sexuelle Belästigung, Frau Herzog. Das geht zu weit.«

Ich muss lachen.

*

Abends gehen wir zu unserem Lieblingsitaliener.

»Und, hast du Ärger gehabt zu Hause?«, frage ich ihn ängstlich.

»Ja, Mama hat mir das Taschengeld gekürzt und ab morgen habe ich Hausarrest.«

»Hör auf mit dem Quatsch.«

»Wie soll ich damit aufhören, wenn du mir so eine Frage stellst?«

»Judith hat es bestimmt deinen Eltern erzählt.«

»Nein, hat sie nicht. Und wenn schon, meine Eltern müssen sich damit abfinden.«

»So einfach ist das nicht.«

»Warum nicht?«

»Ich würde nicht wollen, dass mein Sohn mit einer wesentlich älteren Frau eine Beziehung eingeht.«

»Kinder machen eben nicht das, was Eltern wollen.«

»Aber was ist in zehn Jahren? Da werde ich fünfzig.«

»Warum sollen wir uns Gedanken machen, was in zehn Jahren ist? Vielleicht sterben wir beide bei einem Autounfall. Wir leben jetzt und nicht in zehn Jahren.«

»Ach, du bist so weise.«

»Das habe ich auf einem Facebook-Bildchen gelesen. Klingt aber gut nicht?«

Ich verpasse ihm einen Hieb mit meinem Ellbogen in die Seite.

✻

Tag zwei, seit Judith über unsere Beziehung Bescheid weiß. Ich stehe früh auf, um die Erste im Büro zu sein. Dummerweise hatte Judith die gleiche Idee, denn wir treffen an der Eingangstür aufeinander.

»Guten Morgen.«

Judith nickt nur und zieht ihre Karte über das Lesegerät. Sie hält mir nicht die Tür auf. Was soll ich tun, um sie zu besänftigen? Mir fällt keine besondere Strategie ein, deshalb unternehme ich vorerst nichts. Zum Glück ist Doris noch nicht da.

Schließlich trudelt Jo ein. Er hat sehr gute Laune, im Gegensatz zu Judith und mir. Wir beide schweigen uns den ganzen Vormittag nur an.

Wie soll das weitergehen?, frage ich mich. Wir müssen zusammenarbeiten und miteinander kommunizieren in der Kommunikationsabteilung.

Irgendwann wendet sich Judith zu ihrem Bruder. »Hätte ich dich nur im Hartz-IV-Sumpf schmoren lassen.«

»Ich habe dich nicht gezwungen, mir einen Job zu suchen.«

»Undankbarer ...«, zischt sie und schluckt den Rest des Satzes herunter.

»Hast du die Broschüre für die Solar-Heizungen fertig?«, frage ich Judith, so freundlich es geht.

»Hm, ja ...«, murmelt sie.

»Kann ich die haben?«

»Du kriegst ja eh alles, was du möchtest. Sind im Broschüren-Ordner.«

»Hör mal, Judith, egal was du von mir denkst, wir müssen irgendwie zusammenarbeiten und professionell miteinander umgehen.«

Ich finde, das klingt sehr kompetent von mir. Doch ich fürchte, Judith würde mir am liebsten eine Ohrfeige verpassen.

»Du vermischst hier das Private mit dem Geschäftlichen und dann erwartest du, dass ich professionell bin?«

»Was mit Jo passiert, hat nichts mit unserer Arbeit zu tun«, versuche ich mich zu rechtfertigen.

»Fangen wir mal von vorne an. Weil wir zwei keinen blassen Schimmer von Facebook und anderen sozialen Netzwerken haben, hat unser Chef, Herr Künzel Junior, vorgeschlagen, dass wir uns mit diesem Thema auseinandersetzen. Ich erinnere mich sehr genau an dieses Gespräch. Es war der – Moment ich schaue nach –«

136

»Judith, komm zum Punkt«, sagt Jo genervt.

»Ich will damit sagen, dass alles, was mit uns im Privaten passiert, eine Auswirkung auf die Arbeit hat. Und vor sechs Jahren wärst du dafür ins Gefängnis gekommen.«

»Jetzt reicht es mir, Judith«, sagt Jo. »Wir leben heute. Ich bin seit Jahren volljährig. Hör endlich auf, dich so bekloppt zu benehmen. Wir haben nichts Verbotenes getan.«

»Atommüll ist auch nicht verboten, aber das heißt noch lange nicht, dass er gut ist.«

Bei diesem typischen Judith-Spruch muss ich lächeln. Gleichzeitig tut sie mir unglaublich leid, denn ich würde ebenfalls die Frau hassen, die mit meinem kleinen Bruder rummacht – wenn ich einen jüngeren Bruder hätte.

»Judith, ich kann dich sehr gut verstehen, aber wir sind beide volljährig und fühlen uns unglaublich zueinander hingezogen.«

»Ich will es gar nicht hören«, antwortet Judith und hält sich die Ohren zu.

»Jetzt benimm dich nicht wie eine kleine zickige Göre«, meint Jo laut.

Doris kommt herein. »Was ist denn hier los? Rosenkrieg?« Sie lächelt schelmisch.

»Familienkram«, erwidert Jo freundlich.

Doris nickt. »Wir sind hier auf der Arbeit und nicht in einer Nachmittags-Soap. Also reißt euch zusammen. Die anderen Abteilungen lachen schon über uns.«

»Woher sollen es denn die anderen Abteilungen wissen?«, frage ich.

»Ja, so etwas spricht sich schnell herum. Ich habe da so ein zwei Kommentare auf Facebook gesehen ...«, sagt Doris knapp. »Ich muss dann arbeiten. Bis später ...«

✱

Zum Glück muss ich zwei Beiträge für Messen schreiben und der Tag geht irgendwie vorüber. Um halb fünf packt Judith wieder einmal als Erste zusammen.

Nachdem Jo und ich alleine im Büro sind, sagt er: »Du machst mich total heiß in diesen engen Hosen und diesem durchsichtigen Blüschen.«

Durchsichtig? Das ist mir gar nicht aufgefallen. Ich muss unbedingt vor der Arbeit meine Kleidung checken!

»Herr Ritter, seien Sie nicht so anzüglich, sonst zeige ich Sie an.«

»Aber du willst es doch auch.«

Wir müssen lachen.

»Kann ich später vorbeikommen?«, fragt er mit seinem unwiderstehlichen Hundeblick.

»Ach, ich weiß nicht.«

»Okay, ich komme gegen sieben.«

Später, als wir aneinander gekuschelt im Bett liegen und Nachos mit Tomaten- und Käsedip essen, fragt er: »Was ist denn nun mit dem Kennenlernen unserer Eltern?«

Mir bleibt fast der Nacho im Halse stecken.

»Du meinst das wirklich ernst?«

»Ja, unsere Familien und Freunde wissen nicht einmal von uns. Auf diese Geheimnistuerei habe ich keine Lust mehr. Außerdem sind meine Eltern total liberal.«

»Aber meine Mutter wird weinen und mir sagen, dass ich doch schon eine Trennung hinter mir habe.«

»Das Leben ist nicht vorhersehbar. Wir haben eine tolle Beziehung, tollen Sex, mögen beide Nachos, lieben dieselben Filme. Was willst du mehr?«

Ich muss lachen.

»Ich meine es ernst.«

»Ich auch.«

»Lass es uns versuchen, Natalie. Wir wissen nicht, was morgen ist, lass uns diese Beziehung heute leben, öffentlich. Ich werde mit meinen Eltern sprechen und du mit deinen. So wie früher in der Schule. Abgemacht?«

Ich verstecke mich unter der Bettdecke.

»Meinetwegen.«

Am nächsten Abend sitze ich bei meinen Eltern beim Abendbrot. Ich räuspere mich.

»Also Leute, ich habe euch etwas mitzuteilen.«

Meine Mutter schaut zu mir.

»Ich habe einen Freund.«

Mutter beginnt zu strahlen. Oma und Papa sind noch mit den Würstchen beschäftigt.

»Wie schön. Dürfen wir ihn kennenlernen?«

»Ja, das dürft ihr, aber da ist noch etwas ...«

»Du bist schwanger!«, schreit meine Mutter mit Tränen in den Augen: »Ich werde Oma!«

»Nein, Mama«, ich schlucke. »Falscher Alarm. Es geht um ihn. Er heißt Jonathan und na ja, er ist ...«

»Vater von drei Kindern?«, fügt meine Mutter ein.

»Langzeitstudent?«, fragt mein Vater.

»Nein, er – Jonathan ist vierundzwanzig Jahre alt.«

Jetzt blicken mich sogar Oma und Papa erstaunt an, während auf dem Gesicht meiner Mutter blankes Unverständnis zu sehen ist.

»Das ist ein Witz, oder?«, fragt mein Vater schließlich und beginnt zu lachen.

»Nein, wir haben uns verliebt und wollen es versuchen. Ihr werdet ihn sehr mögen.«

Meiner Mutter kullern jetzt Tränen über die Wangen. Sie schluchzt: »Dass mein Kind solch ein unglückliches Händchen hat, was die Männer angeht.«

Oma kichert die ganze Zeit.

»Warum weint deine Mutter, Kind, warum ist es schlimm, dass er jung ist, du bist doch auch jung und du ebenso, meine Tochter.«

»Ja, Oma, wir sind alle jung aus deiner Sicht«, sagt Papa ironisch.

»Dann ist das«, Mutter schnieft, bevor sie weiter reden kann, »eine Affäre.«

»Nein, Mama, es ist eine Beziehung.«

»So heißt das heute wohl.«

»Sex macht eine reine Haut«, sagt Oma. »Früher wussten wir immer, wann eins von den Mädchen Sex hatte, weil danach alle Pickel weg waren.«

»Oma!«, ruft meine Mutter aus.

»Ihr hattet doch früher gar keinen Sex vor der Ehe«, wirft Vater ein.

Oma lächelt verschmitzt.

»Ja, ja«, sagt sie und beißt in ihr Würstchen.

Abends rufe ich Jonathan an, um herauszufinden, wie es bei ihm gelaufen ist.

»Bestens. Meine Mutter ist Lehrerin und engagiert sich im Verein für Gleichberechtigung. Sie konnte natürlich nicht viel dagegen sagen. Mein Vater, der gerade die ZEIT gelesen hat, hat erst einmal zehn Minuten lang sorgfältig die Seiten sortiert. Er sagte dann nur: Ja, mein Sohn, wir akzeptieren dich wie du bist, du weißt, dass wir auch nichts dagegen hätten, wenn du homosexuell, bisexuell oder was auch immer wärest. Du weißt, dass wir weder

140

rassistische, religiöse, nationale noch altersbezogene Vorurteile haben.«

»Und Judith?«, frage ich leise.

»Meine Schwester ist eben im Gegensatz zu meinen Eltern sehr altmodisch und prüde.«

Das kann ich nachvollziehen.

»Sie wird darüber hinwegkommen«, meint Jo.

»Und jetzt?«

»Jetzt werden wir überall gemeinsam hingehen, öffentlich knutschen und bei unseren Eltern den Sonntagsbraten genießen.«

»Bei uns gibt es immer Sonntagsspanferkel«, entgegne ich.

»Bei uns nur Tofuwürstchen und Couscous. Meine Eltern sind Veganer.«

»Die vegane Küche hat mir schon immer gut gefallen. Doch das kannst du mit Eltern, die vom Balkan stammen, nicht machen.«

»Natalie?«

»Ja?«

»Ich vermisse dich und da es jetzt offiziell ist, würde ich gerne zu dir kommen.«

»Das sei dir gestattet.«

Irgendwie fühle auch ich mich befreiter.

Als Jo zwanzig Minuten später vor meiner Tür steht, überrascht er mich mit einem wunderschönen Blumenstrauß.

»Da du nun offiziell meine Freundin bist, bekommst du endlich richtige Geschenke.«

Ach, wie süß!

Sobald ich die Blumen in die Vase gestellt habe, kommt Jo von hinten auf mich zu und umarmt mich.

»Jetzt kann ich dich allen zeigen.«

»Sag mal, ist es dir wirklich nicht peinlich mit mir unterwegs zu sein?«

»Meine Freunde werden neidisch sein.«

»Wegen mir?«

»Klar. Die meisten sind mit irgendwelchen Mädels voller Komplexe zusammen, die auch noch Twilight-Fans sind und sich erst finden müssen. Du dagegen bist eine richtige Frau.«

Daraufhin kann ich nicht anders, als ihm die Kleider vom Körper zu reißen. Später liegen wir nackt auf dem Boden in meinem Kinderzimmer. Ich kuschle mich an ihn. Dann höre ich Schritte im Wohnzimmer.

»Natalie? Ich hab dir noch zwei Stück Käsekuchen runtergebracht. Außerdem hast du die Waschmaschine blockiert«, höre ich meine Mutter rufen.

»Wer ist das?«, fragt Jo.

»Psst«, zische ich und halte den Zeigefinger vor meinen Mund als Zeichen, dass er leise sein soll.

»Natalie ...«, sagt meine Mutter, als sie ohne Vorwarnung meine Zimmertür öffnet. »Ich muss unbedingt meine Gardinen ...«

Als sie uns auf dem Boden liegen sieht, erstarrt sie mitten in der Bewegung.

Ich wünsche mir, dass sich der Teppichboden unter uns öffnet und mich verschluckt.

Jo nimmt die Situation gelassen. Er steht auf und lächelt meine Mutter an.

»Ich bin Jo. Hallo, freut mich.«

Für einen Moment scheint er vergessen zu haben, dass er nackt ist. Mamas Blick wandert seinen Körper hinab und bleibt zwischen seinen Beinen hängen. Ihre Augen sind weit aufgerissen. Ich fürchte, dass sie gleich einen Herzinfarkt erleiden wird.

142

»Ich bin hier wegen der Fleischsachen«, sagt sie geistesabwesend, bevor sie ihren Versprecher bemerkt. »Farbsachen! Ich wollte noch die Ladung Farbwäsche aus der Maschine holen.«

»Oh«, sagt Jo.

Jetzt scheint ihm die Situation zu dämmern. Er beugt sich zum Bett, zieht die Decke herunter und wickelt sie um seinen Körper. Mit einer Hand hält er die Decke an seinem Hintern zusammen, die andere Hand streckt er Mama hin.

»Monika«, sagt meine Mutter. Ihre Mundwinkel bewegen sich wie in Trance.

»Jetzt weiß ich, von wem Natalie das gute Aussehen hat«, meint Jo und es klingt sogar ehrlich.

Ich habe mir mittlerweile meinen langen Pulli übergestreift und setze mich auf.

Meine Mutter weiß immer noch nicht so recht, was sie sagen soll, doch sie schafft es auch nicht, sich wegzubewegen. Stattdessen starrt sie zwischen Jo und mir hin und her.

»Mama, du kannst meine Wäsche einfach aus der Maschine nehmen.«

Ich versuche ihr mit den Augen ein Zeichen zu geben zu verschwinden. Irgendwann kapiert sie es.

»Dann gehe ich mal die Gardinen waschen.«

Als die Tür endlich zugeht, sagt Jo: »Also, die erste Begegnung mit deiner Mutter ist doch gar nicht mal so schlecht gelaufen.«

KAPITEL 16

Das Gute an der Begegnung mit meiner Mutter ist, dass ich das Schlimmste nun definitiv überstanden habe. Nachdem ich von ihr mit meinem Freund nackt überrascht wurde, gibt es niemand, dessen Reaktion mich noch aus der Fassung bringen könnte. Als Jo am nächsten Tag darauf besteht, gemeinsam mit mir zur Arbeit zu fahren, sage ich, ohne nachzudenken, Ja. Judith ist noch nicht da, dafür Doris.

»Guten Morgen, Doris, darf ich vorstellen, meine Freundin Natalie«, sagt Jo in einem überaus gut gelaunten und freundlichen Tonfall.

Doris, die gerade ausgiebig frühstückt, fällt tatsächlich das Nutella-Brötchen aus der Hand auf ihre Tastatur.

»Guten Morgen, Doris. Ja, wir sind seit gestern offiziell zusammen. Die Jugend heute eben«, füge ich etwas scherzhaft hinzu.

Wir gehen in unser Büro.

»Aber ab der Eingangstür sind wir nur Kollegen. Schließlich müssen wir professionell sein«, sage ich.

Judith kommt zu unserer Verwunderung gut gelaunt ins Büro. Sie möchte allerdings nicht verraten, was der Grund ist. Es kann nur etwas mit Parship oder dem anderen Internetanbieter zu tun haben. Leider ist meiner Beziehung zu Jo unsere gemeinsame Mittagspause zum Opfer gefallen.

Irgendwie schaffen wir es, ein einigermaßen normales Arbeitsklima herzustellen, auch wenn ich zum Essen allein mit Jo zum Bäcker gehen muss. Ich merke, wie sehr mir der Austausch mit Judith fehlt. Jo dagegen stört das alles nicht, schließlich ist Judith seine Schwester und er meint, sie könne ihm nicht ewig böse sein.

Mittlerweile verbringt Jo die meiste Zeit bei mir. Meine Mutter kommt nicht mehr in die Wohnung, ohne telefonisch sicherzustellen, dass ich alleine bin.

Oma dagegen lässt nicht mehr davon ab, mir Tipps für mein Sexualleben zu geben.

»Mädchen, du musst probierlustig sein, es gibt dieses Kramer Supra, kommt aus Indien. Und du siehst, wie viele Menschen es in Indien gibt.«

Die ersten Tage unserer offiziellen Beziehung sind wunderbar. Wir konzentrieren uns nur auf uns. Immer wieder klingelt Jos Handy, wenn er bei mir ist, aber er wimmelt seine Freunde ab, wenn sie etwas mit ihm unternehmen möchten. Es dauert zehn Tage, bis er sich das erste Mal umstimmen lässt, als ihn ein Kumpel anruft.

»Echt, die geben ein Konzert im JUZ? Geil, da will ich unbedingt hin!«, ruft er in den Hörer.

Dann schaut er zu mir.

»Obwohl, ich muss mal schauen, was Natalie macht ... Schatz, hast du Bock eine Hammer-Band aus Norwegen zu sehen? Die sind recht unbekannt, aber megageil.«

»Klar«, sage ich. »Wann denn?«

»Diesen Samstag.«

»Okay.«

»Tim, besorg uns zwei Tickets. Ciao.«

»Wo ist denn das Konzert?«

»Na, im JUZ, dem Jugendzentrum am Messplatz.«

»Aha«, sage ich.

»Ja, die sind so unbekannt, dass sie natürlich nicht in den großen Clubs spielen. Aber keine Angst, das wird super!«

»Sollen wir danach ein Taxi nehmen?«

»Tim und seine Freundin Lara nehmen uns mit.«

145

Lara und Tim, das klingt sehr jung. Zu meiner Zeit hießen die Mädels noch Claudia und Melanie und die Jungs Andreas oder Stefan. Und Jugendzentrum? Na ja. Wird schon nicht so schlimm werden. Wenn ich sehe, wie Jo sich darauf freut, freue ich mich mit ihm.

*

Erst am Samstag fällt mir ein, Jo zu fragen, was für eine Musikrichtung die Band eigentlich spielt.

»Ja, schwer zu sagen. So eine Mischung aus Glamrock, Punk und Indie.«

Ich frage mich, was das für eine Musik ist. Der heutige Abend wird meine Feuerprobe. Ich will mich vor den jungen Freunden von Jo behaupten. Ich versuche, mich so zu schminken, dass ich nicht auffalle unter den Zwanzigjährigen, und ziehe mir eine enge Jeans und ein schickes T-Shirt an.

Um sieben Uhr werden wir abgeholt. Tim und Lara sind beide ein Jahr älter als Jo. Er trägt einen langen Bart wie ein Holzfäller, sie ein klobiges 80er-Jahre Kassengestell. Sie fahren einen uralten VW-Bus und sind hundertprozentige Hipster. Sie begrüßen mich kurz. Jo und ich müssen getrennt sitzen, weil sie noch ein weiteres Pärchen mit Piercings, Hornbrillen und schwarzen Wollmützen mitgenommen haben.

Ich sitze neben Lara und ihrer Freundin auf der Rückbank. Jo und die anderen Jungs sitzen vorne. Die Mädels unterhalten sich über eine Party bei irgendeiner Lotte. Ich versuche, mich in das Gespräch einzubringen.

»Und was studiert ihr so?«, frage ich.

»Ich studiere Germanistik«, antwortet Lara.

»Ich mache gerade ein Praktikum im Medienbereich«, erwidert ihre Freundin.

»Im Medienbereich habe ich auch ein paar Jahre gearbeitet«, entgegne ich.

Ihre Aufmerksamkeit gehört jetzt mir.

»Haben Sie ein paar Tipps für mich?«

»Wir können uns auch duzen«, sage ich.

»Ach so, ja, klar.«

Den Rest der Fahrt verbringe ich damit, ihr Ratschläge zu geben, wo sie sich am besten bewerben sollte. Als wir aussteigen, meint Lara: »Du bist echt cool. Nicht so wie die anderen in deinem Alter.«

Ich bemühe mich, das als Kompliment zu sehen.

Leider muss ich feststellen, dass das Konzert in einem stickigen Keller stattfindet. Um mich herum sind überwiegend Minderjährige und der ein oder andere Mensch Mitte zwanzig. Ich bin mit Abstand die Älteste.

Ich muss an das Lied von Sting denken: »I'm an alien, I'm a legal alien, I'm an Englishman in New York«. Bei mir würde es in etwa so klingen: »I'm an alien, I'm a legal alien, I'm a 40-year-old in the JUZ.« Es scheint so, als würde sich der gesamte Freundeskreis von Jo auf diesem Konzert tummeln. Jedenfalls zeigt er mich überall voller Stolz vor. Ich kann allerdings den Mädels deutlich an der Nasenspitze ansehen, dass sie sich vor allem fragen, wie alt ich bin.

Jo holt mir ein Mineralwasser, denn ich hasse Cola und Tee wäre definitiv zu spießig. Gibt es hier bestimmt auch gar nicht. Obwohl das abends für mich genau das Richtige wäre.

Lara steht noch neben uns, verabschiedet sich dann aber mit dem Satz: »Ich stopfe mir jetzt Tempos in die Ohren und gehe abdancen.«

»Viel Spaß«, sage ich.

»Du solltest dir auch etwas in die Ohren stecken. Die Musik kann ganz schön laut werden«, meint Jo.

Zum Glück höre ich auf ihn, denn was jetzt einsetzt, klingt wie eine tausendfache Multiplikation dessen, was ich immer in der Straßenbahn zu hören bekomme, wenn ich neben einem pubertierenden Jungen in Schwarz sitze, der schlechte Kopfhörer hat.

Ich fühle mich heute weder wie dreißig noch wie vierzig, sondern mindestens so alt wie meine Oma. Die Musik ist keine Musik im eigentlichen Sinne, es ist eher ein Gegrunze des Leadsängers begleitet von einem lauten Geschrammel unterschiedlicher Instrumente. Innerhalb kürzester Zeit setzen bei mir Kopfschmerzen ein und ich hoffe, dass das Ganze in einer Stunde vorbei ist. Dummerweise gibt es eine Uhr über der Theke und ich muss feststellen, dass sich der Zeiger einfach nicht bewegt.

Jo amüsiert sich hingegen prächtig. So gute Laune bekomme ich, wenn ich *Buena Vista Social Club* höre, aber nicht bei diesen geschminkten Jungs mit Hühnerbrust.

»Ich gehe mal an die frische Luft«, schreie ich Jo irgendwann ins Ohr.

»Klar«, erwidert er genauso laut und wippt zur Musik.

Ich gehe raus und werde von einer kühlen Brise empfangen. Alles in mir sträubt sich dagegen wieder hineinzugehen. Andererseits würde ich mich wie eine sehr alte Person benehmen, wenn ich jetzt sage, dass ich nach Hause muss. Ich verstehe nicht, wie Jo gleichzeitig Woody-Allen-Filme mögen kann und solch einen Lärm. Männer! Die werde ich wohl nie verstehen, egal wie alt sie sind.

Die Band macht eine Pause und die jungen hippen Menschen strömen zum Rauchen vor die Tür. Sie erzählen begeistert, wie sie dieses oder jenes Lied fanden und wo sie es noch besser performt gehört haben. Auch Jo taucht auf.

»Na, wie gefällt es dir bis jetzt?«

»Hm, ja, ja …«

Jo strahlt. »Es gefällt dir. Ich finde auch, dass sie echt der Hammer sind. Ich sag dir, würde Mozart heute leben, wäre er Punk-Rocker.«

Ich nicke und versuche mir vorzustellen, wie der Sänger dieser Band die kleine Nachtmusik grunzt.

»Ist alles okay?«, fragt Jo.

»Ja, ja, ich bin nur nicht mehr so laute Musik und so wenig Luft gewohnt.«

»Okay. Ich gehe kurz rein, um mir ein T-Shirt signieren zu lassen.«

Ich versuche zu lächeln. Als die Pause vorbei ist, entscheide ich mich, ebenfalls wieder hineinzugehen. Diesmal laufe ich zur Bar und bestelle mir einen Wodka. Dummerweise gibt es nur Bier. Auch gut. Vielleicht kann ich das Ganze mit etwas Alkohol besser ertragen.

Leider ist dem nicht so, meine Kopfschmerzen werden stärker und ich muss ziemlich schnell zur Toilette.

Als ich in der Kabine sitze, höre ich, dass einige Mädels hineinkommen und tuscheln.

»Was hältst du von Jos neuer Flamme?«, fragt eine. Ich glaube, das ist Lara.

»Die ist doch mindestens dreißig«, meint die andere, »aber wie gut die sich für ihr Alter gehalten hat, wow.«

Das ist für mich der Augenblick, um hinauszugehen.

»Danke für das Kompliment«, sage ich im Vorbeilaufen. »Und außerdem, ich bin neununddreißig.«

Die zwei Mädels schauen mich geschockt an und es ist zur Abwechslung schön zu sehen, dass auch coole Hipster-Girls einfach mal rot werden und verstummen können.

KAPITEL 17

Am nächsten Samstag ist das Kennenlernen bei Jos Eltern angesagt. Meine Mutter hat er ja bereits kennengelernt und Oma ebenfalls. Fehlt nur noch Papa. Aber dafür möchte ich mir Zeit lassen.

Für den Besuch bei Jos Eltern gehe ich extra zum Frisör und lasse mir eine jugendliche Frisur zaubern. Außerdem kaufe ich ein paar Tulpen. Über Blumen freut sich jede Frau. Ich ziehe ein geblümtes Kleidchen an, das nicht zu spießig und auch nicht übertrieben jung wirkt und natürlich Schuhe mit Absatz, weder zu hoch noch zu niedrig. Ich bin fast so nervös, wie damals auf meiner Hochzeit. Doch was macht man nicht alles, um akzeptiert zu werden!

»Schatz, wir gehen nicht zum Dinner mit dem Ministerpräsidenten, es sind nur meine Eltern.«

»Wenn du schon mit einer älteren Frau auftauchst, soll sie wenigstens eine gut aussehende ältere Frau sein.«

Er lächelt. Nach fünfzehn Minuten Autofahrt halten wir in einem Stadtteil der Oberschicht, in dem seine Eltern in einem der zahlreichen Jugendstil-Gebäude leben. Von meinen Gesprächen mit Judith weiß ich schon ein bisschen über Jos Eltern. Sein Vater, Gerhard, ist Biologe und arbeitet in einem Unternehmen für Bio-Erzeugnisse. Seine Mutter, Erika, ist Englisch- und Deutschlehrerin. Sie öffnet die Tür, als wir klingeln. Natürlich besitzt Jo einen Schlüssel, aber er möchte die Etikette wahren. Die Mutter trägt ein weites rotes Kleid, hat eine große schwarze Perlenkette umgelegt und roten Lippenstift aufgetragen. Ihre langen Haare sind graumeliert.

Sie schaut erst etwas ernst und mustert mich kurz. Dann lächelt sie freundlich.

»Hallo, ich bin Erika«, stellt sie sich vor und gibt mir die Hand.

»Natalie«, antworte ich und reiche ihr die Blumen.

»Für mich?«

Ich nicke.

»Das wäre doch nicht nötig gewesen.«

»Ich hoffe, sie gefallen Ihnen.«

»Wir müssen uns nicht siezen, du bist schließlich kein kleines Mädchen.«

Hm, wie soll ich das verstehen? Soll das ein Seitenhieb sein? Ich bin nicht so gut im Erkennen subtiler Botschaften – was den Vorteil hat, dass ich nicht schnell beleidigt bin.

Das Apartment von Jos Eltern hat wunderschöne stuckverzierte Decken und erstreckt sich über zwei Stockwerke. Im Flur begrüßen mich ein riesiges Che-Guevara-Poster und ein gerahmtes Baghwan-Foto mit Widmung. Die Einrichtung ist ansonsten etwas achtziger-Jahre-lastig, aber immerhin könnte man das als Retro bezeichnen. Das gesamte Mobiliar ist aus dunklen Holzarten gefertigt und überall stehen Mitbringsel, die auf viele Fernreisen hindeuten. So etwas hätte ich auch gerne.

»Die Wohnung ist fantastisch«, sage ich bewundernd.

»Dankeschön. Als wir hier eingezogen sind, war es eine Bruchbude. Wir haben zwei Wohnungen verbunden und alles komplett saniert. Jetzt haben wir fünf Zimmer und zwei Bäder. Eigentlich wollten wir eine WG daraus machen. Aber irgendwie haben wir nie Mitbewohner gefunden, die sich auf unseren freiheitlichen Ziele eingelassen hätten«, ergänzt sie. »Lauter Spießer in diesem Viertel.«

Ich überlege kurz, ob ich darauf etwas sagen muss.

Doch Erika wechselt von selbst das Thema: »Das Essen ist bereits fertig«.

Jo flüstert mir zu: »Ich hoffe, du hast gut gefrühstückt.«

»Gerhard«, ruft Erika in den zweiten Stock. »Jo und Natalie sind da.«

Jos Vater schreitet die Treppe hinunter. Er ist Anfang sechzig, trägt einen Vollbart und hat eine Halbglatze. Er hat eine Jeans, ein Hemd mit bunten Mustern und Birkenstocks mit dicken Wollsocken an. Wahrscheinlich bin ich beiden schon einmal bei Alnatura begegnet.

»Hallo Natalie, ich bin Jos Vater.«

»Hallo.«

»Ich habe Jo gleich gesagt, uns ist es egal, ob er mit einer Schwarzafrikanerin, Inderin, mit einem Mann oder ja, ähm, wem auch immer zusammen ist. Hauptsache er ist glücklich.«

Das Alter scheint die Eltern doch zu beschäftigen. Sonst würde er nicht so herumdrucksen.

»Papa«, sagt Jo mahnend.

»Ich möchte, dass Natalie weiß, dass wir keine Vorurteile haben«, erklärt Gerhard.

Jo verdreht die Augen.

»Jonathan, biete doch Natalie etwas zu trinken an.«

»Haben wir einen passenden Wein?«

»Ja, der weiße Kaitui von Schneider«, erklärt Erika.

»Den trinkt sogar der amerikanische Präsident«, ergänzt Gerhard.

»Ja, Papa, weil er in Deutschland zu Besuch war.«

»Gerhard, hast du den Quinoa-Salat fertig?«

»Ja, Erika.«

»Kommt Judith?«, frage ich vorsichtig.

»Nein, Judith hat heute eine Verabredung«, sagt Gerhard.

»Sie ist nicht so liberal wie wir«, ergänzt Erika. »Sie nimmt es dir übel. So ist das eben mit den großen Schwestern.«

152

»Das hat doch damit nichts zu tun«, widerspricht ihr Mann. »Sie versucht mit ihrer Spießigkeit nur gegen uns zu revoltieren. Dabei schadet sie sich mit ihrer Angst vor Spontaneität und freier Liebe nur selbst.«

»Kann ich etwas helfen?«, versuche ich mich einzubringen.

Erika lächelt. »Ja, du kannst das Regal montieren.«

Ich schaue sie mit großen Augen an.

»Wie bitte?«

»War ein Witz«, sagt Gerhard. »Wir haben hier keine klassische Rollenverteilung, im Gegenteil. Erika erledigt gerne die handwerklichen Dinge und ich koche viel, vor allem vegan.«

»Können wir dann endlich zu Tisch gehen?«, fragt Jo nervös.

»Da hat es einer aber eilig«, meint seine Mutter. »Du kannst den Salat holen. Natalie kann dir ja helfen.«

»Nimm das alles nicht persönlich, mit mir und Judith gehen sie genauso um«, sagt Jo, als wir in die Küche gehen.

Nachdem alles gerichtet ist, setzen wir uns an den wirklich sehr schön gedeckten Tisch. Gerhard verteilt den Salat.

»Das ist hundert Prozent Bio, sogar Demeter. Bio ist ja nicht gleich Bio.«

»Hast du gut gemacht, mein Schatz«, sagt Erika zu ihrem Mann.

»Für mich nur wenig«, sage ich.

»Bist du auf Diät?«, fragt Gerhard. »Das hat doch keine Kalorien.«

»Nein, aber ich hebe mir den Hunger für die Hauptspeise auf.«

Gerhard und Erika sehen sich irritiert an.

Jo lächelt.

»Nimm dir lieber etwas mehr, das ist nämlich die Hauptspeise.«

»Ach«, stottere ich. »Wunderbar ...«

Jetzt weiß ich, warum alle so schlank sind in dieser Familie, außer Gerhard. Er hat einen Bauch. Vielleicht nascht er heimlich zwischen den Mahlzeiten?

Das Essen verläuft ziemlich schweigsam. Ich überlege, was ich sagen kann, um Jos Eltern zu beschwichtigen. Gastgebern sollte man in Bezug auf das Essen nie auf den Schlips treten. Selbst wenn sie keinen tragen. Mir fällt aber nichts ein.

Erst als Gerhard den Nachtisch in Form eines Obstsalats anschleppt, wird die Runde gesprächiger.

»Natalie, Jo meinte, du bist geschieden«, sagt Erika.

Für Small Talk ist dieser Haushalt wohl zu liberal.

»Das stimmt.«

»Wie lange warst du verheiratet?«

»Viel zu lang«, sage ich und Jo lächelt.

»Mama, benimm dich nicht wie die Stasi.«

»Jonathan, ich führe hier eine Konversation.«

»Das ist keine Konversation, das ist ein Verhör.«

»Jonathan, eine Konversation beginnt nun einmal mit Fragen.«

»Jo, lass deine Mutter ihre Fragen loswerden. Ich kann das nachvollziehen«, unterbreche ich die beiden.

»Siehst du«, sagt Erika.

Ich denke, ich sollte ganz ehrlich sein, um endlich das Eis zu brechen. Die beiden sind offene Typen, mit Floskeln komme ich bei Erika und Gerhard nicht weiter.

»Wir waren sieben Jahre verheiratet und führten ein ruhiges Eheleben. Das dachte ich zumindest, bis ich ihn beim Fremdgehen auf meinem Küchentisch erwischte.«

154

Ich merke, wie alle drei mich anschauen. Jos Gesichtszüge verhärten sich. Er hat mich nie viel über meine Ehe gefragt. Wahrscheinlich stellt er sich die Situation gerade bildlich vor.

Judith ist wohl die Einzige in dieser Familie, die alles über mich weiß, und ausgerechnet sie ist nicht da. Ich muss unsere Freundschaft unbedingt retten. Oder heißt das Kollegialschaft?

Erika und Gerhard sehen sich nach meiner Aussage einen Moment schweigend an.

»Ich sage es ja die ganze Zeit«, sagt Erika. »Die Menschen sind nicht für Monogamie geschaffen.«

»Ach ja?«, fragt Gerhard verwundert.

»Ja, Schatz. Sieh dir nur mal die Naturvölker an.«

»Also, so genau hast du mir deine Meinung zur Monogamie in den ganzen Jahren unserer Ehe noch nicht mitgeteilt.«

»Ich habe dir immer gesagt, dass in unserer Beziehung noch Platz für weitere Personen ist. Aber du warst emotional nie offen genug dafür.«

»Aber Erika! Als ich damals mit Brigitte nach Hause gekommen bin, hast du mir sofort mit Scheidung gedroht.«

Sie rümpft die Nase, als ob er etwas Dummes gesagt hätte: »Das war doch etwas völlig anderes. Die dumme Pute wollte keine polygame Beziehung, sondern mir einfach nur meinen Mann ausspannen. Aber als Mann fehlt dir für solche Zwischentöne eben die emotionale Intelligenz.«

Jo sieht aus, als ob er gerade heftig für eine Naturkatastrophe betet, um dieses Gespräch zu beenden.

»Bei Polygamie wird immer mindestens eine Person verletzt, deshalb kann sie nicht funktionieren«, mische ich mich in die Debatte ein.

»Aha, du siehst das von der emotionalen Seite«, sagt Gerhard. »Das ist ein sehr guter Einwurf.«

»Man darf nicht immer alles von der emotionalen Ebene sehen. Gerade wir Frauen würden uns ja versklaven lassen, wenn wir nur einem Mann gehorchen. Natalie ist selbst das beste Beispiel. Sie hat sich aus ihrer Unterdrückung befreit und probiert jetzt einfach ihre Freiheit mit ein paar Männern aus.«

»Moment Mal! Was heißt hier mit ein paar Männern?«

Erika versucht mich zu beruhigen: »Das muss dir nicht peinlich sein. Ich bin wirklich stolz auf die Rolle, die unser Sohn in deinem Emanzipationsprozess spielt.«

»Da kann er für die Zukunft eine ganze Menge lernen«, stimmt Gerhard brummelnd zu.

Ich kann kaum glauben, was ich da höre: »So ist das nicht! Jo und ich lieben uns und wollen nur füreinander da sein. Da gibt es keine anderen Männer!«

»Nur ihr beide? Für so engstirnig hätte ich dich nicht gehalten, Natalie.«

Ich spüre, dass ich für Erika ab sofort in die Spießerkategorie gehöre, mit der man besser nichts zu tun hat. Auch Gerhard sieht nicht gerade glücklich aus über die spießige Verführerin seines einzigen Sohnes.

»Okay, jetzt reicht es«, sagt Jo. »Gibt's noch Kaffee?«

»War es sehr schlimm?«, fragt Jo, als wir die Wohnung verlassen.

»Ach Quatsch, sie sind offener als meine eigenen Eltern«, versuche ich die Begegnung positiv zu umschreiben. Doch im Rückblick waren sogar die brüllenden skandinavischen Rocker sympathischer als Erika und Gerhard. Als vollwertiges Familienmitglied werden sie mich wohl nie akzeptieren.

»Ich habe tierischen Hunger«, sage ich. »Sollen wir einen Umweg zum Italiener machen?«

»Gute Idee.«

»Wie bist du nur so groß geworden, bei diesen winzigen Portionen?«

»Gute Gene.«

KAPITEL 18

Die nächsten Tage vergehen wie im Flug. Jo verbringt die meiste Zeit bei mir. Wir kochen gemeinsam, wobei ich feststelle, dass Jo nur drei Gerichte beherrscht. Spaghetti, Omelette und Wiener Würstchen. Wobei – wenn man *Würstchen aufwärmen* nicht mitzählt, sind es eigentlich nur zwei.

Dafür koche ich sehr gerne, denn es macht mir Spaß zu zweit zu essen. Ob das jemals mit Holger so war? Ich kann mich gerade überhaupt nicht mehr daran erinnern. Das Leben mit meinem Ex liegt so weit in der Vergangenheit, dass es mir schwerfällt zu glauben, dass ich jemals mit einem anderen Mann außer Jo zusammen gewesen bin. Und unser Liebesleben ist einfach unglaublich. Liegt es an unserem Altersunterschied oder an der Anziehungskraft?

Dennoch, wenn wir im Bett liegen, stelle ich mir vor, wie es in zehn Jahren sein wird, und fühle ich mich nicht mehr ganz so glücklich. Dann werde ich fünfzig sein, eine ältere Frau, und er erst vierunddreißig.

Das hat doch keine Zukunft, sage ich mir in diesen Augenblicken.

Diese Momente dauern zwar nicht lange, aber es fällt mir schwer, mich hundertprozentig fallen zu lassen. Ich möchte nicht sehenden Auges in den Abgrund rennen. Mittlerweile wissen alle Kollegen in der Firma Bescheid. Ich versuche, mir nicht vorzustellen, was so getuschelt wird, doch die Blicke der Mitarbeiter verraten Einiges. Ich würde wahrscheinlich auch tuscheln.

Judith ist mir gegenüber immer noch äußerst distanziert, dafür scheint sie jemanden gefunden zu haben, mit dem sie eine Art Beziehung pflegt. Früher hätte sie mir stundenlang davon erzählt. Jetzt schweigt sie wie ein Grab. Nicht einmal zu Doris spricht sie darüber – oder sie tut es, wenn ich nicht dabei bin.

Auf dem Gang treffe ich Frau Mayer-Kahn.

»Guten Tag«, grüße ich.

»Guten Tag«, erwidert Frau Mayer-Kahn freundlich.

Das erste Mal. Sie bleibt sogar stehen.

»Also, ich finde es richtig gut, dass Sie privat Ihren Weg gehen, egal was die Tratschweiber hier erzählen.«

Frau Mayer-Kahn sagt mir etwas Positives?! Vielleicht wird die Stimmung im Unternehmen doch mit der Zeit wieder besser.

*

Es ist Sonntag und ich freue mich auf eine lange Laufrunde. Seit ich offiziell mit Jo zusammen bin, habe ich das Laufen ziemlich vernachlässigt. Mein Freund liegt noch im Bett. Er ist so süß, wenn er zusammengerollt mit halb offenem Mund daliegt.

Ich gebe ihm einen Kuss und ziehe meine Laufschuhe an. Die eine Stunde Laufen bewältige ich mit großer Mühe. Die Wochen ohne Training machen sich eindeutig bemerkbar. Ich freue mich auf meine Dusche und ein ausgiebiges Frühstück.

Jo liegt immer noch im Bett, als ich zurückkomme. Er ist wach, aber er spielt gerade mit seinem Tablet.

»Guten Morgen«, sage ich.

Er antwortet nichts, sondern spielt hoch konzentriert weiter.

»Was spielst du?«

»Angry Birds ...«, murmelt er.

»Das ist doch für Kinder.«

»Quatsch! Da musst du dich so was von konzentrieren und mitdenken. Da gibt es Einiges zu berechnen, sonst kannst du es gleich vergessen.«

Bei diesen Worten schaut er mich nicht an, sondern drückt weiter auf seinem Display herum.

Ich gehe unter die Dusche. Am Waschbeckenrand sind Zahnpasta-Reste. Das mag ich gar nicht. Holger und ich hatten zum Glück zwei Waschbecken und eine Putzfrau. Nur, dass ich jetzt die Putzfrau bin.

Nachdem ich geduscht habe, frage ich: »Hilfst du mir beim Tischdecken?«

»Schatz, ich bin gerade beim vorletzten Level. Jetzt wird es langsam knifflig.«

Eine halbe Stunde später sitze ich am Frühstückstisch und beginne zu essen. Als ich schon fertig bin und die Tageszeitung fast durchgelesen habe, kommt Jo und küsst mich.

»Entschuldige, ich musste unbedingt dieses Level fertigmachen. Sonst wäre mein Ego ernsthaft angekratzt.«

»Ich hätte mich gefreut, wenn wir gemeinsam gefrühstückt hätten.«

»Das können wir doch immer noch machen, ich setze mich zu dir und du isst noch eine Kleinigkeit.«

»Das ist nicht dasselbe.«

»Ach, Schatz, lass uns kein altes Ehepaar sein. Ich bin da und alles ist gut. Ich schmiere dir sogar dein Brot mit Nutella.«

»Na gut, aber dann lieber mit Honig.«

»Für die Honig-Maus ein Honigbrot.«

Ach, ich kann ihm einfach nicht böse sein, weil er unglaublich goldig ist. Nachdem wir gefrühstückt haben, kuscheln wir auf der Couch und schauen fern. Am späten Nachmittag habe ich Lust etwas zu unternehmen. Doch Jo liegt auf dem Sofa, isst Chips und schaut einen uralten Bud-Spencer-Film. Diese Schinken habe ich als kleines Mädchen mit meinem Bruder gerne geschaut, da war ich neun oder zehn Jahre alt. Jo ist über die Pubertät hingegen längst hinaus. Er wird mir immer mehr zum Rätsel. Ein Mann, der gleichzeitig Woody Allen, Arthaus-Filme, Hard-Rock-Punk und Bud Spencer liebt!

»Hast du Lust rauszugehen, vielleicht in ein Café etwas trinken oder ins Kino?«

»Aber es ist so gemütlich hier«, antwortet er.

So langsam merke ich, wie sich die Realität in unsere Beziehung einschleicht. So vergeht unser Sonntag mit Chips, Bud Spencer und Sex am Abend. Zum Glück war ich heute Vormittag laufen.

Am nächsten Morgen verschlafen wir beide. Hektik im Bad, kein Frühstück und ab zur Arbeit.

*

In dieser Woche steht das Fotoshooting für die neue Broschüre an. Wir haben eine Werbeagentur mit der Durchführung beauftragt. Ausschlaggebend für Herrn Künzel war, dass der Produktionsleiter viel Erfahrung mit russischen Unternehmen vorweisen kann und vor allem den Chef mit seinem Konzept überzeugen konnte. Für meinen Geschmack vielleicht etwas übertrieben, aber Hauptsache, Andrej ist damit zufrieden.

Jetzt sitzen Jo und ich in einem Bus voller Models, Visagisten, einem Fotografen und zwanzig Heizkörpern.

»Wie schön, unsere erste gemeinsame Geschäftsreise«, sagt Jo.

161

Ich halte heimlich seine Hand.

Die zweieinhalbstündige Fahrt endet vor einer Wiese im Nirgendwo. Im Hintergrund ist nur ein verfallenes Schloss zu sehen.

»Super, das wird super. Sie werden sehen, Frau Herzog. Ihre russischen Kollegen werden entzückt sein«, sagt der Produktionsleiter mit Begeisterung in der Stimme.

Das Frisieren der Models wird laut Visagisten mindestens zwei Stunden in Anspruch nehmen.

»Machen Sie ruhig einen längeren Spaziergang, bis wir hier fertig sind«, meint der Produktionsleiter.

»Ich glaube, der will uns loswerden«, sage ich zu Jo, als er außer Hörweite ist.

»Umso besser«, entgegnet Jo.

Also suchen wir uns einen Feldweg und laufen los. Als wir weit genug weg sind, nehme ich seine Hand. Wir spazieren entlang der Felder und alles sieht so romantisch aus. Ich fühle mich, als ob ich mit Jo eine Traumreise unternehmen würde. Wir reden nichts. Wir genießen einfach die Gegenwart des anderen und die Stille. Dies ist endlich wieder einer der vollkommenen Momente in unserer Beziehung.

Als wir zurückkommen, sind die Models fertig geschminkt und sehen aus, als ob sie zur Mailänder Modewoche gingen.

»Ist das nicht etwas zu viel Make-up?«, frage ich vorsichtig.

Das Model und die Visagistin sehen mich abwertend an.

»Nein, das sieht auf den Fotos total realistisch aus. Keine Angst, Frau Herzog.«

»Und diese Ganzkörperanzüge, ich weiß nicht.«

Jetzt scheint der Produktionsleiter genervt.

»Frau Herzog, jetzt vertrauen Sie uns doch mal. Das wird prima aussehen. Glauben Sie mir.«

Er wendet sich dem kaugummikauenden Model zu, das mit dem Boiler auf der Wiese wartet: »Also Schätzchen, stell dir vor, dass du hier für die symbolhafte Spannung zwischen der deutschen Geschichte, dem Heimatgefühl und der technischen Zukunft stehst. Lass mich das spüren!«

Nach dem Gesichtsausdruck des Models zu urteilen, äußert sich diese Spannung in Verwirrung. Schließlich beginnt sie, sich an dem Boiler zu reiben. Der Produzent ist begeistert.

»Ja, das ist toll! Animalische Reibung, die Urform aller Hitze!«

So ermuntert beginnt die Kleine, den Boiler abzulecken. Der Produzent ist endgültig im Glück: »Sehr gut, sehr gut! Du liebst die Technik! Du bist ein deutsches, naturverbundenes Mädel und du liebst deine deutsche Technik!«

Das geht der Kleinen zu schnell: »Could you say that in English? I don't understand German that much.«

Ich wage es kaum, noch etwas zu sagen, da ich nicht den Anschein erwecken möchte, dass ich keine Ahnung habe. Also überlasse ich dem Produktionsleiter die Arbeit.

Dann kommt der Fotograf mit seinen zwei Assistenten und sie beginnen, die Models und die Heizkörper zu stellen. Dabei umarmt ein Model mal einen Heizkörper, dann reitet es auf einem. Ich fühle mich wie auf einer dieser Installationen, die ich auch bei größter Anstrengung nicht verstehe.

Na ja. Hauptsache, es gefällt Andrej und Olga.

Am nächsten Abend bin ich mit einer Schulfreundin verabredet. Als ich zurück in meine Wohnung komme, sitzt

Jo mit drei Freunden im Wohnzimmer. Oma schläft wahrscheinlich schon. Die Jungs schauen sich irgendwelche Filmchen auf YouTube an und haben Bauchschmerzen vor Lachen. Ich begrüße die Jungs, sie sitzen gleich etwas aufrechter, als sie mich sehen. Meine Güte! Ich bin doch nicht Jos Mutter.

Ich gehe in die Küche und höre tatsächlich, wie der eine etwas zu laut flüstert: »Ey, Alter, die sieht ja echt aus wie Eva Mendes.«

An diese Komplimente könnte ich mich gewöhnen. Doch gleich darauf kommt der Dämpfer.

»Der merkt man das Alter gar nicht an.«

»Psst«, mahnt Jo. »Ein bisschen mehr Respekt.«

Dann wird wieder gelacht. Ich geselle mich zu ihnen, versuche mitzuschauen und mitzulachen, aber ich finde die Videos total spaßfrei. Also ziehe ich mich unbemerkt ins Schlafzimmer zurück und klappe meinen Laptop auf. Ich verspüre das Bedürfnis etwas Kreatives zu machen. Beim Durchsuchen der Ordner auf meiner Festplatte stoße ich auf eine Kurzgeschichte, die ich während meines Studiums geschrieben habe. Ich beginne den Text zu lesen.

Talent habe ich schon, denke ich.

Mich überkommt Lust, die Geschichte zu überarbeiten und zu verbessern. Und so schreibe ich, bis Jo zwei Stunden später seine Freunde verabschiedet hat und ins Bett kommt.

*

Jo nimmt sich eine Woche Urlaub, um alleine zu irgendeiner Comic-Messe in die USA zu fliegen.

»Ich wusste gar nicht, dass dich so etwas interessiert«, sage ich vorsichtig. »Bist du dir sicher, dass du so viel Geld ausgeben willst, nur für eine Messe? So was gibt's doch in Deutschland bestimmt auch.«

»Natalie, das verstehst du nicht. Von der Comic-Con habe ich schon immer geträumt, aber ich hätte mir das nie leisten können. Jetzt habe ich zum ersten Mal im Leben genug Geld und ich merke, dass es mir sogar Spaß macht, es auszugeben.«

Was ist nur aus dem idealistischen Blogger geworden, dem Geld total egal war? Mittlerweile überlegt er schon, ob er sich ein Auto kaufen soll. Was wird dann aus seiner Vespa?

Ich vertiefe das Thema nicht weiter und bringe ihn am nächsten Morgen mit einem Lächeln zum Flughafen.

Am letzten Tag von Jos Reise sitze ich alleine mit Judith im Büro. Sie hat seit ein paar Tagen ein Lächeln auf ihren Lippen. Das kann nur eins bedeuten: Es ist ein Mann in ihrem Leben aufgetaucht. Sie ist auch einen Hauch freundlicher.

Als der Feierabend naht, nutze ich die Gelegenheit: »Judith, können wir über diese ganze Sache mal reden?«

Sie schaut zu mir und wird plötzlich ernst, als ob ich sie an etwas Schlimmes erinnert hätte.

»Du meinst über die Tatsache, dass du hinter meinem Rücken etwas mit meinem kleinen Bruder angefangen hast und er jetzt bei dir wohnt?«

Vielleicht war es doch zu früh, um mit ihr zu sprechen. Aber jetzt gibt es keinen Weg zurück.

»Ja, genau über diese Tatsache.«

»Ich kann dir nur sagen, dass ich sehr verletzt bin, dass du mir nichts davon erzählt hast.«

»Weil ich Angst vor deiner Reaktion hatte.«

»Klar. Natalie, wenn du ein bisschen nachdenken würdest und nicht nur an den geilen Sex, würdest du erkennen, dass du dich zum Affen machst. Du bist mittlerweile eine Lachnummer. Meine Güte, du könntest fast seine Mutter sein.«

Ich habe Tränen in den Augen und muss an die Luft. Aber ich drehe mich vorher noch mal um: »Wir lieben uns und dagegen anzukämpfen ist verdammt hart. Es ist leicht zu urteilen, Judith. Aber eines Tages weißt du vielleicht, wovon ich rede.«

Ich nehme meine Schlüssel und meine Tasche und gehe. Alle, die mir auf dem Gang begegnen, schauen mich verständnislos an. Sie sollen mich doch einfach in Ruhe lassen.

Warum muss Liebe so schwer sein? Judiths Worte hallen in mir wider und die ganzen Ereignisse der vergangenen Tage. Alles ist so anstrengend, schön ist es wirklich nur, wenn Jo und ich alleine sind.

Vielleicht sollte ich die Beziehung beenden, es nicht so schwer für uns machen. Jo ist jung, er wird schnell eine Olga finden und ich hätte wenigstens die Chance auf einen Mann meines Alters. Vielleicht einen Witwer oder einen Geschiedenen.

Ich merke, dass ich wie eine Irre durch die Straßen laufe. Ich bin so weit gegangen, dass ich mitten auf den Feldern am Stadtrand stehe. Der Gedanke Schluss zu machen, bevor unsere Beziehung eine richtige Chance hatte, schmerzt mich.

Ich laufe nach Hause, es sind bestimmt zehn Kilometer, lege mich hin und weine mich in den Schlaf. Jo weckt mich, als er von seiner Reise zurückkommt. Es ist schon dunkel. Ich muss sehr lange geschlafen haben. Jo hat unglaublich gute Laune.

»Wo ist meine rattenscharfe Braut?«

Er knipst das Licht an.

»Ich habe dich so vermisst, dass ich dich gleich verspeisen möchte.«

Ich öffne die Augen.

»Ich möchte keinen Sex.«

»Hattest du einen miesen Tag? Haben die Russen oder Judith oder Doris dich gequält?«

»Nein, keiner hat mich gequält. Ich hab nur nachgedacht.«

»Oh, nachdenken ist was für hässliche Menschen. Du bist viel zu hübsch zum Nachdenken.«

»So ein Quatsch.«

Er beginnt mich zu küssen.

»Kann ich etwas tun, um deine Laune zu verbessern?«

»Ich weiß nicht.«

Er überlegt einen Moment.

»Ich weiß was.«

Dann geht er zu einer der Kisten mit seinen Sachen, die er mittlerweile bei mir stehen hat, und schiebt eine DVD in den Player.

Midnight in Paris von Woody Allen.

Aus seiner Tasche holt er Unterwäsche von Victoria Secrets.

»Ich musste am Flughafen so lange warten. Als ich das im Shop gesehen habe, musste ich an dich denken.«

Dann legt er sich neben mich und wir schauen den Film gemeinsam. Wir essen Nachos und ich weiß, dass ich es nicht übers Herz bringen werde, diese Beziehung zu beenden.

Jo ist wie eine Wundertüte für mich. Immer wieder rätselhaft und seltsam, aber dafür auch immer spannend und voller Überraschungen. Wenn die Ehe mit Holger ein Reihenhaus war, dann ist meine Beziehung mit Jo wie eine Zirkuskarawane. Jeden Morgen erreichen wir einen neuen, bisher unbekannten Ort. Will ich wirklich zur Reihenhaus-Langeweile zurück?

In diesem Moment fällt mir der Satz von Frau Mayer-Kahn wieder ein. Warum sollte ich mich wegen der Lästereien von ein paar Tratschweibern unglücklich machen?

KAPITEL 19

So vergehen die Tage und Wochen und ich merke, dass ich nichts ändern möchte, denn es ist schön mit Jo. Klar, wir stammen aus unterschiedlichen Generationen. Doch wenn wir alleine sind, verschwindet die Welt um uns herum. Wenn wir eng umschlungen auf einer Parkbank sitzen und vor uns hinträumen oder wenn er Omelette macht und die Küche wie ein Ort der Verwüstung aussieht, dann will ich ihn einfach nur küssen.

In anderen Dingen sind wir fast schon wie ein altes Ehepaar. Jo wischt mittlerweile die Zahnpastareste weg – nun gut, nachdem ich meinen Unmut geäußert habe – und wir schauen sonntags nicht mehr nur Bud Spencer. Ich habe auch schon versucht mit Jo zusammen ein Computerspiel zu spielen. Es macht mir zwar keinen Spaß, doch was tut man nicht alles für die Liebe.

Allerdings fühle ich mich neben ihm manchmal so unglaublich alt und irgendwie habe ich das Gefühl ihm seine Jugend zu klauen. Aber er sagt mir immer wieder, dass er glücklich ist.

Meine Friseurin, die genauso alt ist wie ich, meint: »Frau Herzog, Sie spinnen ja, mit vierzig fängt das Leben erst an. Hören Sie nicht auf die Welt, die will Ihnen doch eh nichts Gutes.«

Wahrscheinlich hat sie recht. Aber die Meinung von Judith ist mir ebenfalls wichtig.

Eines Tages, als Jo und ich gemeinsam durch die Straßen schlendern, treffen wir auf meine Schulfreundin Silke. Im Gymnasium und auch später haben wir uns immer sehr gut verstanden. Irgendwie haben sich unsere Wege, nachdem sie ihre Kinder bekommen hat, getrennt. Jetzt telefonieren wir höchstens einmal im Jahr.

Ich bemerke sie zuerst gar nicht. Erst als sie meinen Namen ruft, sehe ich sie, ihren Mann und die Kinder. Jakob ist acht, Lene fünf und Lilly zwei. Alle drei sind unglaublich süße Kinder. Lilly sitzt im Kinderwagen und strahlt Jo und mich an.

»Mensch, Natalie, wie geht es dir?«

»Gut, danke und euch?«

»Abgesehen von diversen Kinderkrankheiten geht es uns gut.«

Sie schauen alle zu Jo.

»Das ist Jo«, stelle ich ihn schüchtern vor.

»Freut mich«, sagt Silke. Sie scheint wirklich fröhlich zu sein.

Bei Norbert merke ich, dass viele Fragen auftauchen.

Jakob, der mich noch von früheren Besuchen kennt, fragt: »Wann kommst du uns besuchen?«

»Hm, muss ich mal mit deiner Mama besprechen.«

»Bist du noch in dieser Heizungsfirma?«, fragt Norbert.

»Ja, leider.«

»So schlimm ist es nicht«, fügt Jo ein. »Ich bin auch dort. Zahlt ganz gut die Miete.«

Norbert nickt freundlich.

»Komm doch einfach mal vorbei, die Kinder würden sich bestimmt freuen. Ich meine, ihr beide«, sagt Silke.

Jo nimmt das Angebot sofort an.

»Falls du dich nicht von den Kindern abschrecken lässt«, meint Silke.

»Kinder sind doch großartig«, erwidert er.

»Ja, ich möchte meine Kinder nicht missen, trotz des Stresses und der vielen Krankheiten«, erwidert Silke.

In diesem Moment fängt Lene an, ihre kleine Schwester zu ärgern. Lilly beginnt zu weinen.

»Ich glaube, wir müssen weiter, bevor die Kinder irgendwelche Dummheiten anstellen«, sagt Silke.

Sie umarmt mich.

»Ruf mich an, Natalie, und kommt vorbei. Wir würden uns freuen, auch abends, wenn die Kids im Bett sind.«

»Das ist eine Bilderbuch-Familie«, meint Jo, als wir den Fünfen hinterhersehen.

»Ja, ja«, sage ich. »Das sieht immer nur so aus.«

Früher hätte mich so eine Begegnung deprimiert. Heute finde ich mein Glück bei Jo und meinem Job. Ich bin froh, dass ich mir den Stress, den so eine Familie mit sich bringt, nicht auch noch aufgehalst habe.

»Komm, lass uns nach Hause gehen und Kinder machen«, sagt Jo und greift mir an den Hintern.

»Was ist denn mit dir los? Wenn du Kinder willst, musst du dir eine Jüngere suchen. Mit mir wird das nichts mehr.«

»Na gut«, er zuckt mit den Achseln. »Dann eben einfach nur Sex.«

Als wir nach Hause gehen, merke ich, wie mich eine plötzliche Traurigkeit erfasst. Irgendwie wäre ich doch gerne die Mutter seiner Kinder. Und kann er wirklich mir zuliebe auf Kinder verzichten?

KAPITEL 20

Als ich am nächsten Morgen aufwache, sehe ich, dass Jo noch schläft. Wieder packt mich dieses starke Gefühl der Hingezogenheit und ich kuschle mich an ihn.

Dass sich dieser Mann wirklich für mich interessiert!, denke ich, und bei diesem Gedanken fühle ich mich glücklich. Er macht die Augen halb auf und zieht mich näher zu sich. Wir kuscheln und die Welt ist für diesen Augenblick wunderschön. Ich fühle mich wie ein Säugling geborgen in Jonathans Armen. Ihm scheint es ähnlich zu gehen, denn er schnarcht leise, aber zufrieden.

An diesem Morgen möchte ich mich krankmelden. Doch der Wecker ist erbarmungslos. Heute warten Olga, Andrej und Herr Künzel auf die Präsentation unserer Broschüre. Ich kann nicht widerstehen und küsse Jo noch einmal. Er öffnet die Augen und ich packe ihn.

»Jetzt bist du in der Falle.«

»Wir müssen uns fertigmachen«, meint er.

Ich blicke ihn an und wundere mich über sein Pflichtbewusstsein.

»Das ist mir egal. Lass uns krankmachen heute«, sage ich.

»Das können wir nicht machen. Das ist doch ein wichtiger Termin.«

»Ach, immer diese Pflichten. Wir könnten etwas später kommen«, erwidere ich. »Die fangen doch nie pünktlich an.«

»Aber nur ein paar Minuten.«

»Sagen wir mal, eine halbe Stunde.«

Ich lege mich auf ihn und beginne ihn zu küssen. Damit habe ich ihn überzeugt.

*

Wir kommen zehn Minuten zu spät im Konferenzraum an. Judith sitzt mit hochrotem Kopf da und scheint ziemlich sauer zu sein.

»Hallo, Schwesterherz, entschuldige, aber du kennst die Verkehrslage um diese Uhrzeit ...«

»Über die *Verkehrs*-Lage möchte ich gar nichts wissen«, erwidert sie bissig.

Bevor Jo etwas erwidern kann, erklingt ein besonderer Klingelton aus ihrer Handtasche. Sie holt schnell ihr Handy heraus und stellt auf lautlos, doch sie liest die SMS und sogleich erscheint der Hauch eines Lächelns auf ihren Lippen. Ich seufze erleichtert auf.

Zum Glück sind unsere russischen Partner nicht so penibel, was eine Verabredung betrifft. Olga und Andrej erscheinen in Begleitung von Herrn Künzel erst eine halbe Stunde nach uns. So haben wir immerhin Zeit genug, uns den Bauch mit Keksen vollzuschlagen, nachdem Jo und mir fürs Frühstück keine Zeit geblieben ist.

Die Russen und unser Chef hören sich unsere Präsentation an, unsere Broschüre und Jos neuste Verlinkung auf die sozialen Netzwerke ebenso wie Judiths Messevorbereitung. Sie scheinen aufmerksam und stellen keine Zwischenfragen. Judith verliert sich heute nicht einmal in einem Monolog. Sie scheint sich alles penibel aufgeschrieben zu haben und ihre Vorstellung ist wirklich gut. Bei Jos Vortrag strahlt Olga.

»Wir sind offen für Fragen oder Anregungen«, sage ich, nachdem wir mit unseren Ausführungen fertig sind.

Herr Künzel will etwas sagen, doch er wird von Andrej überrollt.

»Also, die Messevorbereitung ist nicht schlecht, aber mir fehlt das gewisse Etwas, wir brauchen hübsche Hostessen,

173

die unsere Produkte präsentieren. Und verteilt Polo-Shirts und Bonbons, nicht nur irgendwelche Kugelschreiber. Wir brauchen mehr Farbe. Hier ist alles nur Orange und Grau. Also Judith, mehr Farbe, du musst mehr riskieren, aber sonst war das ganz gut.«

Judith erwidert nichts, sie nickt nur. Dann wendet Andrej sich an Jo.

»Jonathan, deine Arbeit ist sehr gut, ich kenne mich nicht aus, aber was du uns bis jetzt gezeigt hast, das überzeugt mich.«

»Dankeschön«, antwortet Jo mit einem Siegerlächeln.

»Auch die Geschichte mit diesem Spiel war großartig«, fährt Andrej fort. »Herr Künzel hat natürlich betont, dass die Idee als Team entwickelt wurde. Aber ich habe deine Handschrift sofort erkannt.«

Olga strahlt ihn an. »Wir hätten für dich noch ein ganz besonderes Angebot«, sagt sie. »Wir bieten dir an, zwei Jahre in Moskau das Projekt Social Networking für den gesamten Weltmarkt zu übernehmen.«

»Wow«, sagt Jo überrascht.

»Dein Lohn wird selbstverständlich deiner Leitungsfunktion entsprechen und wir bieten dir sogar eine Wohnung im Herzen Moskaus an«, fügt Andrej hinzu.

Jo strahlt. Er bekommt nichts anderes heraus, außer noch einmal: »Wow.«

Ich kann keinen klaren Gedanken fassen. Herr Künzel setzt an, um etwas hinzuzufügen, doch Andrej unterbricht ihn, bevor er eine Silbe herausbringt. »Das können wir später noch genauer besprechen. Natürlich nur, wenn Hans-Dieter einverstanden ist.«

Er blickt zu unserem Chef. Dieser ist, ebenso wie ich, sprachlos.

»Ähm, das müssen wir wirklich noch besprechen«, antwortet er dann.

»Jetzt zu deiner Broschüre, Natalie«, sagt Andrej an mich gewendet.

Ich versuche mich zu konzentrieren. Die Broschüre! Vielleicht macht er mir ja auch ein Angebot! Dann verbringen Jo und ich die nächsten zwei Jahre in Moskau.

»Ich verstehe sie nicht«, sagt Andrej.

»Wen? Mich?«

Spreche ich undeutlich?

»Nein, die Broschüre.«

Ich verstehe *ihn* gerade nicht.

»Warum hast du nichts von unseren Anregungen eingearbeitet? Und dieses Shooting – was hast du dir dabei gedacht, Natalie?«

»Aber das sind doch deine Ideen gewesen, die wir umgesetzt haben – schöne Frauen vor Traumkulissen.«

»Aber doch nicht so! Was sollen wir denn mit Frauen anfangen, die Heizkörper abknutschen? Wie konntest du so einen Schwachsinn produzieren?«

Während Andrej meine Arbeit und mich bloßstellt, sehe ich, wie Olga ein zufriedenes Lächeln aufsetzt.

In meinem Kopf spielt sich ein ganz neuer Film ab. Warum lasse ich mir das bieten? Nur wegen einer Broschüre für Heizungen? Wollte ich nicht einmal Reiseführer schreiben und die Welt entdecken? Was mache ich hier eigentlich?

»Wisst ihr was, Leute«, höre ich mich sagen. »Macht doch euren Scheiß einfach selbst. Vielleicht kriegt ihr es besser hin mit den Supermodels. Ich kündige.«

Ich sehe, wie ihnen die Kinnlade herunterklappt. Alle Anwesenden starren zu mir. Es geht mir so ähnlich wie in dem Moment, als ich Holger und seiner Holden den blanken Hintern versohlt habe. Es fühlt sich gut an. Ich muss sogar lächeln. In drei Wochen habe ich Geburtstag. Und eine Sache kann ich als Frau mit bald vierzig Jahren einfach nicht mehr. Mich herumkommandieren lassen.

Ich gehe zum Büro. Doris sitzt an ihrem Platz und isst einen Berliner.

»Hast du etwas vergessen?«, fragt sie mit Puderzucker um die Mundwinkel.

»Nein, ich habe gekündigt.«

Doris kichert.

»Der ist gut.«

Dann sieht sie, wie ich nicht darauf reagiere, sondern meine persönlichen Dinge einpacke.

Erstaunlich, wie viel Zeug sich über die Jahre im Büro ansammelt, als wäre der Lebensmittelpunkt wirklich nur bei der Arbeit.

»Sag mal, hast du das ernst gemeint?«, fragt Doris.

»Dass ich gekündigt habe? Ja.«

Mittlerweile sind Jo und Herr Künzel im Anmarsch.

»Frau Herzog, jetzt beruhigen Sie sich doch. Andrej ist eben etwas ungehobelt. Er hat das nicht so gemeint. Machen Sie keine Dummheiten«, sagt der Chef.

Ich bleibe stehen. Die beiden schauen mich erwartungsvoll an.

»Herr Künzel, da ich mein ganzes Leben unbewusste Dummheiten begangen habe, werde ich wohl einmal im Leben eine bewusste Dummheit machen dürfen. Außerdem könnten Sie ruhig mehr für Ihre Mitarbeiter einstehen und sich nicht die ganze Zeit von diesen zwei Emporkömmlingen herumkommandieren lassen. Wenn das Ihr Vater sehen könnte!«

176

»Aber Frau Herzog, ich schätze Sie doch nach wie vor und ich akzeptiere Ihre Kündigung nicht. Denken Sie an die bevorstehende Beförderung.«

Ich hole einen Moment Luft. Dann sage ich: »Wissen Sie, ich habe es einfach satt, mein Leben nach den Versprechen irgendwelcher Männer auszurichten und dabei meine wirklichen Wünsche zurückzustecken.«

»Wie meinen Sie das?«, fragt er.

Ich entgegne nichts. Herr Künzel und Jo wirken irritiert.

»Natalie, ist das wirklich dein Ernst?«, fragt Jo.

»Lass uns später darüber reden«, antworte ich.

Dann lasse ich sie stehen, verlasse das Gebäude und gehe zur Straßenbahn.

Als ich an meiner Station aussteige, sehe ich auf einer riesigen Plakatwand eine Werbung für Fernreisen. Ein Panorama-Bild mit glücklichen Menschen, die am Strand mit Mojitos in der Hand tanzen.

Statt nach Hause zu gehen, werfe ich den Karton mit meinen Bürosachen in den nächsten Mülleimer. Dann gehe ich zum Reisebüro an der Ecke. Jetzt werde ich endlich das machen, wozu ich schon immer Lust hatte. Nach über zwanzig Jahren werde ich mir meine Jugendwünsche erfüllen.

»Das sind so herzliche Menschen in Kuba«, sagt die Dame im Reisebüro. »Sie haben nicht viel, aber sie haben so viel Musik und Freude in sich. Faszinierend. Es wird Ihnen gefallen.«

Als ich das Reisebüro verlasse, habe ich sehr gute Laune. Ich habe einen Flug nach Kuba gebucht, einen Sprachkurs vor Ort sowie Übernachtungen in Privat-Hostals für vier Wochen. Danach werde ich sehen, wie es weitergeht. Vielleicht bleibe ich für immer dort, vielleicht ziehe ich weiter um die Welt,

177

vielleicht komme ich nie wieder zurück. Auf jeden Fall möchte ich jetzt erst mal in ein Land, in dem das ganze Jahr über die Sonne scheint und die Menschen trotz Armut auf der Straße tanzen. Vielleicht sortiert sich dann mein Leben.

*

Zu Hause sehe ich, dass Jo mehrmals versucht hat, mich auf dem Handy zu erreichen. Ich rufe ihn zurück.

»Na, du verrücktes Huhn.«

»Ja, ich verrücktes Huhn«, erwidere ich.

»Da hast du eine Nummer abgezogen. Dir ist klar, dass du gekündigt hast?«

Ich nicke.

»Und, hat es gut getan?«, fragt er.

»Es war okay. Ich dachte, es würde mir mehr Freude bereiten.«

»Ich komme gleich vorbei.«

»Äh ...«

»Ja?«

Seine Stimme klingt besorgt.

»Schon gut, komm vorbei.«

Als er später bei mir ist, umarmen wir uns.

»Und packst du schon?«, frage ich bissig.

»Natalie, was ist los?«

»Jonathan, du hast ein unschlagbares Angebot und gehst nach Moskau. Da bin ich eben traurig.«

»Hey, ich habe doch noch gar nicht zugesagt!«

»Du musst zusagen, sonst wirst du es dir ewig vorwerfen. Solch ein Angebot schlägt man nicht aus.«

»Meinst du?«, fragt er mit einem Lächeln. »Ist schon ein geiles Angebot.«

178

Er strahlt wie ein Honigkuchen-Pferd.

»Du hast aber nicht deshalb gekündigt, oder?«, fragt er.

Ich zucke mit den Achseln.

»Das ist nicht dein Ernst!«

»Na ja, du gehst nach Moskau und beginnst einen neuen Lebensabschnitt und ich muss jetzt auch einen neuen Schritt wagen.«

»Du kannst doch mitkommen«, sagt er etwas unsicher.

»So ein Quatsch.«

»Warum?«

»So etwas kann nur schiefgehen.«

»Aber, du hast doch jetzt keinen Job mehr, also bist du ungebunden ... Und ich werde eine gehörige Gehaltserhöhung bekommen ...«, stammelt er.

»Jonathan, ich will mich nicht von dir aushalten lassen. Außerdem haben wir einfach verschiedene Ziele im Leben, schon allein durch unser Alter. Du musst dich im Job erst noch beweisen und dann willst du eine Familie gründen.«

»Aber ...«

»Ich glaube, der Altersunterschied macht doch viel aus.«

»Schon wieder dieses Alters-Thema«, sagt er genervt.

»Es ist eben da, wir können es nicht ignorieren. Jo, ich habe nachgedacht, in drei Wochen werde ich vierzig Jahre alt. Ich habe immer Kompromisse gelebt. Jetzt will ich endlich die Dinge machen, die ich bisher opfern musste.«

»Was redest du da?«, fragt Jonathan.

»Du sollst nicht denselben Fehler machen wie ich und jemandem zuliebe etwas verpassen.«

»Worauf willst du hinaus?«

»Siehst du denn nicht, dass sich uns unterschiedliche Türen auftun? Ich möchte nach Kuba. Ich hatte vor einigen Jahren schon alles geplant, ich wollte für sechs Monate dorthin, doch Holger kam dazwischen ...«

»Nach Kuba? Dann komme ich mit nach Kuba.«

»Jo, du hast ein Angebot für Moskau und du musst es annehmen, das bekommst du nicht ein zweites Mal.«

»Moment, Natalie ... Sag mal, du machst wieder Schluss mit mir?«, fragt er etwas ungläubig.

Ich schaue zu Boden und entgegne nichts, fühle mich nur hundeelend, denn er hat es gerade auf den Punkt gebracht.

»Na toll, eine Frau, die zwei Mal Schluss mit mir macht.«

»Ich will doch nur, dass du nichts bereust im Leben.«

»Du bist nicht meine Mutter«, zischt er mich an.

Wir schauen uns einige Zeit an, ohne dass jemand etwas sagt.

»Okay, ich glaube, ich habe es kapiert. Ich gehe nun durch diese Tür und dann war es das«, sagt er schließlich.

Ich beginne zu weinen. Die Trennung ist hart.

Aber besser jetzt als später, denke ich.

Ich muss jetzt stark bleiben.

»Du musst erwachsen werden, Natalie«, sagt Jo, als er schon im Türrahmen steht. »Wir hatten etwas sehr Schönes und du hast es zerstört.«

Dann geht er.

Ich frage mich, ob ich den größten Fehler meines Lebens gemacht habe.

KAPITEL 21

Ich sitze im Flieger nach Havanna. Mein Herz fühlt sich so schwer an, als ob es jemand mit Steinen gefüllt hätte. Ich muss immerzu an Jo denken und träume davon, wie es gewesen wäre, wenn wir uns in einem anderen Leben kennengelernt hätten. Ich habe mal in einem Psychologie-Ratgeber gelesen, dass man aus allem im Leben etwas Positives mitnehmen muss. Ich habe Liebe geschmeckt, und das erlebt nicht jeder. Damit versuche ich mich zu trösten.

Ich schaue mich um und sehe nur glückliche Menschen, die sich auf ihren Urlaub freuen. Ich beschließe, dass ich meine Traurigkeit und die Steine im Herzen im Flugzeug lassen werde und mich auf das lebensfrohe Kuba einlasse.

Endlich kommt die ersehnte Meldung des Kapitäns: »Wir befinden uns im Anflug auf Havanna. Die Temperatur beträgt 32 °C.«

Ich stelle mir vor, wie ich aus dem Flieger steige und mich eine warme Brise umfängt, fröhliche Menschen heißen mich willkommen. Stattdessen sehe ich beim Aussteigen gar nichts vom Sonnenschein. Wir werden über eine Gangway in das Flughafengebäude geschleust, in dem die Klimaanlage so außer Kontrolle geraten ist, dass ich mir aus meinem Rucksack die Fleece-Jacke und den Schal auspacke. Begrüßt werden wir von grimmigen Polizisten mit Drogen-Spürhunden.

Na gut, denke ich, *das ist nur der Flughafen. Das könnte überall auf der Welt genauso sein.*

Ich lasse mich von den Zollbeamten bereitwillig bei der Einreise fotografieren. Dann gehe ich zur Gepäckausgabestelle. Diese befindet sich in einer großen Halle, in der Hunderte Menschen wild umherlaufen. Es gibt mehrere

Ausgabebänder, allerdings ist keines davon beschriftet und es ist völlig unklar, wo die Gepäckstücke aus welchem Flieger ankommen.

»Entschuldigung, wissen Sie, wo das Gepäck aus Toronto ankommt?«, fragt mich ein älterer Herr auf Englisch. Der Schweiß steht ihm trotz der Klimaanlagenkälte auf der Stirn.

Als ich mit den Achseln zucke, stöhnt er frustriert auf und geht weiter. Ich entdecke ein paar Gesichter, die ich in meinem Flieger gesehen habe, an einem Band in der hinteren Ecke der Halle. Also gehe ich dorthin.

Dort angekommen fragen mich die anderen Passagiere: »Entschuldigung, wissen Sie, ob hier das Gepäck aus Frankfurt ankommt?«

»Nein, ich dachte, Sie wissen es.«

Ich entdecke einen braungebrannten Menschen, der einen blauen Overall trägt und so aussieht, als könnte er hier arbeiten. Ich spreche ihn auf Englisch an, aber er scheint mich nicht zu verstehen.

Die anderen Fluggäste aus Deutschland haben sich mittlerweile zu einem anderen Gepäckband aufgemacht, weil das Gerücht umgeht, dass unsere Koffer dort gelandet sein könnten. Vor diesem türmt sich ein Stapel Koffer, die von einem Flughafenmitarbeiter vom Band gehievt werden, der die ganze Zeit auf Spanisch flucht. Ich kann mir vorstellen, dass er demnächst einen Bandscheibenvorfall erleiden wird.

Nach einer Stunde halte ich meinen Koffer endlich in den Händen. Zum Glück hat mir die Dame vom Reisebüro ein Taxi dazugebucht. Doch am Ausgang kann ich niemanden entdecken, der auf mich wartet. Nach einer Weile kommt ein freundlicher Herr auf mich zu, der ein Schild mit der Aufschrift »Nataly Jerzo« hochhält.

»Natali Cherso?«, fragt er.

Das bin dann wohl ich. Ich begrüße ihn und freue mich schon auf meine erste Fahrt in einem Oldtimer. Doch als wir zu dem Wagen kommen, handelt es sich um einen zwanzig Jahre alten verrosten Mitsubishi.

»Ich dachte, man darf seit sechzig Jahren keine Autos nach Kuba importieren?«, frage ich den Fahrer, aber er versteht mein Englisch nicht.

Während der schlaglochreichen Fahrt ins Zentrum der Stadt suche ich auf der Straße nach alten Autos. Aber ich sehe hauptsächlich Fahrradfahrer und Pferdekarren. Die wenigen Autos sind Renaults und alte sowjetische Ladas.

Mein Hostal liegt mitten in der Altstadt in der *Calle Habana*. Ich stelle mir die Straße im Zentrum der Zwei-Millionen-Metropole als eine Art Boulevard vor. Dementsprechend verwundert bin ich, als der Taxifahrer in einer Gasse anhält, durch die keine zwei Autos gleichzeitig passen würden. Hinter der verfallenen Hausfassade würde ich eigentlich kein Hostal vermuten. Die Fotos im Internet sahen irgendwie schöner aus. Als ich aussteige, kommt sofort ein Kubaner auf mich zu und klingelt für mich. Die Koffer trägt er mir leider nicht hoch. Als ich die enge Treppe in dem unbeleuchteten Flur in den vierten Stock hochkraxle, kommen mir Zweifel, ob ich hier wirklich richtig bin. Nicht, dass ich in irgendeiner Spelunke lande und ausgeraubt werde!

Doch oben angekommen erlebe ich eine Überraschung. Ich blicke in einen wunderschönen Salon im Kolonialstil mit riesigen Spiegeln, antiken Möbeln und atemberaubenden Leuchtern. Ein junger Mann empfängt mich und zeigt mir mein Zimmer. Auch hier hängt ein gigantischer Leuchter von der vier Meter hohen Decke. Mir bleibt die Luft weg. Endlich bin ich in meinem Kuba angekommen!

Nachdem ich mich aufs Bett gelegt habe, fällt mir auf, dass ich seit meiner Landung nicht ein einziges Mal an Jo denken musste. Doch als ich merke, dass mich wieder Traurigkeit erfasst, weil ich ihn so sehr vermisse, mache ich mich frisch und beschließe Havanna zu erkunden.

Ich werde das Land entdecken, um den Reiseführer zu schreiben, der schon vor Jahren hätte geschrieben werden müssen. Und nebenbei hoffe ich, dass ich hinter das Geheimnis der Fröhlichkeit der Kubaner komme und so meine eigene Glückseligkeit finden kann. Ich nehme eine Karte der Altstadt mit, aber ich beschließe, mich erst einmal treiben zu lassen. Also gehe ich einfach los.

Es dauert keine zwei Minuten, bis mich ein Mann auf der Straße stoppt.

»Taxi! Taxi!«

Ich verneine freundlich und gehe weiter.

An der nächsten Ecke sind es zwei Männer, einer von links und einer von rechts.

»Taxi! Taxi!«

Ich biege in eine Straße ein. Eine Fahrrad-Rikscha überholt mich.

»Taxi! Taxi!«

»Nein, danke.«

Bald höre ich auf, die Taxi-Angebote zu zählen. Es ist gar nicht so einfach, sich auf die Stadt zu konzentrieren, wenn man ständig angesprochen wird. *Na gut, die Kubaner müssen ja von etwas leben*, denke ich.

Mir fällt aber auf, dass ich noch gar keine Musik gehört habe. Die Leute sitzen vor den Hauseingängen. Doch es wird nicht heftig diskutiert, wie ich das aus

Südeuropa kenne. Auch hat niemand sein Radio an, was mich doch verwundert. Vielleicht bin ich einfach im falschen Viertel? Vor den Geschäften stehen die Einheimischen in langen Schlangen und warten. Sie haben die Arme verschränkt und starren gelangweilt in der Gegend herum.

Die Häuser in der Altstadt waren alle einmal wunderschön. Teilweise sind sie restauriert und in einem herrlichen Türkis oder Rosa gestrichen. Gleich daneben finden sich aber völlig verfallene, graue Häuserreste, die jeden Moment einstürzen könnten und die nur provisorisch abgestützt sind.

Nachdem ich aus einer engen Gasse getreten bin, stehe ich plötzlich vor dem riesigen Capitolio, dem ehemaligen Regierungssitz, der gerade renoviert wird. Ich befinde mich nun im Herzen der Stadt. Als ich über den Boulevard gehe, kommt ein Pärchen an mir vorbei. Sie sind die ersten Kubaner, die ich lächeln sehe.

»Hey, wo bist du her?«, fragt der Mann auf Englisch, als er meinen Blick sieht.

»Deutschland«, antworte ich.

»Oh, Deutschland!«, sagt er begeistert. »Kennst du *Buena Vista Social Club*?«

»Na klar«, sage ich, »der Regisseur ist doch Deutscher.«

»Ich bin Salsa-Lehrerin«, erzählt die Frau.

»Ehrlich?«

»Ja. Wie gefällt dir Kuba?«, fragt sie.

»Bis jetzt gut, ich bin gerade angekommen.«

»Wirklich? Dann musst du dir unbedingt noch ein paar Festivals anschauen. Die sind sehr gut und eines ist auch umsonst. Das ist besser als diese touristischen Veranstaltungen.«

185

Meine erste richtige Begegnung und dann treffe ich gleich so nette Menschen! Das würde mir in Deutschland nie passieren.

»Heute Abend gibt es ein Konzert, so wie *Buena Vista Social Club*.«

»Oh, schön.«

»Komm mit, wir zeigen dir, wo es ist. Da in dem Café gibt es eine richtig gute Karte.«

Eigentlich würde ich nie einfach auf der Straße mit Fremden mitgehen, aber die beiden sind so freundlich. Also folge ich ihnen ins Café *Guantanamera*, das dem Bacardi-Haus gegenüberliegt. Es ist ein wunderschönes Art-déco-Hochhaus, von dem ich bereits in einem Reiseführer gelesen habe.

»Ach weißt du, das Leben ist wirklich nicht einfach hier«, erzählt die Frau, die sich mittlerweile als Gloria vorgestellt hat.

»Das glaube ich«, antworte ich.

Sie setzt sich an einen Tisch und beginnt mir Adressen aufzuschreiben.

»Komm setz dich.«

Das geht mir zu schnell, also bleibe ich lieber stehen. Ich bin ein bisschen hin- und hergerissen. Eigentlich wollte sie mir doch nur etwas auf einer Karte zeigen.

Der Mann, Ramón, kommt mit dem Kellner an, der drei Drinks auf seinem Tablett hat.

»Komm, trink mit uns«, bittet er.

»Oh«, stammle ich. »Um diese Uhrzeit trinke ich noch keinen Alkohol.«

»Nein, das ist nur eine Erfrischung ohne Alkohol. Das ist die Spezialität des Hauses mit Minze und Limette.«

Bevor ich etwas entgegnen kann, stellt der Kellner die Gläser ab und Gloria beginnt, mir etwas über das schwere Leben in Kuba zu erzählen.

186

»In Havanna ist es schlimm, so viele Menschen müssen zusammen in einer Wohnung wohnen. Wir leben mit acht Leuten in zwei Zimmern. Wir sind seit fünf Jahren verheiratet, aber zum Sex müssen wir an den Strand gehen.«

Ramón, der sich mittlerweile ebenfalls gesetzt hat, stützt seinen Kopf auf seinen Arm und nickt traurig. So viele Informationen wollte ich eigentlich gar nicht haben. Langsam wird mir die Situation unangenehm.

»Weißt du«, sagt Gloria. »Alles ist so teuer hier. Sogar das Milchpulver. Wir haben ein Baby, das Milchpulver kostet sechs CUC.«

Ich bin immer noch etwas verwirrt bei den kubanischen Währungen, denn es gibt zwei. Den kubanischen Peso für die Einheimischen, der fast nichts wert ist, und für die Touristen den konvertiblen Peso, kurz CUC, dessen Wert dem Dollarkurs entspricht. Sechs CUC sind also sechs US-Dollar! Das ist ein Viertel eines kubanischen Monatslohns.

Gloria zeigt mir jetzt ein Bild ihrer Tochter. Mit Tränen in den Augen bittet sie mich, ihr Milchpulver zu kaufen. Das arme Baby.

Trotzdem wird mir das langsam zu viel. Ich möchte mein Getränk bezahlen und gehen. Vielleicht kann ich ja mit Gloria und Ramón noch schnell eine Packung Milchpulver kaufen. Ich überschlage im Kopf mein Budget. Doch da bringt der Kellner eine Rechnung über achtzehn CUC. Die haben mich übers Ohr gehauen! Ich diskutiere mit dem Kellner, doch der kann kein Englisch. Daher versuche ich es mit Gloria, schließlich kann es unmöglich sein, dass Wasser mit Minze so viel kostet.

»Doch so viel kostet das hier auf Kuba, es ist ein sehr teures Land.«

»Nein, ihr habt mich verarscht«, rufe ich wütend.

»Nein, haben wir nicht, du hast getrunken und uns eingeladen und du musst es bezahlen, das ist doch in Deutschland genauso.«

Ich kann nicht glauben, dass diese unglaublich netten Menschen mich gerade so über den Tisch gezogen haben. Ich werfe einen Zwanzig-CUC-Schein hin und will gehen.

»Aber was ist mit dem Milchpulver?«, fragt Gloria.

Ich sehe sie böse an.

»Gib mir wenigstens deine Haarklammer«, sagt sie und greift mir an den Kopf.

»Schämt euch. Kein Wunder, dass es diesem Land schlecht geht!«

Als ich auf die Straße trete, erscheint mir Kuba gar nicht mehr so schön und die Menschen, die gerade die Straßen füllen, kommen mir auch nicht mehr so nett und lebensfroh vor. Am liebsten würde ich die Frau an den Haaren ziehen und mein Geld zurückverlangen. Ich habe gerade umgerechnet fünfzehn Euro für drei Mal Wasser mit Minze und etwas Zucker bezahlt.

Okay, die Lektion habe ich gelernt. Menschen, die in Armut leben, müssen um ihr Überleben kämpfen. Und Touristen mit US-Dollar kommen ihnen da gerade recht. Da macht auch Kuba keine Ausnahme.

Ich laufe weiter ohne Ziel durch die Stadt und folge einfach den anderen Touristen. Diese führen mich zum Floridita. In dieser Bar war Ernest Hemingway gerne zu Gast. Drinnen begegnen mir Menschen aus England, Kanada, Italien und natürlich Deutschland. Irgendwie fühle ich mich unter den ganzen Touristen zu Hause.

Ich setze mich an die Bar, gleich neben Hemingway, besser gesagt, seine Bronzeskulptur. In irgendeinem Reiseführer stand, dass das Floridita zu den teuersten Etablissements in Havanna gehört. Ich bestelle mir einen richtigen Drink mit Alkohol. Dann setze ich mich in den Speiseraum. Um meine Wut zu mildern, ordere ich die teuerste Languste auf der Karte. Wenn ich schon übers Ohr gehauen werde, dann wenigstens für ein gutes Essen.

KAPITEL 22

Zwei Wochen später sitze ich mit einigen anderen Gästen auf der Dachterrasse des Hostals. Nacht legt sich über die Stadt. Die Terrasse ist eine kleine Oase inmitten der grauen Bauruinen um uns herum. Von hier oben sieht es aus, als könnte die ganze Stadt jeden Moment in sich zusammenfallen.

Während ich über die Dächer blicke und die vielen kleinen Lichter in den Häusern sehe, überkommt mich eine tiefe Sehnsucht nach Jo. So geht es mir häufig abends, wenn ich alleine hier bin und zur Ruhe komme. Ich muss versuchen, auf andere Gedanken zu kommen, um ihn zu vergessen.

Mittlerweile habe ich meinen Intensiv-Spanischkurs mit meinem Privatlehrer abgeschlossen. Natürlich spreche ich die Sprache nur gebrochen, aber ich schaffe es, mich einigermaßen zu verständigen.

Nebenher habe ich schon Einiges über Kuba gelernt. Mein Lehrer hat mir bestätigt, dass das Land überhaupt nicht so ist, wie es in den westlichen Medien gezeichnet wird. Dass die Menschen den ganzen Tag auf der Straße Salsa tanzen, ist ein Wunschtraum aus der Urlaubswerbung.

Ich bin frustriert, da ich nicht weiß, womit ich meinen Reiseführer füllen soll. Von Menschen, die über den Sozialismus und den täglichen Überlebenskampf klagen, will kein Leser hören. Ich habe das Gefühl, dass nichts, was ich anpacke, funktioniert. Vielleicht hätte ich mit Jo nach Moskau gehen und einen Reiseführer über Russland schreiben sollen. Doch diese Brücke habe ich verbrannt.

Ich würde meinen Frust gerne in Mojitos ertränken, aber irgendwie bekomme ich sofort Kopfweh von dem Rum in Kuba. Wahrscheinlich panschen sie auch noch den Alkohol.

Während ich mit meinem Virgin Mojito dasitze und auf die Stadt starre, kommen Steffi und Klaus an meinen Tisch. Sie sind ein Musikerpärchen aus Österreich und erst gestern angekommen.

»Und wie gefällt euch Kuba?«, frage ich.

»Also, heute ist uns was ganz Verrücktes passiert«, erzählt Klaus. »Wir haben auf den Stadtplan geschaut, weil wir uns verlaufen hatten. Da kam eine sehr nette Frau, die uns sofort weitergeholfen hat. Als ich gefragt habe, wie wir ihr danken können, hat sie uns gebeten, dass wir Milchpulver für ihr Kind kaufen.«

»Sie hat uns erzählt, dass das hier acht CUC kostet«, sagt Steffi. »Was ja unbezahlbar ist für Kubaner.«

»Wir sind dann auch mit ihr zum Laden gegangen«, erzählt Klaus weiter. »Aber statt einer Packung hat sie drei eingepackt und an die Kasse gebracht. Kaum habe ich mich umgesehen, war sie schon mit der Tüte verschwunden – und ich stehe da mit der Rechnung von vierundzwanzig CUC.«

»Tja, so was Ähnliches habe ich auch erlebt«, antworte ich.

»Redet ihr gerade über Milchpulver?«, fragt der deutsche Urlauber vom Nebentisch, der von seinem Buch aufsieht.

Wir lachen.

»Ach, Ihnen ist das auch passiert?«, fragt Klaus.

»Klar. Aber beim zweiten Mal bin ich nicht mehr darauf reingefallen.«

»Also, wenn man die Dokumentarfilme sieht oder Reiseführer liest, dann hat man eine ganz andere Vorstellung von Kuba«, meint Steffi. »Aber, dass sie nur dein Geld wollen, sagt dir keiner.«

»Ach«, erwidert der andere Tourist. »Hier ist es doch harmlos. Wenigstens wird man nicht erstochen, wie in Brasilien oder Mexiko.«

Wieder lachen wir. Während wir uns über unsere Erlebnisse austauschen, kommt mir eine Idee.

*

Internet-Cafés sind eine große Rarität auf Kuba. Wenn man doch eins findet, kann man froh sein, wenn die Telefonleitungen nicht gerade zusammengebrochen sind.

Mein Sprachlehrer hat mir erklärt, dass die Regierung kein großes Interesse daran hat, dass das Netz in Kuba funktioniert. Deshalb investieren sie nicht in den Ausbau. Privatpersonen können sowieso keinen Anschluss beantragen und müssen stattdessen für vier CUC die Stunde in ein Hotel oder ein Internet-Café gehen. Das ist selbst für mich als Touristin teuer, zumal ich langsam anfangen muss, sparsam mit meinem Geld umzugehen. Für meine Reise habe ich alle meine Ersparnisse geplündert. Wenn ich noch ein paar Monate hier aushalten will, muss ich gut haushalten.

Ich frage im Hotel Plaza, in der Nähe des Bacardi-Hauses, ob das Internet funktioniert.

»Aber natürlich«, sagt der Mann an der Rezeption, als ob das der Normalzustand wäre. Er führt mich zu einem Nebenraum, in dem mehrere Rechner stehen.

Eigentlich will ich in meinen E-Mail-Account, doch ich verfalle der Versuchung, nach Jo zu googeln. Was er wohl macht? Schnell lande ich auf der Startseite seines Popkultur-Blogs, wo ich den neusten Beitrag lese, der schon zehn Tage alt ist.

Das intergalaktische Rauschen ist vorbeigezogen
Liebe Mitkosmonauten in den Weiten des WWW, ich weiß,

für viele von euch war diese Seite in den letzten Jahren eine Oase der hintergründigen Kultur und der leisen Überraschungen in der lauten Informationsflut des Netzes. Leider kann ich den Blog nicht weiterbetreiben. Neue Ufer warten, die entdeckt werden wollen. Klar, da wäre einmal die berufliche Seite – das Geld, der Mammon, wie ihr wollt – dessen Ruf ich zur Abwechslung auch mal folgen muss. Aber da ist auch noch diese neue Webseite, die ich ins Leben gerufen habe, und die zurzeit meine volle Aufmerksamkeit benötigt. Vielleicht folgt ihr mir ja, wenn ich neue Töne anschlage. Wenn nicht, auch gut.

Euer Jo

Darunter befindet sich der Link zu seiner neuen Seite: *broken-heart-stories.de*

Ich klicke darauf und traue meinen Augen nicht, als ich den Inhalt sehe. Auf seinem neuen Blog sammelt Jo Liebeskummer-Geschichten, die ihm seine Leser einschicken, und schreibt auch selbst Beiträge zu diesem Thema. Die Seite scheint ein großer Erfolg zu sein, da jeder Beitrag mindestens hundert Kommentare hat. Auf der rechten Seitenleiste ist ein Facebook-Kasten angebracht, in dem angezeigt wird, dass die Seite bereits über fünftausend Fans hat. Und das in so wenigen Tagen! Es ist unglaublich, wie Jo das geschafft hat.

Ich freue mich für ihn, dass er mit einem Herzensprojekt so viel Erfolg hat, auch wenn es ein Gebrochene-Herzen-Projekt ist. Andererseits ist mir klar, dass ich in dieser Geschichte der Bösewicht bin. Scheinbar habe ich wirklich sein Herz gebrochen. Habe ich seine Gefühle nicht ernst genug genommen?

Ich lese seinen neusten Eintrag.

Sind eigentlich alle Frauen männerverschlingende Monster?

Immer wieder wird darüber geschrieben, dass Männer Frauen verletzen. Doch die Art von Frauen uns zu verletzen ist viel perfider.

In der Beziehung sind sie uns einfach überlegen. Männer verlassen meistens eine Frau, weil sie eine andere gefunden haben. Doch Frauen sind da viel undurchsichtiger. Vor allem schaffen sie es, uns Männern glauben zu machen, dass sie uns eigentlich nur zu unserem Besten verlassen. Sie tun so, als wäre es reine Nächstenliebe. Statt ehrlich zu sein und zu sagen: »Liebling, das passt nicht, der Sex ist langweilig«, heißt es: »Ich liebe dich, aber ein Leben mit mir würde dir zu viele Grenzen setzen. Das möchte ich nicht, weil ich dich so unglaublich liebe« oder »Ich schränke dich in deiner Entwicklung ein, ich bin nicht gut für dich.«

Jungs, habt ihr solche Sprüche auch schon gehört? Hier könnt ihr sie uns mitteilen. Und Mädels, warum seid ihr so? Könnt ihr uns Männern das mal erklären?

Ich fühle mich bloßgestellt. Für mich ist es keine Frage, wen er mit diesem Text über Frauen meint. Ich schließe die Seite.

Doch ich habe das Bedürfnis auf seinen Blog zu reagieren. Also öffne ich die Seite erneut und klinke mich in die Debatte ein. Aber ich kann mich nicht einfach als Natalie melden, das wäre zu erbärmlich. Wie wäre es, wenn ich ein Pseudonym verwende? Machen ja viele im Internet. Am besten ein männliches. Vielleicht nimmt er meinen Kommentar dann eher ernst. Der erstbeste Name, der mir in den Sinn kommt, ist Carlos, der Vorname meines Sprachlehrers. Also verfasse ich folgenden Text im Kommentarfeld:

Hallo Jo,
mit Interesse verfolge ich deinen Blog. Er ist jedoch sehr einseitig geschrieben. Du hast dir wohl ganz schön die Finger verbrannt. Glaubst du wirklich, dass der Sex der Grund war, warum sie Schluss mit dir gemacht hat?
Viele Männergrüße – Dein Carlos.

Ich sehe, dass ich noch eine E-Mail-Adresse angeben muss, damit der Kommentar freigeschaltet werden kann. Ich kann unmöglich meine normale Adresse angeben, dann würde er mich sofort entlarven. Aber ich habe noch einen Hotmail-Account, den ich mir für Werbe-Newsletter eingerichtet habe. Die Adresse besteht aus einer unverfänglichen Kombination aus Buchstaben und Zahlen, also gebe ich sie ein. Ich drücke auf Return und tatsächlich, mein Post erscheint auf seinem Blog.

Ich frage mich, ob das nicht zu wirr war. Doch irgendwie geht es mir jetzt besser. Ich habe das Gefühl, Jo in meiner Nähe gehabt zu haben.

Um mich abzulenken, schreibe ich die E-Mail, wegen der ich eigentlich ins Internet gegangen bin. Ich suche die Mail-Adresse meines Lieblings-Reisebuch-Verlages heraus, der bereits zahlreiche Konzepte, die ich eingeschickt habe, abgelehnt hat. Eigentlich ist es eine Schnapsidee. Aber das ist mir egal. In drei knappen Absätzen umreiße ich die Idee, die ich gestern Abend auf der Terrasse hatte. *Kuba, wie es wirklich ist* – das ist der Titelvorschlag für meinen Reiseführer über das reale Kuba fernab aller Klischees der Rum-Werbung. Der Untertitel lautet: *Kaufst du meinem Kind Milchpulver?*

KAPITEL 23

Gegen dreizehn Uhr treffe ich mich mit meinem Sprachlehrer Carlos, der mich unbedingt zum Essen einladen will, bevor ich morgen meine Rundreise über die Insel starte. Er wohnt in einer kleinen Einzimmerwohnung in der Altstadt und kocht typisch-kubanische Ropa Vieja für uns beide, ein Gericht aus gehacktem Rindfleisch in Tomatensauce mit Reis. Von außen sieht das Haus wie eine Bruchbude aus, aber das Apartment ist sehr stilvoll eingerichtet.

Carlos entspricht überhaupt nicht dem Klischee des Latino-Machos. Er ist ein kleiner schlanker Mann Ende vierzig und trägt eine Brille. Wie fast jeder Kubaner hat er studiert und eine sehr gute Allgemeinbildung.

»Ich habe einen Uni-Abschluss in drei verschiedenen Sprachen. Klar, dass ich nur mit Touristen arbeiten kann«, witzelt er.

»Das ist eine schöne Wohnung. Wohnst du alleine hier?«, frage ich.

»Ja. Meine Tochter studiert in Santiago und meine Frau ist mit einem Exilkubaner abgehauen.«

»Oh«, sage ich.

Er zuckt mit den Achseln. »Ich kann's ihr nicht verübeln.«

Während des Essens beantwortet Carlos mir viele Fragen zur kubanischen Gesellschaft.

»Weißt du, bei uns verdient ein Lehrer oder ein Arzt 25 CUC im Monat, während ein Zimmermädchen genauso viel an einem Tag zusammenbekommt, solange sie genug Trinkgeld einsammelt. Wir haben auch viel zu viele Studierte. Dafür gibt es kaum Handwerker, und wenn du dir privat einen nach Hause kommen lässt, verlangt er astronomische Summen. Die Generation der Dreißig- bis Fünfundvierzigjährigen bricht uns immer mehr weg. Die sind alle nach Miami abgehauen. Und unsere Geburtenrate ist so niedrig wie in den westlichen Ländern. Wir sind ein Dritte-Welt-Land mit Problemen der Ersten Welt«, bringt er es auf den Punkt.

»In Deutschland heißt es immer, bei euch würden die Menschen den ganzen Tag auf den Straßen tanzen.«

Er lacht.

»Na, das gibt es höchstens in den Touristen-Resorts. Oder im Hotel Florida. Da gibt es die besten Salsa-Tänzer in Havanna. Und viele europäische Damen mittleren Alters. Das solltest du dir unbedingt noch ansehen. Dort geht es abends um einundzwanzig Uhr los. Das ist sicher auch für deinen Reiseführer interessant. Ich würde ja gerne mit dir hingehen, aber leider kann ich nicht tanzen. Doch wenn du mal am Strand spazieren gehen möchtest, begleite ich dich sehr gerne.«

»Klar, warum nicht«, antworte ich.

Die Gesellschaft von Carlos ist sehr angenehm, aber ich werde das Gefühl nicht los, dass er etwas von mir will.

»Natalie, es wundert mich, dass so eine schöne Frau alleinstehend ist.«

»Du Charmeur«, lächle ich etwas verlegen.

»Nein, das meine ich wirklich, du bist eine sehr schöne Frau.«

Vielleicht sollte ich bald aufbrechen, denke ich. Andererseits tut es mir gut, solche Komplimente zu hören.

Gegen sechzehn Uhr mache ich mich auf. Es ist eine dieser Verabschiedungen, bei der man nicht weiß, ob man sich die Hand schütteln, sich umarmen oder sich ein Küsschen geben soll. Wir versuchen alle drei Varianten und es ist ein bisschen peinlich.

Carlos ist der erste vertrauenswürdige Mensch, den ich in Kuba getroffen habe, und ich fühle mich wohl in seiner Gegenwart. Aber ich freue mich, dass ich jetzt erst einmal nicht über Männer nachdenken muss, sondern zwei Wochen alleine durchs Land reisen kann.

*

Am nächsten Morgen sitze ich im Viazul-Bus, der von der staatlichen Tourismusagentur betrieben wird. Der Bus sammelt die Reisenden an mehreren Haltestellen in Havanna ein und ist verhältnismäßig preiswert. Ich bin auf dem Weg ins Viñales-Tal. Die Region liefert siebzig Prozent des kubanischen Tabaks oder, wie es Carlos formuliert hat: »Sie ist für siebzig Prozent des Lungenkrebses in diesem Land verantwortlich.«

Heute ist mein vierzigster Geburtstag und ich freue mich, dass die Sonne scheint. Für diesen besonderen Tag habe ich extra ein Hotel gebucht, obwohl ich sparsam mit meinem Geld umgehen muss. Aber das *Los Jazmines* liegt auf einer Anhöhe mit einem wunderschönen Blick über das Tal und besitzt einen Swimming-Pool. Einmal im Leben an meinem Geburtstag im Pool schwimmen und einen Cocktail trinken, das ist ein großer Traum von mir. Das ist gar nicht so einfach, wenn man im Januar geboren ist.

Nach nicht einmal zwei Stunden Fahrt hält der Bus an einem Rastplatz an. Dort gibt es eine riesige Bar. Rustikales Holz sorgt für ein tolles Ambiente. Eine dreiköpfige Band geht von Tisch zu Tisch und singt den Gästen gegen Trinkgeld persönliche Ständchen. Natürlich gibt es auch einen großen Souvenir-Shop, in dem es die wenigen Mitbringsel zu kaufen gibt, die man in Kuba findet: Rum, Zigarren, CDs und schlecht verarbeitete Che-Guevara-Shirts.

Ich gönne mir einen frisch gepressten Ananas-Saft, der mit reichlich Eiswürfeln im Glas serviert wird. Als die Fahrt weitergeht, kann ich die schöne Umgebung leider nicht genießen. Mir wird so richtig übel. Ich hätte die Eiswürfel nicht nehmen dürfen. Davor wird immer gewarnt, sogar in den Hochglanz-Reiseführern.

Nach weiteren neunzig Minuten erreichen wir endlich unser Ziel. Ich renne als Erste aus dem Bus. Am Eingang steht der Hotelmanager, der uns mit einem strahlenden Lächeln begrüßt: »Herzlich willkommen in unserem paradiesischen ...«

Ich stürme an ihm vorbei und übergebe mich in der Lobby des Hotels in einen Blumenkübel. Die Blumen sind wirklich paradiesisch.

»Nie wieder Eiswürfel«, sage ich, als ich sehe, dass mich die anderen Gäste, die mit ihren Mojitos an der Bar sitzen, fassungslos anblicken. Ein dicker Tourist mit Hawaii-Hemd gibt seinen eiswürfelgefüllten Drink spontan dem Barkeeper zurück.

Ich hole meinen Koffer und werde von den Angestellten mit bösen Blicken bestraft. Irgendwie schaffe ich es, einzuchecken. Der Concierge trägt mein Gepäck aufs Zimmer. Als ich ihm brav sein Trinkgeld gebe, erzählt er mir, wie toll er die Deutschen findet. Vor allem Bayern München.

Nachdem ich eine Stunde geschlafen habe, mache ich die Balkontür auf und sehe ein wunderschönes, atemberaubendes Tal. Es sieht ein bisschen wie ein verlorenes Paradies aus. Diese starken grünen Pflanzen und diese unglaublich rote Erde! Was für ein Kontrast. Überall zwischen den Feldern tauchen riesigen Kalkfelsen auf. Im Reiseführer stand, dass hier in Vorzeiten das Meer war, und so sieht es auch aus. Die Felsen haben keine Spitzen, sondern Plateaus. Ich bin hingerissen. Bei solchen Naturschönheiten muss man das Land lieben.

Nachdem ich viel Wasser getrunken habe – natürlich Mineralwasser – geht es mir besser. Also ziehe ich meinen Bikini an und gehe zum Pool. Ich bestelle mir sogar einen Cocktail, aber weil ich mich in meinem Zustand nicht traue, ihn richtig zu trinken, nippe ich nur daran.

Als ich ein paar Bahnen schwimme, bin ich wieder einmal von dem Ausblick überwältigt. Die Natur in Kuba ist wie ein kleines Stück vom Garten Eden. Eigentlich müsste ich glücklich sein. Doch als ich mich auf die Liege setze, überkommt mich wieder diese Sehnsucht nach Jo. Ich würde so gerne diesen wunderschönen Moment mit ihm teilen. Alleine ist es nur halb so schön.

Um wenigstens ein bisschen meine Sehnsucht nach ihm zu stillen, entscheide ich mich, noch einmal seinen neuen Blog zu lesen. Im Foyer frage ich, ob es Internet gibt.

»Aber natürlich«, sagt der Rezeptionist. »Gleich hier um die Ecke.«

»Wie viel kostet es denn?«

»Normalerweise fünf CUC pro Stunde. Leider ist die Leitung momentan kaputt.«

»Oh«, sage ich frustriert.

»Aber warum wollen Sie überhaupt ins Internet? Schauen Sie sich doch die Landschaft an. Wir bieten ganz abenteuerliche Wanderungen an. Ah, da drüben ist schon der Guide.«

Er zeigt auf einen Mann, der in der Lobby auf einer Couch sitzt. Er hat sonnengegerbte Haut und trägt einen Hut wie Indiana Jones.

»Warum nicht«, antworte ich. Schließlich bin ich auf Kuba, um Abenteuer zu erleben.

Eine halbe Stunde später gehen wir einen schmalen Pfad ins Tal hinab. Es ist brütend heiß und der Schweiß läuft mir nach wenigen Minuten den Körper hinunter. Als wir im Tal ankommen, zieht sich der Himmel plötzlich zu.

»Sehen aber ganz schön bedrohlich aus, die Wolken«, sage ich.

»Nein, nein, es gibt keinen Regen«, antwortet José, der Guide. »Es regnet erst morgen. Die Wettervorhersage ist hier immer korrekt. Nirgendwo auf der Welt ist sie so genau wie auf Kuba. Außerdem kenne ich mich gut aus.«

Also gehen wir weiter. José erklärt mir viel über den Tabak, die unterschiedlichen Pflanzen und das Gestein. An einem kleinen Bauernhof treffen wir auf einen Mann, Wilfredo, der gerade Unkraut jätet. Er spricht fließend Deutsch, da sein Bruder in Leipzig wohnt und mit einer Deutschen verheiratet ist.

»Und da können Sie auch die Sprache?«, frage ich erstaunt. »Sie sprechen richtig gut.«

»Ja, ich bringe mir das abends nach der Arbeit mit ein paar Büchern bei.«

Wie sich herausstellt, ist er eigentlich Ingenieur und hat zehn Jahre in Havanna eine Fabrik geleitet. Nun ist er zurück aufs Land gezogen. Sein Vater ist vierundachtzig Jahre alt.

»Seit neustem kann er die Felder nicht mehr alleine bewirtschaften«, erklärt Wilfredo.

Ich staune.

»Das Schöne ist, dass man hier auf dem Land viel ruhiger leben kann. Außerdem können wir mit der Landwirtschaft mehr Geld verdienen und uns sogar unsere eigenen Kühe für unsere Milch halten«, sagt er.

Er beantwortet alle meine Fragen, die ich ihm für meinen Reiseführer über das Leben auf dem Land stelle. Endlich einmal eine schöne Zufallsbegegnung in Kuba.

»Wenn ihr trocken nach Hause kommen wollt, dann müsst ihr euch aber beeilen«, empfiehlt Wilfredo noch.

»Ach, Quatsch«, antwortet der Guide und lächelt: »Ich wette auf die Gesundheit aller großen Helden der glorreichen Revolution und meine liebe Mama, dass wir ohne einen Tropfen Regen nach Hause kommen werden.«

Das sagt er so voller Überzeugung, dass sich keiner von uns traut, ihm zu widersprechen. Kaum sind wir zweihundert Meter weitergegangen, bricht der Regen los. Innerhalb von Sekunden ist die trockene rote Erde ein einziges Schlammbecken und wir sind von Kopf bis Fuß patschnass. Ich beginne, mir Sorgen um Josés Mutter zu machen.

Wenigstens kennt mein vom Pech verfolgter Wetterprophet einen weiteren Bauern, bei dessen Familie wir Unterschlupf finden. Seine Frau bietet mir einen köstlichen Zuckerrohrsaft mit Grapefruit an. Danach probiere ich eine Zigarre. Sobald ich einmal gezogen habe, wird mir wieder schlecht und ich lege den Glimmstängel zur Seite.

»Schmeckt es dir nicht?«, fragt José.

»Ich glaube, mir ist noch schlecht wegen der Eiswürfel.«

»Oh ja, da musst du immer vorsichtig sein«, stimmt er mir zu.

Nach einer Stunde, als der Regen etwas nachgelassen hat, machen wir uns auf den Rückweg. Da der Boden schlammig ist, haben meine Schuhe ihre Größe und vor allem ihr Gewicht verdreifacht und ihre Form ist nicht mehr zu erkennen, als wir im Hotel ankommen.

*

Am nächsten Morgen, auf dem Weg zum Frühstücksraum, fällt mein Blick auf eine Tür. *Medical Center* steht auf dem Schild. Ich habe schon gehört, dass es in Kuba in jedem staatlichen Hotel einen Doktor gibt, schließlich gibt es mehr Ärzte im Land als Handwerker.

Vielleicht sollte ich mich mal von ihm untersuchen lassen? Nicht dass ich mir irgendeinen Virus eingefangen habe. Also klopfe ich an die Tür. Der Arzt, ein äußerst freundlicher Mann Ende vierzig, bittet mich herein. In sehr gutem Englisch fragt er, welche Beschwerden ich habe.

»Ich glaube, ich habe verseuchte Eiswürfel zu mir genommen.«

»Haben Sie Durchfall?«

»Nein, aber Erbrechen.«

»Wie oft?«, fragt er.

»Gestern einmal am Mittag, und am Nachmittag war mir wieder schlecht.«

»Das waren wahrscheinlich nicht die Eiswürfel, davon hätten Sie Durchfall bekommen. Was haben Sie noch?«

»Vielleicht stehe ich kurz vor den Wechseljahren.«

»Oder Sie sind schwanger«, sagt er im Spaß.

Das bringt mich zum Lachen.

»Ach, ich bin doch schon vierzig.«

»Na und?«, fragt der Arzt.

»Wie soll ich denn schwanger sein?«

»Wissen Sie nicht, wie das geht?«, fragt er scherzhaft.

»Doch, doch, leider kann ich keine Kinder bekommen.«

»Das tut mir leid. Aber auch alleine kann das Leben schön sein.«

Wir plaudern noch ein paar Minuten. Er verschreibt mir Tabletten gegen Übelkeit. Ich verabschiede mich und gehe endlich zum Frühstück.

Zurück in meinem Zimmer, beginne ich nachzudenken. Ich stelle mich vor einen Spiegel und sehe mir meinen Körper genau an. Also mein Bauch ist definitiv nicht dick. Aber meine Brüste sehen irgendwie anders aus. Ich überlege, wann ich das letzte Mal meine Periode hatte.

Und jetzt wird mir wirklich schlecht.

KAPITEL 24

Seit meinem Gespräch mit dem Arzt verändert sich mein Körper von Stunde zu Stunde. So kommt es mir zumindest vor. Meine Brüste schwellen an und ich habe auf einmal Heißhunger auf Fleisch. Entweder stehe ich knietief in den Wechseljahren oder ich bin schwanger – oder der Arzt hat eine Schwangerschaftsneurose in mir ausgelöst und ich bilde mir das alles ein.

Meine Periode hatte ich, glaube ich, seit drei Monaten nicht. Aber das ist mit vierzig doch kein Wunder. Gewissheit wird nur ein Besuch beim Frauenarzt verschaffen. Schon in Deutschland habe ich Jahre gebraucht, um eine Ärztin zu finden, zu der ich Vertrauen habe und bei der ich mich wohlfühle. Aber hier im Ausland zu irgendeinem Gynäkologen zu gehen, nur um zu erfahren, dass ich in den Wechseljahren bin, das hat mir gerade noch gefehlt. Ich warte lieber erst einmal ab.

In den nächsten Tagen absolviere ich mein Programm wie geplant. Im Viñales-Tal unternehme ich eine Tagestour zur größten Höhle Kubas, den *Cuevas de Santo Tomás*. An meinem Abreisetag funktioniert tatsächlich das Internet. Ich habe noch knapp eine halbe Stunde, bis der Viazul-Bus am Hotel hält. Aber ich kann es kaum erwarten zu sehen, was Jo noch so schreibt. Also tippe ich ganz aufgeregt seine Webadresse ein. Der Seitenaufbau dauert ewig, wie in Zeiten des Modems, als ich voller Hoffnung auf den blauen Balken gestarrt habe, um eine E-Mail im richtigen Moment abzuschicken. Endlich erscheint die Seite. Er hat tatsächlich auf meinen Kommentar reagiert.

Hallo Carlos,

klar, ich habe mir die Finger verbrannt. Du scheinst ja ein weiser Mann zu sein. Möglicherweise kannst du uns mit deiner Frauenkenntnis erhellen ;) Vielleicht hast du einen Tipp für uns Männer mit gebrochenem Herzen.

In einem Punkt muss ich dir schon mal recht geben. Am Sex lag es wirklich nicht, dass sie sich von mir getrennt hat.

Jo

Er hat den Kommentar nur wenige Minuten nach meinem Eintrag verfasst. Mittlerweile gibt es knapp zwanzig neue Kommentare zu dem Artikel. Einige beziehen sich auf seine Aussage und ermutigen mich ebenfalls weitere Tipps zu geben. Ich schreibe einfach drauflos.

Lieber Jo,

was denkst du denn, woran es lag, dass dein Herz gebrochen wurde? Du schreibst von Frauen, die Schluss machen mit der Begründung, dass sie dich in deiner Entwicklung einschränken würden. Wie ich aus deinem Blog erkennen kann, bist du ein junger Mann mit vielen Visionen, der noch ganz am Anfang seiner Karriere und seines Lebensweges steht. Vielleicht war das gar kein perfider Spruch von ihr. Kann doch sein, dass sie das wirklich ernst gemeint hat.

Carlos

Ich will mich aus dem Internet ausloggen, weil ich den Bus vorfahren sehe. Doch da bemerke ich, dass Jo umgehend geantwortet hat.

Hi Carlos,
schön, dass du dich endlich wieder an der Diskussion betei-
ligst. Wir hatten schon eine Vermisstenanzeige aufgege-
ben. Wie erklärst du dann, dass eine Frau eine perfekte
Beziehung beendet, um sich ihrer Verwirklichung in einem
exotischen Land zu widmen?

Ich muss noch schnell darauf antworten. Also haue ich in
die Tasten:

Hallo Jo,
ich bin kein Frauenversteher, sondern einfach ein alter
Mann. Du solltest der Frau dankbar sein. Sie schenkt dir ein
Leben in Freiheit. Das ist doch wunderbar. Genieße dieses
Leben und nimm mit, was es dir gibt. Die Welt hält so viele
Abenteuer bereit, man muss sich nur auf sie einlassen. Das
ist der Rat eines alten Mannes, der die karibische Sonne
genießen darf.
Sonnige Grüße Carlos

Der Busfahrer hupt jetzt, also mache ich mich auf, damit
er nicht ohne mich weiterfährt. Im Bus denke ich über Jos
Blog nach. Er scheint es mir immer noch nicht verziehen
zu haben. Das schmerzt mich natürlich. Ich versuche, mich
auf das Planen des Reiseführers zu konzentrieren, doch das
fällt mir sehr schwer.

Mein Weg führt mich heute nach Guama in der Schwei-
nebucht. Das Hotel besteht aus vielen kleinen Bungalows,
die auf Stelzen gebaut sind. Die Sonnenuntergänge und
die Natur sind wunderschön. Aber das Essen in dem staatlichen Etablissement ist ungenießbar, es zieht in den Bun-

galows und es wimmelt von Moskitos. Sollte mein Reiseführer-Konzept einen Verlag finden, habe ich gerade die Idee für ein neues Kapitel: *10 Orte in Kuba, die sie nicht besuchen sollten.* Diese Hotelanlage ist auf jeden Fall reif für die Top 3.

Die gesamte Zeit lässt mich der Gedanke nicht los, dass ich vielleicht doch schwanger bin, so gut ich ihn auch zu verdrängen suche.

Als ich in Trinidad ankomme, wird die Neugier zu groß. Ich beschließe, mir zuerst ein Zimmer zu suchen und mich dann meiner Angst zu stellen.

Als ich aus dem Bus steige, umlagern mich von allen Seiten wild durcheinander plappernde Kubaner. Sie halten Fotos ihrer Privatunterkünfte in den Händen. Da ich noch kein Hostal gebucht habe, suche ich mir das schönste Foto aus und gehe mit der Frau mit. Mittlerweile habe ich gelernt, dass man ein sauberes Zimmer in einem privaten Hostal für 25 CUC erhält, wenn man direkt bucht. Und das inklusive eines großen Frühstücksbuffets. Beim Reisebüro habe ich dafür zehn Euro Aufschlag berappen müssen.

Die Wirtin Rosa ist eine freundliche und fleißige Frau. Sie hält das Hostal zusammen, obwohl ihr Mann der Inhaber und Chef ist. Doch der sitzt den ganzen Tag im Foyer auf der Couch und lässt sich zwischendurch von ihr dort die Fußnägel schneiden oder die Nägel polieren.

In einer ruhigen Minute frage ich Rosa, ob sie mir einen Frauenarzt empfehlen kann.

»Ja, aber natürlich«, sagt sie. »Der Neffe der Großtante meines Mannes ist ein hervorragender Gynäkologe!«

Sie ruft für mich an und vereinbart einen Termin für den nächsten Tag.

Nachdem ich mich frisch gemacht habe, nutze ich die Gelegenheit und schaue mir Trinidad an, eine der ältesten Städte in Kuba und UNESCO-Weltkulturerbe. Zurzeit feiert die Kleinstadt ihr fünfhundertjähriges Bestehen. Die Häuser im Zentrum sind alle frisch in angenehmen Gelb- und Blautönen gestrichen. Die Stadt hat sich richtig herausgeputzt. Ich spaziere über die Plaza Mayor und dann schaue ich mir ein Museum an, das in einer imposanten ehemaligen Zuckerbaron-Villa untergebracht ist.

Mittlerweile bin ich zum Internetjunkie geworden. Zum Glück funktioniert das Internet in Trinidad und es gibt sogar zwei Läden, die es bereitstellen: einen staatlichen Telefonladen, vor dem immer eine lange Schlange ist, und eine Konditorei, die im Nebenraum ein Internetcafé eingerichtet hat. Dort gehe ich direkt nach dem Museumsbesuch hin. Zuerst schaue ich mir meine E-Mails an und siehe da, ich habe eine Antwort vom Reiseführer-Verlag im Postfach. Wie kann das sein? Erfahrungsgemäß benötigen Verlage Wochen, wenn nicht gar Monate, bis sie das Absageschreiben formuliert haben.

Ich klicke auf die Mail, und mir bleibt beinahe die Luft weg, als ich den Inhalt lese. Jahrelang sende ich ernsthafte Buchkonzepte ein und erhalte eine Absage nach der anderen, jetzt schicke ich einen Schnellschuss und sie sagen sofort zu! Das Leben ist schon komisch. Ich sehe mir den Vertragsentwurf an, den sie mir mitgeschickt haben. Für meine Unkosten bieten sie mir einen Vorschuss von fünftausend Euro. Damit kann ich mir, wenn ich sparsam bin, sicher noch ein paar Monate auf Kuba finanzieren und genug Zeit zum Schreiben finden. Das Leben steckt voller Überraschungen, wenn man lange genug wartet.

Der Lektor deutet sogar an, dass ihm und dem Verlagschef mein Konzept mit dem ehrlichen Reiseführer so gut gefallen hat, dass sie sich vorstellen könnten eine ganze Reihe daraus zu machen. Natürlich müssten wir die Details später noch besprechen und sie wollen erst einmal sehen, wie das erste Buch am Markt angenommen wird.

Komisch. Eigentlich müsste ich gerade vor Freude durch die Decke gehen. Darauf habe ich jahrelang hingearbeitet. Aber jetzt fühle ich einfach nichts.

Stattdessen möchte ich unbedingt wissen, ob Jo auf meine Carlos-Kommentare geantwortet hat. Das ist auch verrückt. Da reise ich nach Kuba und stürze mich in Abenteuer, um nicht mehr an ihn zu denken. Und was ist? Er spukt die ganze Zeit in meinem Kopf herum.

Als ich sehe, dass er geantwortet hat, legt sich unwillkürlich ein Lächeln auf meine Lippen.

Hallo Carlos,

du sagst, ich solle das Leben genießen. Aber wie soll ich das machen, wenn sie mich zweimal sitzen gelassen hat? Mein Ego ist jetzt so groß wie eine Erbse, wie du dir sicher vorstellen kannst. Wie sollte ich überhaupt noch einmal eine ernsthafte Beziehung eingehen können? Die Frau hat zu mir gepasst wie die Faust aufs Auge – und trotzdem schickt sie mich zweimal zu Boden. Knock-out in der zweiten Runde, würde ich sagen. Wenn es mit der perfekten Frau schon nicht klappt, wie soll das dann mit den anderen erst werden?

Jo

Mir schnürt sich die Kehle zu, als ich seine Worte lese, und ich fühle mich wie der schlechteste Mensch auf Erden.

210

Habe ich ihn wirklich so sehr verletzt? Mir fällt keine Entgegnung ein, die ich ihm schreiben könnte. Also logge ich mich aus dem Internet aus.

Als ich auf die Straße trete, begebe ich mich in den Strom der Menschen. Aufgrund des Jubiläums ist ganz Trinidad auf den Beinen. Es gibt Stände mit Essen und Live-Musik auf zwei Bühnen. Die Menschen tanzen in den Straßen, wie es in den Reiseführern beschrieben wird. Ich höre mir das Spektakel an und lasse mich durch die kleinen Gassen treiben.

*

Am nächsten Tag sitze ich im Wartezimmer des Arztes. Ich denke immer noch über Jos Worte nach. Wegen der Untersuchung bin ich nicht allzu aufgeregt. Ich bin mir mittlerweile sicher, dass es die Wechseljahre sind, die meinen Körper durcheinanderwirbeln. Die Tatsache, dass der Arzt Enrique Iglesias heißt, lenkt mich allerdings ein bisschen von meinen Grübeleien ab.

Als ich ins Behandlungszimmer gehe, erwarte ich einen charismatischen Latin Lover mit Dauergrinsen, der mir ein Ständchen trällert.

Doch der Arzt ist weder braun gebrannt noch sonst irgendwie besonders ausdrucksstark. Dieser Enrique Iglesias ist ein rothaariger, dünner Mann mit heller Haut und vielen Sommersprossen. Er spricht sogar ein bisschen Englisch.

»Was ist Ihr Anliegen?«, fragt er.

»Ich merke irgendwie Veränderungen an meinem Körper und frage mich, ob alles bei mir okay ist.«

Ich traue mich nicht, etwas über eine mögliche Schwangerschaft zu sagen, damit er mich nicht auslacht.

Er beginnt mich zu untersuchen und benutzt auch sein Ultraschallgerät. Plötzlich sagt er: »Ich kann verstehen, dass Sie eine Veränderung bemerken. Schauen Sie mal hier.«

Er deutet auf den Ultraschall-Monitor, auf dem ich außer schwarz-weißen Punkten nichts erkennen kann.

»Sehen Sie nichts?«

Ich zucke mit den Achseln.

»Was soll ich denn sehen?«

»Sie sind sehr schwanger.«

»Wie meinen Sie das?«, stammle ich.

»Na, Sie sind bestimmt schon in der sechzehnten Woche.«

Mir wird schummrig. Ich muss mich konzentrieren, um ihm folgen zu können.

»Äh, was heißt das? Wie viele Monate sind das denn?«

»Vier.«

»Was, vier Monate? Aber ich hätte doch etwas merken müssen.«

»Sie haben nichts bemerkt?«

»In letzter Zeit war mir ein paar Mal schlecht, aber sonst …«

»Das passiert immer wieder, die Psyche spielt einfach eine große Rolle in der Schwangerschaft. Ich hatte schon Patientinnen, die haben bis zum achten Monat nicht gemerkt, dass sie schwanger sind.«

»Gut, davon habe ich auch schon gehört. Aber sehen Sie doch, wie schlank ich bin. Ich habe gar keinen Bauch.«

»Auch hier kann die Psyche große Tricks vollbringen. Bei manchen Frauen wächst der Bauch erst, sobald sie realisiert haben, dass sie schwanger sind. Unabhängig davon, wie weit die Schwangerschaft fortgeschritten ist.«

Das sind zu viele Informationen auf einmal. Ich muss seine Worte erst einmal verarbeiten.

»Ist denn alles in Ordnung?«, frage ich schließlich.

»Nach dem, was ich hier sehe, ist alles in Ordnung. Es gibt da nur eine Sache ...«

»Was denn?«

»Ich sehe nicht nur ein Herzchen, sondern zwei.«

»Hat es ein Doppelherz?«, frage ich verwirrt.

Der Arzt muss lachen.

»Das heißt, dass es Zwillinge werden.«

Jetzt sehe ich nur noch Schwarz. Schwarz, schwarz ...

Als ich zu mir komme, sehe ich eine besorgte Schwester und einen besorgten Arzt.

»Hören Sie mich?«

»Wo bin ich?«

»Na, bei mir. Doktor Enrique Iglesias in Trinidad?«

Enrique Iglesias? Der Mann sieht doch gar nicht aus wie ein Schnulzensänger? Eher wie ein ... ein Doktor!

Langsam fällt mir alles wieder ein.

»Geht es Ihnen wieder gut?«

Ich nicke.

»Habe ich geträumt, dass ich Zwillinge bekomme, oder haben Sie das wirklich gesagt?«

»Das habe ich wirklich gesagt«, antwortet der Arzt mit einem Lächeln. »Solch eine Reaktion hatte ich bis jetzt noch nie. Wollen Sie keine Kinder?«

»Doch, doch, nichts mehr als das. Nur nicht gerade jetzt.«

»Es passt eigentlich nie«, entgegnet er.

»Was soll ich nun machen?«

»Tja, keine Mojitos mehr trinken und auf sich aufpassen und dem Vater die fröhliche Botschaft überbringen.«

»Ha.« Da muss ich lachen. »Der Vater ist weit weg.«

KAPITEL 25

Ich laufe wie betrunken durch die Backsteinpflaster-Straßen von Trinidad. Ich dachte immer, ich würde Luftsprünge machen, wenn ich eines Tages die Nachricht erhalte, dass ich schwanger bin. Doch ich empfinde irgendwie nichts. Ist das der Schock?

Als ich mich gesammelt habe, bin ich hin- und hergerissen zwischen Freude auf die Babys und Trauer, weil ich nicht mit dem Vater der Kinder zusammen sein kann. Wie lange irre ich schon so umher? Langsam wird es dunkel. Vor einem Haus steht ein Mann mit einer Gitarre. Das Gebäude sieht unscheinbar aus, aber es hängt ein Schild an der Tür. *Sol y Son*. Ein Restaurant.

Ich werfe einen Blick durch das vergitterte Fenster und bewundere die Einrichtung, die aussieht, als wäre dort die Zeit vor hundert Jahren stehen geblieben. Endlich verspüre ich wieder Appetit und schreite durch das Portal.

Die Vorräume sind wie ein privates Museum. Im Salon stehen historische Schreibmaschinen, Telefone und Büsten. Unzählige Fotos schmücken die Wände. In dem benachbarten Schlafzimmer hängt sogar noch ein historisches Nachtgewand an einem Bügel.

Das eigentliche Restaurant befindet sich im Innenhof. Die meisten Tische sind besetzt, aber ich finde einen Platz in einer Laube. In der Mitte des Hofes steht ein Brunnen, auf der anderen Seite befindet sich die offene Küche, in der fleißig gearbeitet wird. Der Gitarrist von vorhin kommt mit drei weiteren Musikern in den Hof und sie beginnen zu spielen. Es ist mit Abstand die beste Live-Musik, die ich in Kuba gehört habe. Anders als die anderen Bands an Touristenspots spielen sie nicht nur Guantanamera.

Ich sehe mich um. An allen anderen Tischen sitzen Pärchen. Nun gut ...

Die Bedienung kommt und reicht mir drei Speisekarten. Das ist die größte Auswahl, die ich in diesem Land bisher gesehen habe. Ein Gericht klingt leckerer als das Nächste. Ich entscheide mich für Languste in Ananas. Beim Essen erlebe ich wahre Geschmacksexplosionen.

Das ist der schönste Ort, den ich auf meiner Reise gesehen habe, eine richtige Oase in der Hektik dieses Landes. Eigentlich ist der Moment perfekt. Doch ich spüre eine Melancholie, dort wo sich mein Herz befindet. Warum kann ich diesen Moment nicht genießen?

Mein Blick fällt auf das Paar am Nachbartisch. Es sind ältere Herrschaften, die turteln wie Frischverliebte. Plötzlich sieht die Frau zu mir herüber und spricht mich auf Englisch mit britischem Akzent an.

»Könnten Sie ein Foto von uns machen?«

»Gerne«, sage ich und sie reicht mir ihren Fotoapparat.

»Kommen Sie doch an unseren Tisch. Sie sollten nicht alleine sitzen«, bittet sie, als ich ihr die Kamera zurückgebe.

Gerne nehme ich das Angebot an. Ich erfahre, dass die beiden aus England kommen. Sie heißen Emma und John. Ich schätze sie beide auf Ende siebzig.

Er gibt ihr einen Kuss.

»Wir sind schon das zweite Mal hier. Es ist wirklich schön in Trinidad. Heute ist unser Hochzeitstag.«

»Herzlichen Glückwunsch«, sage ich. »Wie lange sind Sie denn verheiratet?«

»Zwanzig Jahre«, antwortet John.

Emma nickt.

»Wir haben uns erst kennengelernt, da war ich schon sechzig, nicht wahr, John, und Witwe.«

»Und ich geschieden.«

»Wir haben uns auf einer Ausstellung getroffen und es war Liebe auf den ersten Blick.«

Sie lächeln beide. Jetzt haben sie meine volle Aufmerksamkeit.

»Sie sehen immer noch so frisch verliebt aus«, meine ich.

»So fühlen wir uns auch«, erwidert John. »So ist das, wenn man den richtigen Partner findet, mit dem man alles teilen kann.«

»Ich war lange Witwe«, sagt Emma. »Aber ich kann Ihnen sagen, Alleinsein ist nicht gut für die Seele.«

Diese Worte treffen mich. Ich denke an Jo.

»Aber jetzt zu Ihnen. Wie heißen Sie?«

»Oh, Entschuldigung, ich heiße Natalie. Ich bin aus Deutschland.«

»Das dachte ich mir fast. Sind Sie allein auf Kuba oder reisen Sie mit einer Gruppe?«, fragt Emma.

»Ich bin allein hier. Mich hat einfach die Abenteuerlust gepackt.«

»Das finde ich wirklich mutig, dass Sie als Frau alleine reisen. Ich habe das ein paar Mal versucht, aber es hat mir nie Spaß gemacht. Zum Glück habe ich John.«

»Ich war auch oft auf Entdeckungsreisen in Afrika oder Asien, aber mir hat der Austausch mit einer nahen Person gefehlt. Wenn ich heute darüber nachdenke, kommt es mir so vor, als wäre ich nie wirklich an diesen exotischen Orten gewesen. Was nützen alle Abenteuer der Welt, wenn niemand da ist, mit dem man sie teilen kann?«, meint John und nimmt die Hand seiner Frau.

»Aber die Jugend ist heute viel selbständiger. Wir sind sehr altmodisch«, wirft sie ein.

Die Worte der beiden treffen mich. Mir wird klar, dass John recht hat, denn ich erinnere mich immer wieder

216

gerne an das lächerliche Foto-Shooting, auf dem ich diesen wundervollen Moment mit Jo hatte. Auf einmal weiß ich, was sich an diesem scheinbar perfekten Abend nicht richtig anfühlt. Er fehlt mir.

Mir wird bewusst, dass ich ihn wirklich liebe und dass ich einen großen Fehler begangen habe. Unwillkürlich steigen mir Tränen in die Augen.

»Was ist denn, Kindchen?«, fragt Emma und legt mir sanft eine Hand auf die Schulter.

»Ihre Geschichte berührt mich so sehr«, antworte ich.

»Wir laden Sie auf einen Nachtisch ein«, sagt John.

Wir bestellen uns jeweils eine Crema Catalana und unterhalten uns noch lange. Spät am Abend trennen sich unsere Wege.

Nachdenklich schlendere ich durch die Straßen der Stadt.

KAPITEL 26

Die Konditorei mit der Internet-Ecke ist nur wenige Straßen entfernt. Als ich an dem Geschäft vorbeikomme, sehe ich, dass es noch geöffnet hat. Also setze mich an einen der Computer. Als ich mir Jos Blog-Beitrag ansehe, entdecke ich, dass er keine neue Antwort geschrieben hat. Ich bin enttäuscht und entschließe mich dazu, ihm unter meinem Namen eine E-Mail zu schreiben und ihm zu sagen, dass ich ihn liebe. Er ist zwar wütend auf mich und vielleicht bringt es alles nichts. Aber ich will dafür kämpfen. Vielleicht können wir doch noch das haben, was Emma und John erleben dürfen.

Ich muss mich sammeln. Was soll ich ihm nur schreiben? Als Erstes öffne ich meinen Zweit-E-Mail-Account, um mich abzulenken, indem ich die Werbemails lösche. Doch mir bleibt fast das Herz stehen. Jo hat mir geschrieben. Nein, genau genommen, hat er an Carlos geschrieben.

BETREFF: BRAUCHE NOCH MAL DEINEN RAT

Ja, Carlos ... Jetzt habe ich deinen Rat befolgt. Gestern Nacht habe ich zu viel Party gefeiert, zu viel Wodka getrunken und heute Morgen bin ich neben einer gut aussehenden Blondine aufgewacht – die zu allem Überfluss auch noch eine Arbeitskollegin ist. Meintest du das mit „das Leben genießen"? Denn so fühle ich mich gerade überhaupt nicht. Was rätst du mir jetzt, weiser alter Mann?

Jo

Ich muss die E-Mail mehrmals lesen. Er hat es wirklich getan. Obwohl ich selbst ihn dazu gebracht habe, bin ich unglaublich enttäuscht. Und wütend.

BETREFF: RE: BRAUCHE NOCH MAL DEINEN RAT

Siehst du, war doch nicht so schwer. Dann warst du gar nicht so sehr verliebt, wie du behauptet hast!

Carlos

Jetzt habe ich wohl alle meine Karten bei Jo verspielt und ich darf ihm nicht einmal böse sein, da ich ihn in Olgas Arme getrieben habe.

*

Zurück im Hostal habe ich das Gefühl, dass dieser Tag nicht enden will, so viel ist heute passiert. Ich bin so erschöpft, dass ich mich aufs Bett werfe. Mein Kopf ist leer. Ich schließe die Augen und schlafe wie ein Stein.

Ich erwache zwölf Stunden später mit leichten Kopfschmerzen. Jo geistert immer noch durch meinen Kopf, langsam überschlagen sich meine Gedanken. Ich bin ja auch noch schwanger und darf einen Reiseführer schreiben. Freude und Trauer überfallen mich. Ich muss unbedingt Herrin meiner Gefühle werden. Bei dem Gedanken an die Schwangerschaft und das Verlagsangebot überkommt mich großes Glück. Ich versuche Jo aus meinem Inneren zu verdrängen.

Mir fällt ein, dass ich die Nachricht meinen Eltern mitteilen muss. Ich nehme mein deutsches Handy und rufe sie an.

»Mama, ich kann nicht lange reden, das wird sonst zu teuer«, sage ich.

Meine Mutter versucht mir einen Vortrag zu halten, weil ich mich nicht früher gemeldet habe. Aber ich unterbreche sie.

»Mama, ich bin schwanger und zwar mit Zwillingen. Du wirst Oma. Und das gleich doppelt.«

Auf der anderen Seite der Leitung ist es still.

»Ist das ein Scherz?«

»Nein, Mama. Ich habe keine Zeit, Witze zu machen.«

»Hast du endlich einen Mann gefunden?«, fragt sie.

»Nein, Quatsch, die Kinder sind von Jo.«

»Oh, nein!«, ruft sie erschrocken. »Aber wir helfen dir, die Kinder großzuziehen. Jetzt komm schnell zu uns zurück. Wir richten alles für euch drei her«, beginnt meine Mutter Pläne zu schmieden.

»Mama, so einfach ist das nicht. Ich habe einen Auftrag und muss noch eine Weile hierbleiben.«

»Was denn für einen Auftrag?«

»Ich darf einen Reiseführer schreiben und werde dafür bezahlt.«

»Aber die Kinder sind doch viel wichtiger.«

»Keine Angst, ich werde schon rechtzeitig zur Geburt wieder in Deutschland sein.«

Meine Mutter hat nicht ganz Unrecht. Ich bin schon im vierten Monat. Das heißt, dass ich mich ranhalten muss mit dem Schreiben. Ich will meine Kinder nicht in einem Dritte-Welt-Land gebären. Mit vierzig Jahren und Zwillingen ist es eine Risiko-Schwangerschaft. Aber ich werde das schon schaffen.

»Was sagt er denn dazu?«, fragt Mama.

»Wer?«

»Na, Jo.«

»Bis jetzt noch nichts«, bin ich ehrlich. »Aber ich weiß es auch erst seit Kurzem.«

»Du musst es ihm sagen.«

»Ach, Mama, der hat ein neues Leben in Moskau und hat momentan ganz andere Sorgen.«

»Na, wie du meinst. Mach dir keine Gedanken. Wie gesagt, wir helfen dir.«

Meine Mutter beginnt vor Freude zu weinen.

»Du musst dich gesund ernähren, hörst du, du hast schließlich zwei da drin«, ermahnt sie mich.

»Ja, ich muss jetzt wirklich auflegen, sonst wird es zu teuer.«

»Hast du schon einen Bauch?«

»Mutter, ich hatte schon immer einen Bauch, aber er ist noch nicht dick.«

»Ich schicke dir ein paar Umstandskleider.«

Ich schaffe es aufzulegen. Meine Mutter ist überglücklich. Wenigstens habe ich etwas Gutes hinbekommen.

Nach dem Frühstück gehe ich wieder in die Internet-Konditorei. Ich möchte sehen, ob Jo sich noch einmal gemeldet hat. Leider haben Straßenarbeiten am Morgen das Kabel durchtrennt und das Netz funktioniert nicht. Ebenso ist es in dem staatlichen Telekommunikations-Center.

Trotz der schwierigen Umstände bin ich fleißig dabei, Erlebnisse zu sammeln und an meinem Reiseführer zu schreiben. Die Arbeit lenkt mich ab. Ich habe mir vorgenommen, wenigstens einmal im Leben eine Sache zu beenden, die mir Spaß macht.

*

Nach einer Woche in Trinidad beschließe ich weiterzureisen. Ich sehe mir die Touristenhotels und die Traumstrände auf der Cayo Coco und der Cayo Guillermo an. Dabei liegt mein Augenmerk auf dem Austausch mit Touristen. Ich möchte gerne von ihnen erfahren, wie sie Kuba sehen, und welche Erlebnisse ihnen widerfahren sind.

Nach ein paar Tagen merke ich, dass meine Hosen nicht mehr schließen und meine T-Shirts immer enger anliegen. Meine Körbchengröße verändert sich. Immer wieder wache ich nachts schweißgebadet auf. Existenzängste überkommen mich. Wie soll ich die Kinder großziehen, wie sie ernähren? Muss ich doch auf die Hilfe meiner Eltern zurückgreifen?

Tagsüber habe ich ständig Angst, dass ich schlecht gewaschenes Obst und Gemüse zu mir nehme, zu viele Rohmilchprodukte esse und meine tägliche Folsäureration vergesse. Und ich dachte immer, in der Schwangerschaft dürfte man lediglich keinen Alkohol trinken.

Das Internet funktioniert während meines Aufenthalts auf den Inseln auch nicht, ebenso sind die Festnetzleitungen unterbrochen. Irgendwie ist das gar nicht so schlimm. So kann ich mich auf meine Arbeit und das Leben konzentrieren. Und ich gehe shoppen, schließlich brauche ich etwas, das mir passt.

Ich unternehme noch eine zehntägige Rundreise durch den Süden der Insel und fahre bis nach Santiago. Doch langsam merke ich, dass mir das Reisen zu viel wird. Am Tag meiner Abreise in Santiago begebe ich mich zur Haltestelle des Viazul-Busses, der vor einer Hotellobby hält. Da ich noch eine Viertelstunde Zeit habe, entschließe mich, spontan in das Hotel zu gehen und meine E-Mails abzurufen. Tatsächlich funktioniert das Netz. Ich sehe, dass ich eine neue Mail von Jo erhalten habe.

BETREFF: RATSCHLÄGE?

Lieber Carlos,

wie meinst du das, ich hätte sie nicht geliebt? Erst ermutigst du mich, dann schreibst du so etwas. Das klingt ja fast, als würdest du mir Vorwürfe machen. Dabei dachte ich, du könntest mir einen wirklich guten Rat geben.

Jo

Mir bleiben nur noch ein paar Minuten, also antworte ich schnell.

BETREFF: RE: RATSCHLÄGE?

Lieber Jo,

wahrscheinlich verwechselst du Liebe mit sexueller Anziehungskraft. Deshalb hast du nur deinem Alter entsprechend gehandelt. Ich denke, die Frau, mit der du vorher zusammen warst, war eh zu alt für dich.

Sonnige Grüße aus Kuba

Während ich tippe, ruft auch schon der Busfahrer. Ohne nachzudenken, drücke ich auf »senden«.

*

Zurück in Havanna komme ich im selben Hostal unter, wie bei meinem ersten Aufenthalt. Der Pensionschef ist froh, mich wiederzusehen.

»Gut, dass Sie zurückkommen. Hier sind mehrere Pakete aus Deutschland angekommen. Außerdem hat ein Carlos mehrmals angerufen, und sich nach Ihnen erkundigt. Aber wir wussten ja nicht, wo Sie abgeblieben sind.«

Mir fällt auf, dass er seine Augen nicht von meinem Bauch lassen kann. Dann ruft er begeistert: »Herzlichen Glückwunsch, wann ist es so weit?«

In meinem Zimmer packe ich die drei Pakete aus, die meine Mutter innerhalb weniger Tage verschickt hat. Wahrscheinlich ist ihr immer etwas Neues eingefallen, was sie mir senden könnte. Im ersten Paket sind Umstandsmoden, im zweiten Gummibärchen und Chips, im dritten befinden sich vergilbte Erziehungsratgeber aus den Siebzigern. Ob sie mich damit großgezogen hat?

In den nächsten Wochen schreibe ich auf der Dachterrasse meinen Ratgeber fertig. Dafür ist die Pension der ideale Ort, weil ich mich abends mit vielen Touristen austauschen kann und trotzdem tagsüber genug Ruhe finde.

Ich treffe mich außerdem zweimal mit Carlos. Er ist natürlich überrascht über die Umstände, in denen ich mich befinde. Ich bin froh über diese Bekanntschaft, denn er erzählt mir weitere Geschichten aus dem Alltag der Kubaner und hilft mir, einen guten Frauenarzt in Havanna zu finden. Er ist wirklich nett zu mir und bedrängt mich nicht. Das finde ich gut.

KAPITEL 27

Ich sitze im Internetzimmer im Hotel Plaza in der Altstadt und sehe mir zum ersten Mal seit zwei Wochen meine Mails an. Als ich Jos neuste E-Mail lese, verschlucke ich mich an meinem Wasser.

BETREFF: KUBA?
Sag mal, Carlos,
hast du gerade geschrieben, dass du dich auf Kuba befindest? Außerdem habe ich in meinem Artikel nie erwähnt, dass meine Ex älter war als ich. Du scheinst dich auszukennen. Sag mal, kann es sein, dass du das bist, Natalie, die hier schreibt?
PS: Du könntest ruhig etwas schneller auf meine Mails antworten.
Jo

Mist! Was mache ich denn jetzt nur? Ich entscheide mich für das erstbeste Ablenkungsmanöver, das mir einfällt.

BETREFF: RE: KUBA?
Lieber Jo,
hier in Kuba ist das Internet schwer verfügbar. Was deinen Verdacht betrifft, muss ich dich leider enttäuschen. Ich bin immer noch Carlos, Sprachlehrer aus Havanna. Aber es stimmt: Ich kenne deine Natalie. Sie hat bei mir einen Sprachkurs belegt. Und dabei hat sie auch ihre letzte Beziehung kurz erwähnt. So bin auf deinen Blog gestoßen, das ist schon alles.
Carlos

Damit ist die Sache für mich erst einmal erledigt. Gerade als ich mich aus meinem Mail-Account ausloggen will, sehe ich, dass Jo mir bereits geantwortet hat.

BETREFF: RE: RE: KUBA?

Ich wusste es! Diese Infos konntest du nur von ihr haben. Kannst du mir sagen, wie es ihr geht? Ich will nur wissen, ob sie glücklich ist?

Jo

Es rührt mich sehr, dass er sich immer noch für mein Glück interessiert. Mir kommen die Tränen.

BETREFF: NATALIES GLÜCKSZUSTAND

Lieber Jo,

Natalie geht es hier auf Kuba sehr gut. Sie erlebt viele Abenteuer und sie hat sogar einen Vertrag für einen Reiseführer erhalten, wofür sie schon lange gekämpft hat. Du siehst, sie verwirklicht endlich all ihre Träume.

Deshalb kann ich dir nur raten, gehe auch du los und verwirkliche deine eigenen Träume.

Dein Carlos

Ich schalte den Computer aus und wische meine Tränen ab.

*

Mittlerweile habe ich die erste Fassung meines Buchmanuskripts beendet und ich bin im sechsten Monat. Bevor ich zurück nach Deutschland fliege, habe ich mir noch einen Termin beim Arzt geben lassen.

Der Gynäkologe in Havanna trägt keinen Schnulzensänger-Namen. Er heißt einfach Pedro Roy. Dafür benimmt er sich wie ein Hauptdarsteller aus einem Almodovar-Film. Aber wenigstens spricht er ein passables Englisch.

»Und wie sieht es aus, Doctor?«

»Ach, Schätzchen, die Kinder entwickeln sich gut. Aber ich kann nicht sehen, welche Geschlechter sie haben. Sie wollen ihre Privatsphäre haben und verstecken ihre Dingchen ganz gut.«

Er lacht die ganze Zeit.

»Dann lasse ich mich überraschen. Das bin ich gewohnt«, antworte ich. »Dies ist jetzt auch mein letztes Mal bei Ihnen, Doctor Pedro.«

»Warum, sind Sie mit mir nicht zufrieden?«

Theatralisch wirft er die Hände über dem Kopf zusammen.

»Doch, doch, sehr sogar, aber ich fliege zurück nach Deutschland.«

»Wirklich?«

»Ja, bevor es zu spät zum Fliegen ist, möchte ich auf jeden Fall zurück. Meine Arbeit hier ist erledigt.«

»Sie können jetzt nicht in ein Flugzeug steigen.«

»Sie sind süß, aber ich muss.«

»Ich meine es ernst. Sie dürfen nicht fliegen, es ist zu gefährlich.«

»Wieso gefährlich, stimmt etwas nicht?«

»Sie bekommen Zwillinge und die kommen gerne früher, es ist definitiv zu risikoreich, jetzt zu fliegen.«

»Was heißt das?«, frage ich erschrocken.

Er lächelt siegesgewiss.

»Dass es kleine Cubanos werden!«

Er beginnt, ein Volkslied zu singen.

Ich unterbreche ihn und sage entschieden: »Ich werde meine Kinder in Deutschland zur Welt bringen.«

Das könnte dem so passen! Ich werde doch nicht wegen eines geltungsbedürftigen Arztes hier bleiben, der mal eine Ausländerin entbinden will!

»Wenn Sie das Leben Ihrer ungeborenen Kinder aufs Spiel setzen und unbedingt bei einem Interkontinentalflug entbinden wollen …«

»Warum haben Sie mir das nicht früher gesagt?«

»Ich wusste nicht, dass Sie zurück wollen.«

»Ich habe hier keine Familie, wer soll mir helfen?«, frage ich entsetzt.

»Ach, ihr Europäer macht euch ständig Gedanken«, er lächelt wieder und winkt ab. »Wir haben eines der besten Gesundheitssysteme der Welt. Wissen Sie, wie viele Zwillinge ich schon auf die Welt gebracht habe? Außerdem wird der Máximo Líder eine Europäerin, die hier ihre Zwillinge gebiert, doch nicht einfach so sitzen lassen. Wir werden schon Hilfe finden.«

Nachdem ich mich angezogen habe, sagt er – wieder mit einem siegreichen Lächeln: »Ich habe eine gute Idee. Meine Cousine dritten Grades arbeitet beim Fernsehen, die könnte einen Beitrag über Sie machen.«

»Na, super. Jetzt bin ich auch noch eine Zirkusnummer.«

»Ach was. Dann bekommen Sie bestimmt finanzielle Hilfe vom Staat. Haben Sie nicht den Dokumentarfilm über unser Gesundheitssystem gesehen, wo Fidel Castro den Gringos kostenlose Behandlungen in Kuba anbietet?«

Ich erinnere mich an diesen Film von Michael Moore. Aber ich dachte, das sei nur anti-US-amerikanische Propaganda gewesen.

»Sie werden sehen, alle werden Sie bewundern. Wir zwei werden das schon meistern. Ich werde Sie unterstützen.

Wäre ich nicht Frauenarzt geworden, dann wäre ich zum Theater gegangen. Wir zwei werden noch Berühmtheiten.«

Als ich die Praxis verlasse, bin ich am Boden zerstört. Wie soll ich ganz alleine ein Kind, nein, zwei, zur Welt bringen? Das ist ein Albtraum.

Ich gehe zu einem Telekom-Geschäft und rufe meine Mutter an. Als ich ihr die neusten Entwicklungen erzähle, beginnt sie zu weinen.

»Ich wusste es. Habe ich dir nicht gesagt, komm gleich zurück? Nein, du musst einen dämlichen Reiseführer schreiben. Meine armen Enkel, jetzt müssen sie im Sozialismus leben. Und dabei strickt deine Oma schon Söckchen und Mützchen und du kommst gar nicht!«

Jetzt bin ich es, die meine Mutter beruhigen muss, nicht umgekehrt.

»Mama, kannst du nicht hierherkommen?«

»Nach Kuba? Aber wie soll ich es denn zehn Stunden im Flieger aushalten?«

Eigentlich sind es zwölf Stunden, aber das sage ich ihr lieber nicht.

»Mama, das ist doch kein Problem.«

»Kind, ich bin noch nie geflogen, was wenn ich abstürze?«

»Das Flugzeug ist eines der sichersten Transportmittel.«

»Ja, ja, bis es abstürzt.«

»Dann kommst du eben nicht.«

»Ich muss mit Papa reden.«

Plötzlich höre ich meine Oma im Hintergrund rufen: »Dann fliege eben ich!«

»Quatsch«, sagt meine Mutter. »Wir wissen, dass du früher gern geflogen bist. Aber Natalie ist auf Kuba. Wie willst du denn allein in die Karibik reisen?«

Ich muss lächeln. Oma ist einfach die Beste.

KAPITEL 28

Zurück im Hostal erkläre ich Juan, dem Pensionschef, dass ich nicht mehr fliegen darf.

»Meinst du, ich kann nach der Geburt noch ein paar Wochen hierbleiben?«, frage ich. Da ich schon so lange hier wohne, sind wir inzwischen per Du.

Er sieht nicht begeistert aus. »Das ist schwierig, mit zwei Kindern, die Gäste aus Europa sind doch keinen Krach gewohnt«, sagt er. »Außerdem hast du gar nicht so viel Platz in deinem Zimmer.«

Wo soll ich dann hin?

»Wir finden bestimmt eine Lösung«, erwidert Juan, aber ich bin mir nicht sicher, ob er das ernst meint.

Vielleicht ist die Idee mit der Fernsehshow doch nicht schlecht. Am Ende stellt Kuba mir eine Unterkunft zur Verfügung.

Ich rufe Doktor Pedro an. Er ist begeistert.

»Wunderbar. Ich telefoniere sofort mit meiner Cousine!«

Am nächsten Tag meldet er sich wieder bei mir. Ich soll umgehend für den Dreh in seine Praxis kommen. Ich rufe Carlos an und bitte ihn mitzugehen. Das gibt mir Sicherheit, da mein Spanisch für ein Fernsehinterview wohl kaum ausreicht. Ich locke ihn mit dem Versprechen, ihm später ein Eis in seiner Lieblingseisdiele, dem Coppelia, zu spendieren.

Die Reporterin ist eine große blondierte Frau mit viel Make-up und einem kurzen Kleid. Sie begrüßt Pedro mit Küsschen, gibt ihrem Team Anweisungen und befiehlt mir, mich auf die Liege zu legen.

»Ich freue mich, dass Sie Ihre Kinder bei uns in Kuba zur

Welt bringen«, sagt sie in mittelmäßigem Englisch zu mir.

Pedro erklärt irgendetwas, das ich nicht richtig verstehe. Er hat gesagt, dass mir irgendetwas gefällt. Nur was? Ich hasse es, wenn man über mich redet und ich nichts verstehe.

Immerhin wird die Reporterin jetzt sehr freundlich zu mir. Sie kontrolliert noch einmal ihr Gesicht im Spiegel, dann geht es los.

Mir stellt sie nur wenige Fragen, die meiste Zeit beschäftigt sie sich mit Pedro, der mit großen Gesten antwortet. Der Doktor packt sein Ultraschall-Gerät aus und untersucht mich noch einmal für die Kamera.

Carlos steht in der Ecke und beobachtet das Geschehen mit einem Lächeln. Ich blicke zu ihm. Er zeigt mit dem Daumen nach oben, um mich zu ermutigen. Nach einer halben Stunde ist der Spuk vorbei. Die Blondine greift wieder zum Handy, noch bevor das Team zusammengepackt hat. Sie winkt mir lächelnd zu, als sie die Praxis verlässt.

»Sehen Sie, hat weniger wehgetan, als eine Spritze in den Po«, sagt Doktor Pedro.

Später sitze ich mit Carlos bei strahlendem Sonnenschein unter einem wehenden Banner von Che Guevara in der Eisdiele.

»Wie ist es denn gelaufen?«, frage ich. »Sie hat so schnell gesprochen, ich habe ihr Spanisch nicht verstanden.«

»Ja, ich glaube, du bist sehr prokubanisch dargestellt worden. Der Máximo Líder wird wahrscheinlich persönlich vorbeikommen, um Pate zu sein«, antwortet er und lacht.

»Warum war sie denn auf einmal so freundlich zu mir?«

»Na ja, der Doktor hat behauptet, du wärst ein großer Fan ihrer Sendung.«

»Aber ich hab die Sendung doch noch nie gesehen.«

Jetzt lachen wir beide und essen unser Eis.

»Dann hoffe ich mal, dass ich durch den Beitrag wenigstens eine Unterkunft und etwas Hilfe erhalte.«

»Also, meine Schwester hätte momentan ein Zimmer frei«, sagt Carlos. »Und gegen Kinder hat sie nichts, da sie selber drei hat. Soll ich sie mal fragen?«

»Ehrlich? Das wäre nett.«

*

BETREFF: TREFFEN IN HAVANNA?

Lieber Carlos,

danke, dass du mir bestätigt hast, dass es Natalie gut geht. Ich habe eine Idee. In ein paar Wochen muss ich eine Messe in Mexiko besuchen. Den Rückflug habe ich umgebucht, so dass ich in Havanna zwischenlanden werde. Können wir uns treffen?

Jo

Ich dachte, mit meiner letzten Mail an Jo wäre alles geklärt. Was soll ich denn jetzt machen? Ich kann unmöglich den echten Carlos losschicken, damit er sich mit Jo trifft.

BETREFF: RE: TREFFEN IN HAVANNA?

Das ist ganz schwierig. Ich habe sehr wenig Zeit. Tut mir leid.

Carlos

*

In den nächsten Wochen höre ich nichts vom kubanischen Staat. Dafür treffen fast jeden Tag aus ganz Kuba mehrere Pakete mit Kindersachen in der Pension ein.

»Ja, siehst du, auch das ist Kuba«, sagt Carlos, als er mich und mein Gepäck zu seiner Schwester Dolores begleitet.

Ich frage mich, ob die Menschen in Deutschland auch so hilfsbereit gegenüber einer Ausländerin wären. Da mein Aufenthalt hier in Kuba nun so viel länger dauert als geplant, bin ich für die Hilfe sehr dankbar.

Während Dolores mir die Wohnung zeigt, spielt Carlos mit seinen Nichten und Neffen.

»Carlos ist wirklich ein toller Mann«, erklärt Dolores, als wir alleine in meinem Zimmer sind. »Und er kann so großartig mit Kindern umgehen.«

Na, das soll wohl eine Anspielung sein, denke ich. Aber als ich Carlos im Wohnzimmer mit den Kindern sehe, verstehe ich, was seine Schwester meint.

Am nächsten Tag telefoniere ich mit meiner Mutter und teile ihr meine neue Adresse mit.

»Ich weiß nicht, wie ich diese Flugangst überwinden soll«, schluchzt sie.

»Ist schon okay, hier sind genug nette Leute, die mir helfen.«

»Aber die eigene Mutter ist die eigene Mutter. Ich möchte doch dabei sein, wenn meine Enkel auf die Welt kommen.«

»Dann musst du halt herkommen.«

Jetzt weint sie richtig. Das wird mir alles zu viel, also täusche ich eine Störung in der Verbindung vor.

»Wie bitte? Mama, ich kann dich gerade ganz schlecht verstehen ...«

Dann lege ich auf.

Als ich wieder bei Dolores ankomme, treffe ich auf einen aufgewühlten Carlos.

»Die *Dirección de Inteligencia* hat sich gemeldet!«, ruft er aus.

»Und wer ist das?«, frage ich.

»Na, die Geheimpolizei«, fügt Dolores aufgeregt hinzu.

»Was wollen die?«, frage ich erstaunt.

»So wie ich es verstanden habe, wollen Sie dich aus Kuba ausweisen«, sagt Carlos.

»Was? Aber das geht doch nicht. Können die das einfach so?«

»Lass uns dort mal hingehen. Wahrscheinlich ist es ein Missverständnis«, versucht er mich zu beruhigen. »Das Hauptquartier ist ganz in der Nähe der Eisdiele, dann gönnen wir uns einfach ein Eis bei Coppelia. Diesmal lade ich dich ein.«

Bei der Nachrichtendienst-Direktion angekommen müssen wir eine Stunde warten, obwohl wir die einzigen Besucher in diesem Gang sind. Dann werden wir in ein Büro gerufen. Die zuständige Beamtin ist etwa fünfzig und blickt sehr ernst drein. Wahrscheinlich besuchen hier alle Angestellten einen Kurs, wie sie Besucher mit ihren Blicken einschüchtern können.

Carlos und ich einigen uns darauf, dass er die Fragen beantwortet. In seinem Leben wurde er bereits mehrmals verhört.

»Wissen Sie, wir haben den Fernsehbeitrag über Sie gesehen. Wir freuen uns natürlich sehr, dass Sie Ihre Kinder in unserem herausragenden Gesundheitssystem zur Welt bringen möchten«, sagt die Beamtin. »Aber uns ist auch zu Ohren gekommen, dass Sie einen Reiseführer geschrieben haben. Wir haben die Befürchtung, dass unser Land in diesem Werk aus einem falschen Blickwinkel dargestellt werden könnte. Sie wollen uns doch nicht bloßstellen und gleichzeitig erwarten, dass wir Ihnen unsere Gastfreundschaft schenken?«

Carlos übersetzt mir ihre Worte.

»Ist es verboten Reiseführer zu schreiben?«, will ich wissen.

Sie lächelt süffisant. »Reiseführer sind nicht verboten. Aber vielleicht haben wir ja auch ein paar Ungereimtheiten bei der Verlängerung Ihres Besuchervisums entdeckt.«

»Ich würde gerne ausreisen«, sage ich. »Aber schauen Sie mich doch mal an. Ich kann nicht reisen.«

Jetzt wird sie nachdenklich.

»Wissen Sie nicht, dass diese Frau ein Star ist? Eine Europäerin, die hier ihre Kinder zur Welt bringen will. Und jetzt wollen Sie sie hinauswerfen. Wissen Sie nicht, in welchem Licht unser geliebtes Land dann dastehen wird? Wir sind dann nicht besser als die Gringos!«

Sein letzter Satz scheint in ihrem Kopf ein paar Räder in Gang zu setzen. Doch sie verzieht keine Miene.

»Wir werden das prüfen und uns wieder bei Ihnen melden. Auf Wiedersehen.«

Ich blicke bewundernd zu Carlos. Er ist kein temperamentvoller Latino, aber wenn ich Hilfe benötige, scheint er richtig aus sich herausgehen zu können.

»Woher wollen die überhaupt wissen, was in meinem Buch steht?«, frage ich Carlos, als wir zu Coppelia gehen.

»Hast du dein Manuskript per E-Mail verschickt?«

»Ja«, sage ich.

»Da hast du deine Antwort. Aber keine Angst. Dir als Deutsche wird nichts passieren.«

Das hoffe ich.

Abends gehe ich im Hotel Plaza ins Internet. Jo hat geschrieben.

BETREFF: BIN IN HAVANNA

Lieber Carlos,

du hast auf meine letzten Mails leider nicht reagiert. Ich bin jetzt in Havanna im Hotel Palacio O'Farrill in der Altstadt. Wenn du mich doch treffen willst, dann komm vorbei und frage nach Jonathan Ritter.

Jo

Ich atme tief durch. Vielleicht sollte ich wirklich dort vorbeigehen. Ich muss ihm zumindest erzählen, dass er Vater wird. Aber dafür muss ich all meinen Mut zusammennehmen.

KAPITEL 29

Das Hotel befindet sich in einem alten Stadtpalast. Als ich in das Foyer im Innenhof trete, bewundere ich die Architektur und das Ambiente. Zwischen üppigen Grünpflanzen stehen mehrere Tische mit Stühlen und an einem der Tische sitzt tatsächlich Olga. Als ich sie sehe, fahre ich zusammen.

Sie sieht unglaublich attraktiv aus in ihrem kurzen luftigen Kleidchen. Mein erster Impuls ist, mich umzudrehen und wegzugehen. Was macht sie hier? Hat sie Jo auf seiner Geschäftsreise begleitet? Aber dann hätte sie doch direkt nach Moskau zurückfliegen können.

Während ich noch nachdenke, kommt sie auf mich zu.

»Natalie? Was für eine Überraschung!«

Ganz meinerseits, denke ich.

»Was machst du hier?«, frage ich.

»Ich mache einen Kurzurlaub mit Jonathan«, antwortet sie und zuckt mit den Achseln. »Du weißt doch, dass wir zusammen sind, oder?«

»Äh, nein«, stammle ich.

Während wir reden, starrt sie die ganze Zeit auf meinen dicken Bauch. »Dir scheint es auch gut zu gehen auf Kuba«, meint sie dann.

Darauf erwidere ich nichts.

»Ist Jo hier?«

»Nein. Was willst du von ihm?«

Während sie mich das fragt, stelle ich selbst mein Vorhaben in Frage. Aber das braucht sie nicht zu wissen.

»Bist du neuerdings seine Anwältin?«, frage ich daher schnippisch.

»Nein, aber seine Freundin. Natalie, ich hoffe, du willst ihm nicht wieder Hoffnung machen. Du hast ihm schon mal das Herz gebrochen. Ich war die ganze Zeit für ihn da und jetzt ist er endlich glücklich. Willst du ihn wieder verletzen?«

Ihre Worte sind messerscharf und treffen mich mitten ins Mark. Tränen sammeln sich in meinen Augen und ich weiß nicht mehr, warum ich überhaupt gekommen bin.

»Ich wollte immer nur das Beste für ihn«, erwidere ich und drehe mich um, bevor ich vor ihr in Tränen ausbreche.

»Dann solltest du besser gehen«, antwortet sie freundlich. »Und uns in Ruhe lassen.«

Ich fühle mich erbärmlich und gehe, ohne noch etwas zu erwidern.

*

In dieser Nacht kann ich nicht schlafen. Panik überkommt mich. Ich realisiere, dass ich demnächst die Verantwortung für zwei Kinder übernehmen werde. Bis jetzt war das alles so unwirklich. Wie soll ich sie alleine großziehen? Ich wollte nie, dass meine Kinder vaterlos aufwachsen. Sonst wäre ich sicher schon früher nach Dänemark gefahren.

Vielleicht sollte ich Carlos eine ernsthafte Chance geben, jetzt da ich Jo endgültig verloren habe. Carlos ist verantwortungsbewusst, verlässlich und liebt Kinder. Was, wenn das Schicksal ihn in mein Leben geführt hat? Klar sind die Gefühle für ihn nicht wie bei Jo. Aber manchmal braucht die Liebe eben Zeit zum Wachsen.

Je länger ich darüber nachdenke, desto mehr Sinn macht der Gedanke für mich.

Am nächsten Morgen mache ich mich fertig, um in die Stadt zu gehen, als Dolores an meine Tür klopft.

»Die Flughafenpolizei hat angerufen. Da ist eine Frau, die ständig deinen Namen sagt und auf einem Zettel unsere Telefonnummer hat.«

»Dann hat meine Mutter doch ihre Flugangst überwunden«, sage ich erleichtert.

Ich nehme mir ein Taxi und fahre zum Flughafen. Nach einigem Herumfragen komme ich zum Büro der Flughafenpolizei. Vor mir steht jedoch nicht meine Mutter.

»Oma? Was machst du denn hier?«

»Kind, da bist du ja«, ruft sie aus.

»Was machst du in Havanna?«

»Wenn deine Mutter vor lauter Angst nicht kommt, muss ich es eben machen«, erklärt sie, als sei es das Natürlichste auf der Welt, dass eine Fünfundachtzigjährige auf eigene Faust nach Kuba reist.

»Wie hast du es geschafft hierherzukommen?«, frage ich.

»Ach, Kindchen, ich bin zwar vergesslich, aber nicht dumm. Ich bin in mein Stamm-Reisebüro und habe ein Ticket gebucht. Du darfst nicht vergessen, ich war schon auf fünf Kontinenten!«

Ich umarme sie, so gut es mit meinem dicken Bauch geht. Ich frage mich mittlerweile, ob Oma wirklich vergesslich und verwirrt ist oder nur so tut?

Als wir bei Dolores ankommen, zeige ich Oma mein Zimmer und den Innenhof.

»Schön hast du's hier.«

Nachdem wir gemeinsam etwas gegessen haben, richte ich ihr mein Bett her, damit sie sich ausruhen kann.

»Während du schläfst, muss ich in die Stadt, Oma.«

»Gehst du zu deinem Freund?«, fragt sie.

»Nein, ich gehe zu Carlos, er ist nur ein *guter* Freund«, antworte ich.

»Was ist mit dem Jüngchen, der dich immer so zum Schreien gebracht hat?«

»Oma!«, rufe ich aus.

»Liebst du ihn nicht?«, fragt Oma.

»Doch Oma, natürlich liebe ich ihn. Aber es passt einfach nicht.«

»Wieso denn?«

»Na, er ist viel zu jung und hat noch sein ganzes Leben vor sich.«

»Papperlapapp.«

»Oma, er hat jetzt eine neue Freundin.«

»Woher weißt du das denn?«

»Ich habe sie gestern getroffen. Sie hat es mir selbst erzählt.«

»Sag mal, Kindchen hast du ein Abführmittel? Ich war seit Tagen nicht auf dem Klo.«

Aus Oma werde ich nicht schlau. Ich hole ihr schnell Tabletten aus der Apotheke.

Nachdem sie sich schlafen gelegt hat, verlasse ich das Haus.

Vor Carlos' Haustür halte ich inne. Eigentlich ist es ganz einfach. Ich brauche nur auf den Klingelknopf zu drücken. Dann werde ich einen Mann haben, der nett zu Kindern ist und mit dem ich mich gut unterhalten kann.

Aber ich klingle nicht.

Ich merke, dass ich im Affekt handle. Das sind die Hormone. Ich kann doch nicht Carlos und mich ins Unglück stürzen, wenn ich ihn gar nicht liebe? Ich bin nach Kuba gekommen, um mutig zu werden. Warum sollte ich stattdessen auf ein sicheres Pferd setzen? Wenn ich jetzt klingle, bin ich wieder feige.

KAPITEL 30

Bei Dolores finde ich Oma am Küchentisch. Ich bin überrascht, Carlos neben ihr zu sehen.

»Oh, hallo«, sage ich. »Wie ich sehe, hast du Oma schon kennengelernt.«

Er nickt.

»Du hast dem Mann ja gar nichts über dich erzählt«, meint Oma.

»Deine Großmutter hat mir in einer Stunde mehr von dir berichtet, als du in den ganzen Monaten. Angefangen von der Schule, über deinen ersten Freund, deinen Ex-Mann bis hin zu deinem letzten Freund.«

»Oma!«

Ich frage mich, wie tief ihre Erzählungen gegangen sind.

»Das ist mir aber sehr unangenehm.«

Carlos sieht mich irgendwie traurig an.

»Das erklärt dann auch diesen Brief«, meint er.

Er gibt mir ein weißes Kuvert. Ich öffne den Umschlag. Mein Herz schlägt immer stärker. Der Brief ist von Jo.

Hallo Natalie,

nach dem Kontakt mit Carlos habe ich es mir schon fast gedacht oder eher gesagt befürchtet. Du hast dir eine neue Existenz in Kuba aufgebaut. Ich wollte dich gerne treffen. Meine Gefühle für dich sind immer noch da. Doch mit einem anderen Mann möchte ich dich nicht sehen.

Wie ich gehört habe, erwartet ihr Nachwuchs. Du hast also alle deine Wünsche verwirklicht. Daran hatte ich auch keine Zweifel. Bei mir hängt es noch an der einen oder anderen Stelle. Doch ich werde jetzt, so wie du, mit der Vergangenheit abschließen und Neues erkunden. Mach dir keine Sorgen um mich. Die Momente mit dir waren etwas Besonderes, und das werde ich auf meinen weiteren Weg mitnehmen.

Jo

»Ich habe den Brief gelesen. Ich dachte, er wäre für mich«, sagt Carlos entschuldigend. „Ich verstehe meine Rolle in der ganzen Geschichte leider nicht.«

Er schaut mir in die Augen.

»Lass uns einen Spaziergang unternehmen«, schlage ich vor. Oma schaut uns irritiert an.

Draußen erkläre ich Carlos alles, was passiert ist, dass ich seinen Namen benutzt habe und dass ich ihn sogar als potentiellen Vater meiner Kinder in Betracht gezogen habe.

»Und das alles ohne mich einzubeziehen!«

»Es tut mir wirklich leid, Carlos. Warum hast du den Brief eigentlich bekommen?«

»Jo war an der Universität im Institut, weil er einen Deutsch-Lehrer namens Carlos gesucht hat, der eine Natalie unterrichtet hat. Scheinbar hat mein Assistent ihm erzählt, dass ich mit dir viel Zeit verbringe und auch dass du schwanger bist. Dein Jo hat es wohl falsch verstanden.«

Ein paar Minuten sagen wir nichts und versuchen unsere Gedanken zu sortieren.

»Wenn du ihn wirklich liebst, warum machst du alles so kompliziert?«

»Er ist fünfzehn Jahre jünger als ich.«

»Du ziehst eben Männer jeden Alters an«, erwidert er mit einem ironischen Lächeln.

»Aber er ist mit seiner Freundin hier.«

»Das macht irgendwie keinen Sinn, warum fliegt er nach Kuba, um dich zu treffen und hat seine Freundin dabei?«

»Ich habe sie selbst gesehen.«

»So ernst kann es wohl nicht sein.«

Ich denke nach. Omas Worte fallen mir wieder ein. Vielleicht ist alles nicht so, wie es aussieht. Möglicherweise hat Olga mich bei den Details angelogen.

»Ist er der Vater?«, fragt Carlos und deutet auf meinen Bauch.

Ich nicke und entgegne nichts.

»Dann geh zu ihm und sage ihm die Wahrheit. Wenn das Alter dein einziges Problem ist ... Meine Frau und ich waren gleich alt und es hat nicht geklappt. Aber aus anderen Gründen.«

»Vielleicht hast du Recht.«

»Natürlich habe ich Recht.«

»Carlos, danke für deine Freundschaft. Sie ist unbezahlbar.«

»So bin ich, ein Netter.« Er klingt ironisch.

Wir umarmen uns und ich gehe zurück ins Haus, direkt in mein Zimmer. Ich beschließe Jo anzurufen. Mit zitternden Händen wähle ich seine Handynummer. Es ertönt eine Stimme vom Band, die auf Spanisch sagt, dass die Person, die ich anrufe, zurzeit nicht verfügbar ist. Dann muss ich wohl wieder in sein Hotel fahren, um ihn persönlich zu sprechen.

Also gehe ich auf die Straße und suche mir ein Taxi. Es ist ein knallpink lackierter alter Dodge. So komme ich immerhin zu meiner ersten Fahrt in einem Oldtimer. Ich steige zu einem freundlichen Mann, Mitte vierzig, ein.

»Señora, ich kenne Sie!«, ruft er begeistert aus.

»Bin ich schon mal mit Ihnen gefahren?«

»Nein, ich habe Sie im Fernsehen gesehen! *Momentos de Amor*. Wir schauen das regelmäßig. Ist es jetzt bald so weit?«

Er zeigt auf meinen Bauch und ich lächle.

Auch das noch. Ich werde wohl ewig bereuen, diesen Fernsehschwachsinn mitgemacht zu haben.

Wir fahren zum Hotel und plötzlich kann es mir nicht mehr schnell genug gehen. Die ganzen Verdrängungen und Sehnsüchte der letzten Monate kumulieren sich und ich werde immer nervöser und ungeduldiger. Ich möchte Jo sehen. Sofort!

Durch die Hoffnung ihn endlich wieder zu treffen, wird die Sehnsucht fast unerträglich. Doch der Verkehr in der Innenstadt mit den vielen Ampeln hält uns auf und der Fahrer hat es auch nicht eilig. Er will lieber plaudern.

»Ich frage mich, warum eine Frau aus Deutschland ausgerechnet in Kuba ihre Kinder zur Welt bringen will? Ich meine, wo es euch doch so gut geht in Deutschland?«

»Tja, man will immer das, was man nicht hat.«

»Also, ich würde Deutschland bevorzugen.«

»Können Sie schneller fahren?«

»Ha, ihr seid so hektisch, ihr Europäer. Langsam, genießen Sie doch die Aussicht.«

Ich habe wirklich keine Lust auf dieses Gespräch. Also schaue ich demonstrativ zum Fenster hinaus. Als wir endlich ankommen, bezahle ich schnell und renne fast die Stufen zum Empfang, so schnell es eben geht mit meinem Bauch.

»Jonathan Ritter suche ich, er ist Gast bei Ihnen.«

Der Rezeptionist schaut in seinem Computer nach.

»Ach, der mit der jungen hübschen Señorita. Sie haben vor zwei Stunden ausgecheckt.«

»Wissen Sie, wohin sie wollten? Zum Flughafen?«

»Das könnte sein. Aber mit Sicherheit weiß ich es nicht.«

Enttäuscht gehe ich zum Ausgang. Dort steht immer noch derselbe Fahrer und wartet auf Gäste.

»Soll ich Sie wieder mitnehmen?«

Da gerade kein weiteres Taxi zu sehen ist, steige ich wieder zu ihm ein.

»Zum Flughafen.«

Als wir ankommen, sagt er: »Ich warte hier auf Sie. Sie sind schließlich eine Berühmtheit, da ist es doch eine Ehre für mich, zu Ihren Diensten zu stehen.«

Ich zahle und renne in das Flughafengebäude. Es gibt nur eine riesige Abflughalle, in der die Reisenden in langen Schlangen an den Schaltern stehen. Leider stehen nirgendwo die Airlines oder Flugziele angeschrieben. Also gehe ich zum Infostand.

»Nach Deutschland?«, fragt die Frau am Stand gelangweilt. »Da ging nur ein Flug heute, aber das war vor drei Stunden.«

»Und nach Russland?«

»Da geht heute überhaupt kein Flug.«

Mist! Wahrscheinlich ist er gar nicht zurückgeflogen. Vielleicht machen die beiden noch einen Ausflug. Also gehe ich zum Taxifahrer.

»Ich wusste, dass sie zurückkommen«, sagt er mit einem Lächeln. »Ich bin nämlich Chesuss, wie der da.«

Chesuss?

Er zeigt auf eine Kette mit Kruzifix.

245

»Jesus?«

»Genau, Jesús, das ist mein Name.«

»Natalie«, entgegne ich und setze mich ins Auto.

Dass ich mal bei Jesus im Auto sitzen würde, hätte ich mir allerdings nie träumen lassen.

»Wohin?«

Ich gebe dem Fahrer die Adresse von Dolores. Jo in der Zweimillionen-Metropole Havanna zu suchen, ist hoffnungsloser als die Stecknadel im Heuhaufen. Die kann sich wenigstens nicht fortbewegen, während man sucht. Und vielleicht ist er auch gar nicht mehr in der Stadt.

»Wen suchen Sie denn?«

»Den Vater meiner Kinder?«

»Drückt er sich vor der Verantwortung, der Mistkerl?«

»Nein, er weiß es gar nicht, ich wollte es ihm sagen.«

»Dann aber schnell, bevor die Kinder kommen. Man kann ja nie wissen, wann es so weit ist. Mein Nachbar hat auch Zwillinge, die sind früher gekommen. Ich habe ihn gefahren, sie wären fast auf diesem Sitz geboren, wo Sie sich befinden.«

Dieser Typ macht mich noch wahnsinnig mit seinem Geplapper.

Nach zwanzig Minuten kommen wir endlich bei der Wohnung von Dolores an. Kaum ausgestiegen sehe ich Oma im Sonntagskleid, mit Hut und Tasche.

»Oma, wo willst du denn hin?«

»Heute ist doch Sonntag, da möchte ich in die Kirche gehen. Hier gibt es bestimmt eine in der Nähe. Die gibt es überall, außer in China.«

»Oma, ganz so ist es nicht. Außerdem ist heute Dienstag.«

246

»Aber ich muss in die Kirche, ich gehe jeden Sonntag in die Kirche. Was denkst du, warum es euch so gut geht? Nur weil ich immer eine Kerze für euch anzünde.«

»Aber Oma, du kannst nicht alleine in die Kirche.«

»Na, dann komm doch mit, du könntest ruhig auch mal in die Kirche gehen. Es hilft bestimmt.«

Ach, was soll's, denke ich. Jetzt ist sowieso alles verloren. Besser ich gehe mit Oma mit, als alleine in meinem Zimmer zu heulen. Der Fahrer steht immer noch da. Er lächelt schon, als ich wieder auf ihn zugehe.

»Jesús, weißt du, wo es heute einen Gottesdienst gibt?«

»In der griechisch-orthodoxen Kirche, da gibt es heute irgendein Fest. Ich kann euch gerne hinfahren.«

»Was hat er gesagt?«, fragt Oma.

Ich übersetze es ihr.

»Oh, das ist ja toll«, ruft Oma aus.

»Aber du bist gar nicht orthodox.«

»Wir sind doch alle Kinder Gottes.«

»Ich wusste gar nicht, dass es Griechen gibt auf Kuba«, sage ich zu Jesús, während wir einsteigen.

»Gibt es auch nicht. Aber wir Kubaner sind sehr spirituell und offen für alle Glaubensrichtungen.«

✻

Durch einen wunderschönen Park führt uns Jesús, nachdem er sein Taxi abgestellt hat, an einem katholischen Kolleg und der Büste von Mutter Teresa vorbei zu der orthodoxen Kirche des heiligen Nikolaus.

»Ich gehe auch immer in die Kirche. Schon wegen meines Namens«, sagt Jesús mit einem Augenzwinkern.

Das sandfarbene Gebäude ist so klein, dass es zwischen Palmenzweigen beinahe untergeht. Aber es ist vollgepackt mit Menschen.

»Kommt herein, kommt herein«, begrüßt uns ein Kirchendiener überschwänglich.

Jesús ermutigt uns. Als wir die Kirche betreten, ist Oma sehr angetan. Doch mir ist schwindlig. Außerdem sind meine Beine dick und ich muss mich unbedingt setzen. In der orthodoxen Kirche gibt es keine Bänke, also gehe ich vor die Tür und suche mir im Park eine Bank. Jesús bleibt bei Oma.

Die Umgebung wirkt sehr beruhigend auf mich. Ich muss an Omas Worte denken. Ihr scheint ihr Glaube Kraft zu geben. Also sage ich in den blauen Himmel hinein: »Du da oben, kannst du mir nicht helfen?«

Vielleicht gibt es für mich ja doch noch eine dritte Haselnuss.

Als ich genug verschnauft habe und zurückgehe, kommt Jesús mir entgegen.

»Geht es dir gut?«

»Nein, mir geht es überhaupt nicht gut. Ich habe keine Idee, wie ich den Vater finden soll!«

»Ich kann dir helfen!«

»Und wie?«, frage ich spöttisch.

»Ich bin doch Jesús und Jesús ist Taxifahrer. Ich frage einfach über Funk, ob jemand den Vater gefahren hat. Wie sieht er denn aus?«

Keine schlechte Idee. Jetzt bin ich froh, mit Jesús gefahren zu sein.

»Er heißt Jonathan Ritter und ist mit einer jungen, gut aussehenden Blondine unterwegs. Er hat braunes Haar und blaue Augen. Sieht ein bisschen aus wie Ryan Gosling.«

Wir holen Oma, die protestiert, dass wir sie mitnehmen, bevor es Abendmahl gegeben hat, und laufen zu Jesús' Taxi. Er setzt sich und beginnt sehr schnell in sein Funkgerät zu sprechen. Ich verstehe nichts außer *amor, los gemelos, Chonatán Ritta* und *Rian Gosling*. Die Gemelos, meine Zwillinge, sind schließlich in ganz Kuba bekannt.

Als er seine Durchsage beendet hat, schaut Jesús mich siegesgewiss an.

»Kinder, das ist nicht schön, dass ihr mich vor Gottesdienstende herausgeholt habt. Ich habe nicht alle Kerzen angezündet«, schimpft Oma.

Plötzlich spüre ich ein heftiges Ziehen im Unterleib.

»Jesús, Jesús ... Ich glaube, ich muss ins Krankenhaus.«

Er schaut mich entgeistert an.

»Ist es denn schon so weit?«

»Der Termin ist erst in drei Wochen.«

»Schon? Bei Zwillingen sind sie dann fast schon überfällig. Nichts wie los!«

Während er fährt, strahlt Jesús und sagt: »Vielleicht kommen Sie im Auto zur Welt und ich komme ins Fernsehen.«

Er lacht laut vor Freude. Mir ist überhaupt nicht zum Lachen zumute. Mich überkommt eine leichte Panik. Ich bekomme zwei Babys und ich habe Jonathan verloren! Ich beginne zu weinen.

»Keine Angst, Kindchen, es wird alles gut«, sagt Oma und streichelt mir über den Kopf, wie damals, als ich ein kleines Mädchen war.

An einer Ampel bleiben wir stehen. Auf Kuba gibt es nicht viele Autos, aber irgendwie gibt es trotzdem immer wieder Stau in Havanna. Ich weiß nicht, was es diesmal ist, aber ich spüre, dass das Ziehen heftiger wird.

»Warum geht es nicht weiter?«

»Ich weiß nicht, das ist der Nachmittagsverkehr.«

»Es reicht, wenn ich meine Kinder auf Kuba zur Welt bringen muss, ich will sie nicht auch noch im Auto entbinden!«

»Keine Angst, ich komme vom Dorf, dort habe ich schon oft gesehen, wie Kälber auf die Welt kommen.«

»Das hier sind Menschen«, rufe ich wütend aus.

Es geht einfach nicht weiter. Ich höre, wie Jesús wieder in einem unverständlichen Taxifahrerslang etwas durchsagt.

»Was ist denn los!«, frage ich verzweifelt.

»Scheint ein größerer Stau zu sein«, sagt Jesús. »Irgendwo ist etwas kaputt gegangen.«

Ich verspüre wieder einen ziehenden Schmerz und schreie auf.

Jesús hält einen Bicitaxi-Fahrer an und sagt ihm etwas.

»Hübsche Männer, diese Kubaner. Mädchen, das Wichtigste bei einem Mann sind seine Waden«, sagt Oma, als sie durchs offene Fenster den Fahrer der Rikscha mustert.

»Oma, das ist mir egal! Wann geht es endlich weiter!«

»Ich glaube, ich habe die Lösung für Sie, Señora. Aber dann müssen Sie versprechen, dass Sie wenigstens ein Kind nach mir benennen«, sagt Jesús.

Er lacht. Ich nicke. In diesem Zustand würde ich alles versprechen. Ich hoffe nur, es sind nicht zwei Mädchen.

»Sie haben die Wahl, entweder entbinden Sie bei mir im Auto oder Sie nehmen das Bicitaxi. Mit dem Fahrrad kommt mein Kollege besser durch.«

Mir ist jetzt alles egal. Hauptsache, ich komme irgendwie in ein Krankenhaus.

»Bicitaxi!«, rufe ich.

Jesús hilft uns beim Umsteigen auf die Rückbank des Fahrrads. Er ruft dem Fahrer noch etwas hinterher, als wir starten.

»Moment mal«, sage ich. »Haben Sie eigentlich etwas wegen des Vaters meiner Kinder gehört?«

Doch Jesús reagiert nicht auf meine Frage, sondern sagt nur: »Denken Sie daran, was Sie versprochen haben. Eines der Kinder wird nach mir benannt.«

Der Bicitaxista steuert zielsicher zwischen den hupenden Autos hindurch und fährt ein Stück auf dem Bordstein weiter. Als wir außer Sichtweite von Jesús sind, sehe ich mich um.

»Aber das ist ja gar nicht mehr der Weg zum Krankenhaus!«, rufe ich erschrocken.

KAPITEL 31

Der Rikscha-Fahrer ist ein älterer Mann mit grauen Haaren und Halbglatze. Er strampelt, was das Zeug hält. Aber ich sehe, dass sein Kopf rot anläuft und der Schweiß in Bächen seinen Körper hinunterfließt.

An der dritten Straßenkreuzung werden wir deutlich langsamer. Ein paar hundert Meter weiter bewegen wir uns nur noch im Schneckentempo.

Ich hoffe, dass er wenigstens ein Krankenhaus kennt, das näher liegt, als das, in welches ich wollte. Während ich mir ausmale, wie ich meine Kinder statt in einem Oldtimer in einem Bicitaxi zur Welt bringe, hält der Fahrer an.

»Was ist denn jetzt los!?«, ruft Oma.

Der Mann sagt irgendwas davon, dass wir warten sollen, und steigt ab. Er läuft auf die Straße. Ich glaube das alles nicht!

Als der Fahrer einem Taxi zuwinkt, das gerade um die Ecke gefahren kommt, spüre ich einen Funken Hoffnung. Hat er verstanden, dass er es nicht mehr schaffen wird, uns rechtzeitig ins Krankenhaus zu bringen, und will uns wenigstens an einen weiteren Kollegen vermitteln?

Das Taxi hält an. Auf der Rückbank sitzen bereits Gäste, die jetzt beide wild gestikulieren. Der Taxifahrer steigt aus seinem Wagen und öffnet die hintere Tür. Er zieht einen protestierenden Fahrgast aus dem Auto, der mit seinen Armen wild um sich schlägt.

Mir bleibt beinahe das Herz stehen.

»Jo?«

Ist er es wirklich?!

»Natalie?«, fragt er erstaunt, als er mich sieht.

Etwas zurückhaltend gehen wir aufeinander zu.

»Was läuft hier, Natalie? Wir dachten, der Taxifahrer will uns entführen.«

»Ich wollte dich unbedingt sehen«, sage ich etwas schamhaft.

»Ach, und da lässt du mich entführen?«, fragt er ungläubig. »Und was sagt Carlos dazu?«

»Carlos ist nur ein Freund.«

»Nur ein Freund?«, fragt er und schaut auf meinen Bauch. »Schon klar.«

»Da ist etwas, was ich dir die ganze Zeit sagen wollte«, druckse ich herum. Dann höre ich Olga. Sie kommt auf uns zu.

»Jonathan, wir kommen zu spät.«

»Sieh mal, wer hier ist, Olga. Natalie.«

»Wir hatten schon die Ehre«, sage ich ironisch.

»Wie? Ihr habt euch schon gesehen?«

Die hübsche Russin unterbricht ihn: »Das ist jetzt nicht wichtig. Jonathan, wir müssen wirklich weiter.«

»Olga, kannst du uns bitte ein paar Minuten alleine lassen?«, fragt er streng.

Sie geht mit einer eiskalten Miene zum Taxi.

»Also, was wolltest du mir sagen?«, fragt er.

Bevor ich antworten kann, zieht es wieder heftig im Unterleib. Kein Wunder, dass es Wehen heißt! Jo sieht mich besorgt an.

»Ist alles in Ordnung?«

»Na ja, ich stehe kurz vor der Geburt.«

»Jetzt schon? Was ist mit dem Vater?«

»Jo … ich bin schon in der siebenunddreißigsten Woche.«

»Was ist das in Monaten?«

»Der neunte.«

»Aber so lange bist du doch noch gar nicht in Kuba!«

Ich nicke nur. Er sieht völlig verwirrt aus. Ich sehe erst ihn an und dann meinen Bauch. Ein heftiges Ziehen lässt mich erneut zusammenzucken.

Dann fällt bei ihm endlich der Groschen.

»Du meinst, das Kind ist von mir?«

»Die Kinder, ja.«

»Zwillinge?«

Ich nicke.

»Und das sagst du mir erst jetzt?«

»Es tut mir leid.«

»Das ist ja unglaublich. Du wolltest es mir gar nicht erzählen?! Stattdessen lässt du mich von deinem kubanischen Kumpel online ausspionieren?«

»Ich wollte dir deine Freiheit lassen, damit du deine Träume verwirklichen kannst. Außerdem dachte ich, du wärst mit Olga zusammen. Und Carlos hat gar nichts damit zu tun. Die Kommentare waren von mir.«

Jo ist sichtlich sauer.

»Natalie, hör endlich auf, für mich zu entscheiden. Schau mal, es ist so viel zwischen uns passiert. Mir schwirrt nur noch der Kopf. Jetzt fehlt mir einfach die Zeit. Aber sobald ich mit meinem Termin in Neuseeland durch bin ...«

Olga kommt wieder auf uns zu.

»Jonathan, wir müssen los.«

»Ich komme gleich«, sagt er.

»Ich weiß nicht, ob ich dir noch einmal vertrauen kann. Aber ich komme in ein paar Tagen zurück und dann klären wir alles.«

»Es tut mir leid«, wiederhole ich mit Tränen in den Augen.

Jetzt hupt auch schon der Taxifahrer. Jonathan dreht sich um. Olga kommt auf Jo zu und sagt in einem sehr sanf-

254

ten Ton: »Komm, Jonathan, wir müssen wirklich los. Der Taxifahrer verliert langsam die Geduld.«

Er dreht sich um und geht mit Olga mit.

Das Bild von Aschenbrödel kommt mir unwillkürlich wieder in den Sinn. Mir wird klar, dass dieses Treffen mit Jo meine dritte Haselnuss war – und meine letzte Chance.

»Jonathan, ich liebe dich. Bitte geh nicht, ich brauche dich jetzt.«

Ich laufe ihm hinterher.

»Bitte bleib hier, wenigstens bis die Kinder geboren sind«, sage ich.

Er schaut mich nachdenklich an.

Olga verliert langsam ihre Geduld.

»Du kommst jetzt mit mir.«

Doch nun wird mein Kampfgeist geweckt. Ich will Jonathan nie wieder verlieren.

»Warum bist du denn überhaupt nach Kuba gekommen?«, frage ich ihn. »Was fühlst du wirklich? Was willst du eigentlich von mir, Jo?«

Er überlegt. Nach einer Ewigkeit sagt er, ohne seine Begleiterin anzuschauen: »Olga, ich glaube, ich muss hier etwas länger bleiben.«

»Die spielt doch nur mit dir. Sie hat dich schon so oft verletzt!«

»Ich kann nicht mit dir gehen, Olga.«

»So, so. Dann hast du wohl an deinem neuen Job auch kein Interesse mehr?«

»Was für ein Job?«, frage ich.

»Die Leitung einer Online-Spiele-Firma, die unser Chef in Neuseeland erworben hat«, erklärt sie.

»Wow.«

Wollte er mir das sagen?

Jonathan schaut mir ernst in die Augen: »Aber ich habe keine Lust mehr auf Spielchen. Seit ich dich kenne, möchte ich nicht mehr spielen, sondern ernst machen. Und vielleicht bist du jetzt endlich auch so weit.«

Ohne ein weiteres Wort zu verlieren, beginnt er mich zu küssen. Mitten auf der belebten Straße bleibt die Welt um uns herum stehen. An Olga verschwende ich keinen Gedanken mehr.

Plötzlich spüre ich etwas Warmes an meinem Bein entlangrinnen.

Mein Blick wandert an meinem Körper herab. Panik nimmt von mir Besitz.

»Meine Fruchtblase ist geplatzt!«, kreische ich.

»Und was machen wir jetzt?«, fragt Jo.

»Wir müssen ins Krankenhaus«, ruft Oma, »aber schnell!«

Jo sieht einen Moment genauso ratlos aus wie ich. Dann ruft er: »Schnell, lasst uns in das Taxi steigen.«

Doch diese Rechnung haben wir ohne Olga gemacht. Sie fährt gerade mit dem Taxi davon.

»Was machen wir jetzt?«, frage ich verzweifelt.

»Er soll dich auf dem Fahrrad fahren, schließlich ist er jünger als der andere Mann«, schlägt Oma vor.

Das geht doch nicht! Ich bitte den Fahrer, uns ins Krankenhaus zu fahren, doch der ist so außer Puste, dass er abwehrt. Also schlagen wir ihm den Deal vor, uns das Fahrrad zu leihen. Oma und Jo geben ihm eine beträchtliche Summe CUC. Der Fahrer überlässt uns das Fahrrad und erklärt mir die Abkürzung zum Krankenhaus.

Jo hilft mir auf die Rückbank, als die nächste Wehe einsetzt.

»Wir bleiben zusammen und ziehen unsere Kinder groß«, ruft Jo nach hinten, während er kräftig strampelt.

»Und was ist jetzt mit Neuseeland?«, frage ich zwischen

zwei Wehen.

»Da können wir mal Urlaub machen.«

»Und was ist mit Olga?«

»Genauso wenig wie mit Carlos«, erwidert Jo.

Ich atme keuchend.

»Ich dachte, ihr beide macht Turteltäubchen-Urlaub.«

»Hat sie das gesagt? Ach, Quatsch. Sie wollte mich unbedingt nach der Messe hierherbegleiten. Sie hat einen Onkel in Havanna und den wollte sie angeblich besuchen. Aber wie es aussieht, wollte sie nur aufpassen, dass ich dich nicht treffe. Sie muss immer das letzte Wort haben.«

Als ich zehn Minuten später in den Kreißsaal geschoben werde, merke ich, dass die Abstände zwischen den Wehen immer kürzer werden.

»Können Sie mir nicht eine Schmerzspritze geben. Ich halte das nicht mehr aus«, bettle ich die Hebamme an.

Diese untersucht mich kurz und sagt: »Dafür ist es zu spät. Die Kinder kommen!«

»Aber die kommen doch immer erst nach Stunden!«

»Nicht bei Ihnen.«

In diesem Moment tritt ein gutgelaunter Doktor durch die Flügeltüren.

»Hola, meine Schöne! So ein Glück, dass die Kollegen mich erreicht haben.«

Pedro Roy blickt zu Jo.

»Ist das der Vater?«, fragt er überschwänglich. »Was für ein gutaussehender Mann, der sieht ja aus wie *Rian Gosling*.«

Jo nimmt meine Hand und beugt sich zu mir. Er küsst mich.

»Diesmal werden wir uns nicht mehr trennen«, flüstert er mir zu.

KAPITEL 32

Zwei Monate später liege ich mit Elisa Carla und Julian Jesús in einer Hängematte, die wir im Schatten zwischen zwei Palmen am Strand aufgespannt haben. Die beiden schlummern selig und auch ich werde von dem sanften Schaukeln immer müder.

Wir sind immer noch auf Kuba, denn wir wollen mit den beiden Kleinen noch nicht den langen Flug nach Deutschland antreten. Stattdessen haben wir uns ein Strandhaus bei Havanna gemietet und genießen das Leben zu viert. Die ersten Wochen waren herausfordernd und von wenig Schlaf geprägt, dennoch lieben wir jeden Moment davon. Geschlafen habe ich genug im Leben.

Jo ist ein wunderbarer Vater. Sein letzter Blog lief ziemlich gut und er konnte mehrere Sponsoren gewinnen. Doch schließlich hat er die Domain an einen Internetverlag verkauft. Jetzt verdient er unseren Lebensunterhalt mit einem Junge-Väter-Blog. Damit hat er noch mehr Werbekunden gefunden, als bei seinem Liebeskummer-Blog.

Als Vater ist Jo wirklich großartig. Ehrlich gesagt war ich sogar ein bisschen überrascht zu sehen, wie sehr er in seiner neuen Rolle aufgeht und mit der neuen Verantwortung umgeht. Ich kann ihn immer noch nicht dazu überreden, mit mir Joggen zu gehen, aber wir machen häufig lange Strandspaziergänge. Ich habe mich damit abgefunden, dass er ab und an Computer spielt. So hat jeder von uns seine kleinen Rückzugsorte. Wenn es dann darum geht, uns um die Kinder zu kümmern, halten wir umso mehr zusammen. Ich glaube, Jo war wirklich der Weisere von uns beiden. Er wusste von Anfang an, dass wahre Liebe sich nicht vom Alter stoppen lässt.

Ich schreibe in den Fütterpausen der Kinder meinen eigenen Reiseblog *Familie unter Palmen*. Mein Kuba-Reiseführer wird bald erscheinen und laut dem Verlag laufen die Vorbestellungen des Buchhandels gut an.

Oma ist noch zwei Wochen auf Kuba geblieben, hatte ein Techtelmechtel mit einem kubanischen Rentner und war versucht hierzubleiben, weil es ihrer Verdauung durch das viele exotische Obst so gut ging. Doch sie wollte meine Mutter nicht so lange alleine lassen. Oma ist wirklich die Beste!

Carlos ist mittlerweile – man glaubt es nicht – mit Carla zusammen, der Dame von der Geheimpolizei. Er hat sich nach der Geburt der Zwillinge noch einmal mit ihr getroffen, um alle Probleme wegen meines Reiseführers und meines Aufenthalts in Kuba zu regeln. Dabei ist der Funke übergesprungen. Ihr gefiel, dass dieser Mann ihr so leidenschaftlich widersprach. Die beiden kommen uns oft besuchen, besonders Elisa Carla hat es ihnen angetan.

Am meisten freut mich jedoch, dass ich mich endlich mit Judith versöhnt habe. Sie und Doris verbringen ihren Urlaub auf Kuba. Judith hat einen ganzen Koffer mit Babysachen mitgebracht. Damit brauche ich die Kleidung eigentlich gar nicht mehr zu waschen, weil ich den Kindern jeden Tag etwas Neues anziehen kann.

Die beiden sitzen auf Handtüchern im Sand und Judith erklärt seit etwa einer Viertelstunde, wie sie zu den ganzen Kleidungsstücken gekommen ist. Sich kurzzufassen, fällt ihr immer noch schwer.

»… Ich konnte einfach nicht aufhören, diese niedlichen Sachen zu kaufen.«

»Das ist reine Marketing-Strategie, Judith, und du bist darauf reingefallen«, erklärt Doris.

»Zalando lässt grüßen«, erwidert Judith mit Ironie in der Stimme.

»Ab und zu muss man sich doch etwas gönnen«, sagt Doris schulterzuckend.

Dass Judith mir verziehen hat, liegt nicht nur daran, dass sie Tante geworden ist. Der Mann, mit dem sie sich immer wieder getroffen hat, bevor ich nach Kuba gegangen bin, hat ihre Sicht auf das Leben verändert.

»Ich hätte nie gedacht, dass ich mich jemals in einen Mann wie Frederik verlieben könnte«, gesteht sie. »Er ist weder groß noch blond, aber er ist einfach wunderbar.«

»Der ist doch ein ziemliches Muttersöhnchen«, wirft Doris ein.

»Ist er nicht. Nur weil er eine Praxis mit seiner Mutter betreibt, ist er kein Muttersöhnchen.«

»Ein Psychiater, der sich die Therapie-Couch mit seiner eigenen Mutter teilt, da hätte Papa Freud seine Freude daran gehabt«, stichelt Doris weiter.

Judith ist etwas entnervt: »Und du wunderst dich, warum ich meine Liebe solange geheim gehalten habe? Manchmal besteht der eigene Freundeskreis aus den größten Dumpf-backen.«

Sie wirft mir einen verschwörerischen Blick zu. Diese Erfahrung, eine Beziehung geheim halten zu müssen, kennen wir jetzt beide.

Ich lächele ihr zu: »Hauptsache, du bist glücklich.«

»Er ist der erste Mann, der mir richtig zuhört.«

»Dann liebt er dich wirklich«, erwidert Doris trocken.

Wie wäre meine Beziehung mit Jo gelaufen, wenn Judith ihren Psychiater schon früher kennengelernt hätte? Hätte sie mich dann besser verstanden? Mir vielleicht sogar geholfen? Ich muss bei der Vorstellung lächeln.

»Was gibt es denn Neues auf der Arbeit?«, wollen Jo und ich später wissen, während wir die Kinder auf unseren Armen in den Schlaf wiegen.

»Immer dasselbe. Aber die Russen sind aus dem Joint Venture ausgestiegen. Das mit uns faulen und altmodischen Deutschen fanden sie total doof. Ansonsten ist alles beim Alten«, erklärt Judith.

»Und was ist mit meiner Nachfolgerin?«, frage ich neugierig.

»Die ist eine totale Niete. Ach, was waren wir für ein gutes Team, Natalie«, seufzt sie und schaut mich an. »Es tut mir leid, dass ich mich wie eine doofe Kuh benommen habe. Verzeihst du mir?«

»Ach, das ist schon längst vergessen. Ich konnte es ja verstehen. Ich bin so froh, dass wir wieder Freundinnen sind!«

Judith fällt mir um den Hals und ich gebe ihr Elisa.

»Hier Tante, halte sie mal.«

»Gibt es denn einen Nachfolger für mich bei Künzel?«, will Jo wissen.

»Den gibt es, klar. Künzel sind die sozialen Netze immer noch wichtig.«

»Und welche Pfeife hat den Job übernommen?«

Doris lächelt.

»Deinen Job hat eine echte Granate übernommen«, sagt Judith und blickt zu Doris.

»Nämlich ich«, erklärt diese. »Es ist zwar keine große Veränderung zu vorher, außer dass ich jetzt auch noch für die Firma poste und auf diese Social-Media-Konferenzen fahren darf. Aber das ist genial. Da tummeln sich ja nur Männer.«

Doris grinst.

Ich merke, dass ich von meinem alten Job nicht nur geografisch meilenweit entfernt bin.

»Und bei euch?«, fragen Judith und Doris.

»Wir? Abgesehen vom Schlafmangel, dem ununterbrochenen Füttern und Windelwechseln sind wir sehr glücklich.«

Als mir Judith später in der Küche beim Abwasch hilft, sagt sie: »Es tut mir echt leid, Natalie, dass ich mich so doof benommen habe.«

»Ist schon längst vergessen. Hauptsache, wir sind wieder Freunde und du bist endlich glücklich. Ein weiser Mann hat mir einmal gesagt: Was nützen alle Abenteuer der Welt, wenn niemand da ist, mit dem man sie teilen kann?«

Sie nimmt mich in den Arm.

Abends vergnügen sich Judith und Doris in der Altstadt von Havanna. Die Kinder schlafen und Jo und ich sitzen auf der Terrasse und genießen den Sonnenuntergang.

Ich lehne mich an seine Schulter und blicke auf das Meer. Ich kann über unser Leben nur glücklich staunen.

Jo küsst mich auf die Stirn.

»Und, endlich zufrieden?«, fragt Jo.

»Ja«, sage ich. »Aber in Neuseeland soll es auch schön sein.«

»Du bist einfach unmöglich.«

Wir lachen beide und dann küssen wir uns.

Danksagungen

Mein Dank gilt meinen großartigen Testleserinnen und -lesern – Sandra, Santiago, Felicitas, Christina, noch mal Sandra und den Bloggern Franziska von *AefKays World of Books*, Christian von *Bücher ändern Leben* und Kitty von *kitty411buecherblog* – sowie meiner Lektorin Christiane. Genny und Kurt – danke für ein paar tolle Tage in Kuba.

Besonders danken möchte ich auch euch – den Leserinnen und Lesern. Für euch ist dieser Roman entstanden. Wenn er euch gefallen hat, könnt ihr euch auf meiner Facebook-Seite über Neuerscheinungen und besondere Aktionen informieren:

https://www.facebook.com/pages/Ella-Wünsche-Autorin/636706949708975

Und natürlich freue ich mich auch, eure Meinung zu erfahren, zum Beispiel durch eine Rezension im Internet.

Eure Ella
autorin@ella-wuensche.de